U0645911

奥斯特利茨

[德] 温弗里德·塞巴尔德 著

刁承俊 译

·桂林·

出 品 人：刘春荣
责任编辑：徐　婷
助理编辑：任建辉
装帧设计：山川 at 山川制本

著作权合同登记号桂图登字：20-2017-221 号

图书在版编目（CIP）数据

奥斯特利茨 /（德）温弗里德·塞巴尔德著；刁承俊译．—桂林：广西师范大学出版社，2019.1（2024.9 重印）
书名原文: Austerlitz
ISBN 978-7-5598-1423-4

Ⅰ．①奥… Ⅱ．①温…②刁… Ⅲ．①长篇小说—德国—现代 Ⅳ．①I516.45

中国版本图书馆 CIP 数据核字（2018）第 271390 号

广西师范大学出版社出版发行
（广西桂林市五里店路 9 号　邮政编码：541004
网址：http://www.bbtpress.com）
出版人：黄轩庄
全国新华书店经销
深圳市精彩印联合印务有限公司印刷
（深圳市光明新区白花洞第一工业区精雅科技园　邮政编码：518108）
开本：787mm × 1 092 mm　1/32
印张：10.5　　　字数：200 千字
2019 年 1 月第 1 版　　　2024 年 9 月第 7 次印刷
定价：72.00 元

二十世纪六十年代后半期，有时候是为了去做研究，有时候也是出于连我自己都不太清楚的缘由，我从英国出发，多次前往比利时，有时候只待上一两天，有时候又待上几个星期。我感到这些前往比利时的学术旅行往往把我带到十分遥远的异国他乡。在这样的一次学术旅行中，我在阳光灿烂的孟夏的一天，来到一个之前只闻其名的城市——安特卫普。刚一到达，当火车驶过那座两旁建有奇特尖塔的高架桥，缓缓进入光线昏暗的车站大厅时，我便有一种不舒服的感觉。后来，这种感觉一直伴随着我当时在比利时度过的全部时光。我还记得，自己当时简直是晕头转向，漫无目的地到处乱走，穿过城内，走过耶路撒冷大街、纳赫特加尔大街、佩利肯大街、乐园大街、伊默塞大街和其他许许多多的大街小巷；最后，我受到头痛和令人不快的想法折磨，躲进位于阿斯特里德广场、紧挨着中央火车站的动物园里。在那里，我坐在一个鸟舍背阴处的一张长椅上，一直到我感到稍微好一些。在鸟舍里，有无数长着彩色羽毛的燕雀和黄雀叽叽喳喳，飞来飞去。在下午已经结束时，我漫步穿过公园，最后还向几个月前才重新开放的夜间动物园里瞧了一瞧。过了好一会儿，我的眼睛才习惯那种人为的半明半暗，才能认出各种各样的动物来。这些动物在安装上的玻璃后面，过着它们那种映照着惨淡月光的、暗无天日的生活。当时我在安特卫普夜间动物园里看见过什么样的动物，我已经记不太清楚了。可能是来自埃及或者戈壁荒漠的蝙蝠和跳鼠，也可能是本乡本十的刺猬、雕鸮和猫头鹰，还有澳洲负鼠、松貂、睡鼠和狐猴吧。这些动物在那里从一根树枝跳到另一根树枝，在浅黄色的沙质土壤上忽东忽西，一闪而过，要不就是在一片竹林中消失得无影无踪。其实，我真正能够回想起来的，只有浣熊。我久久地观察浣熊，看它神情严肃地坐在一道小溪旁，一而再再而三地清洗着同一片苹果，仿佛希望它能通过这种远超任何理性范畴的彻底的清洗，逃出这个自己可以说无缘无故陷入的虚幻世界。关于那些栖息在夜间动物园里的动物，我只记得，它们当中有一些动物有着引人注目的大眼睛，有那种目不转睛、凝神审视的目光，恰似人们在某些画家和哲学家眼中见到的那种目光。这些画家和哲学家凭借纯粹的观察和思考，试

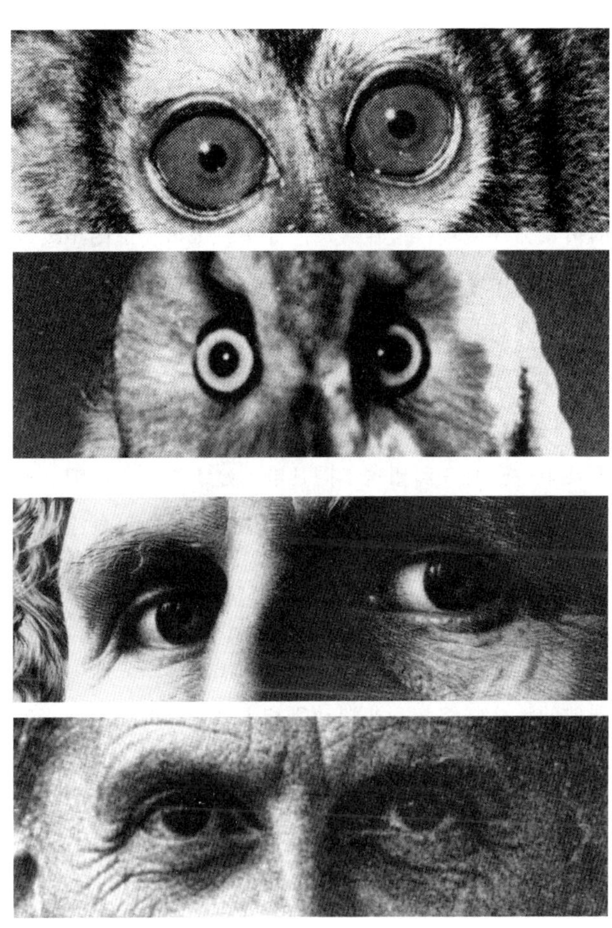

图看透弥漫在我们周遭的黑暗。另外，我当时脑海里在考虑这样一个问题：当真正的夜色降临，动物园对参观者关上大门时，人们是否会给夜间动物园里的这些动物

打开电灯，好让它们在自己那个颠倒过来的袖珍宇宙中，在白昼开始时，总算勉强能够平静地沉入梦乡。——夜间动物园内部的这些情景，在我若干年的记忆中，都同我所记得的安特卫普中央火车站那个所谓的中央大厅[1]里的情景犬牙交错，混在一起。如今，每当我试图想象这个候车大厅时，我眼前就立刻会浮现出这个夜间动物园，而每当我想起这个夜间动物园时，我就会想到这个候车大厅，可能是因为我在那个下午从动物园出来就直接走进了火车站，或者更确切地说，首先是在车站前的广场上站了一会儿，仰望这不同凡响的建筑物的正面吧。对于这座建筑物，我在到达的那天早上只是稀里糊涂地望了一眼。可是我现在看到，这座在比利时国王利奥波德二世庇护下兴建的建筑物早已超出了纯粹的实用目的。让我感到惊奇的是那个生满铜绿的黑人男孩。这个男孩同他的单峰骆驼作为非洲动物和土著世界的纪念碑，一个世纪以来独自高耸在火车站正面左侧的一扇凸窗的钟塔上，直插佛兰德云天。当我跨进这座由一个六十米高的穹顶架设而成的中央火车站的圆顶大厅时，也许是由于参观动物园和看见那头单峰骆驼，我脑海里出现的第一个想法就是：在这里，在这个昔日曾经金碧辉煌，现

1　原文为法语。

在自然已是破败不堪的休息厅里，想必会有一些嵌进大理石壁龛中的狮豹笼子和一些放养鲨鱼、章鱼和鳄鱼的水族馆吧，恰似人们反过来在某些动物园里可以乘坐小火车，进行所谓的地球尽头之旅。可能就是这种类似的想法，让我在安特卫普油然生出一种感觉，这个如今据我所知是用作职工餐厅的候车大厅，好像是另一个夜间动物园，这种混淆可能也是我刚跨进候车大厅时，太阳就落到了城市屋顶后面的结果。对着窗户正面半明半晦的巨型壁镜上，闪闪发亮的金光和银光尚未消失殆尽，这时，阴曹地府般的暮色已经弥漫大厅。在候车大厅里坐着几个旅客，他们相距甚远，一动不动，默然不语。与夜间动物园里的那些动物相似——在这些动物当中有数量可观的矮小物种，有身子矮小的耳廓狐、跳兔和仓鼠——不知怎么搞的，就连这些旅客在我眼里都变得矮小了，可能是由于大厅屋顶太高，或者是由于暮色渐沉的缘故吧，我如此设想，因此一种荒唐的想法便在自己脑海里一闪而过：他们这些人是一个人口减少、被逐出家园，或者业已消失的民族的最后的成员，因为在所有人当中，只有他们才得以幸存下来，所以具有与动物园里那些动物同样的满面愁容。——在火车站中央大厅里候车的旅客当中，有一位旅客就是奥斯特利茨，一个当时——在一九六七年——有一头颜色淡黄的奇特卷发、显得几近青春年少的男子，宛若我只在弗里茨·朗的电影《尼伯龙根》中的日耳曼英雄齐格弗里德身上才见过的那样。当时在安特卫普，正如我们后来每一次见面时，奥斯特利茨穿的都不外乎是沉甸甸的旅游靴，一种用褪色的蓝薄印花布做的工装裤，以及一件虽是量身定做，式样却早已过时的西装上衣。撇开这种外貌不说，他同其余旅客的区别还在于，他是绝无仅有的一位并非无动于衷、独自出神的旅客，而是在忙于绘草图和速写。很明显，这些草图和速写与这个金碧辉煌的大厅有关。因为除非他要记下点什么的时候，他的注意力往往会长时间地集中到一排排窗户、有凹槽的壁柱或者室内建筑的其他部分和细节上。而我们所处的这个大厅，在我看来，应该是为一次国家庆典，而不是为等候下一趟开往巴黎或者开往奥斯坦德的列车才建造的。有一次，奥斯特利茨从他背包里取出一部可以拉出皮腔的老式军旗牌照相机来，拍了好些这当儿完全黑尽的镜子的照片。可是迄今为止，我还未能从他在一九九六年冬天我们重逢后不久交托给我的大量照片（大多数未经整理）中找到这些照片。当我终于走向奥斯特利茨并问起他为何会对候车大厅有着如此显著的兴趣时，他对我的直言不讳丝毫不感到奇怪，立即就毫不犹豫地对我提出的问题作出回应，就像我自那以后经常发现的那样——那些单独旅行的人，在好几天连续的沉默之后，会很乐意与人交谈。有时在这样的情况下他们甚至准备对一位陌生人毫不保留地敞开心扉。但当初在火车站中央大厅时，奥斯特利茨并没有这样做，而且关于自己的身世和人生历程他此后也谈得不多。我们那次在安特卫普的交谈——之后他有时会如此称呼，与他那令人惊讶的专业知识有关，主要是关于建筑史的，而且这也是我们当晚谈话的主题。那天晚上，我们一同坐在餐厅里，正对着这个巨型圆顶大厅另一侧的候车大厅，直至午夜时分。火车站餐厅宛若候车大厅的镜像一般，与它的全部设施一模一样。在餐厅里，夜深人静时还在那里逗留的寥寥无几的顾客逐渐散去后，就只剩下我们同一个孤独的菲奈特酒酒鬼和那位餐厅女招待了。这位女招待端坐在卖酒的柜台后面，把腿放在酒吧的高脚凳上，跷着二郎腿，聚精会神地修着指甲。对于这位把漂成金黄色的头发盘成一个鸟巢形状的女士，奥斯特利茨顺带评论道，她就是昔日时光之女神。实际上在她身后的墙上，在比利时王国的雄狮国徽下面，作为这家餐厅的主要部分，有一个硕大无朋的钟。在这个大钟曾是镀金的，可是现在却被火车煤炱和烟草烟雾熏黑的钟面上，那个大约有六英尺长的指针仍在走动。每当谈话出现停顿时，我们俩都注意到，一分钟流逝的过程简直久得遥遥无期，而每当指针带着一种咄咄逼人的后颤，隔开未来一个小时的下一个六十分之一时，我们都能感到这个形同正义之剑的大钟指针的移动有多么可怕，几乎使人的心脏都要突然停跳一下——尽管我们一直期待着它每一次向前跃出的那一刻。奥斯特利茨是这样开始回答我那些关于安特卫普火车站发展史的问题的，十九世纪行将结束时，比利时这个在世界地图上几乎无法辨认的淡黄斑点，随着它的殖民活动在非洲大陆上蔓延开来。在布鲁塞尔资本市场和原材料交易所赚了令人头晕目眩的大钱后，比利时公民受到极端乐观主义的鼓舞，认为他们这个长期遭受外国统治的凌辱、四分五裂、纷争不断的国家，如今正要作为一个新的经济大国，在那个现在早已过去，却又决定着我们迄今为止的生活的时代里崛起。这时，利奥波德国王——在他的庇护下，比利时取得了看来是连续不断的进步——个人的愿望是将现在一下子拥有的、可供支配的那些绰绰有余的金钱，用于大型公共建筑物的兴建，这会给他那蒸蒸日上的国家带来世界声誉。在这样一些由最高主管机关着手实施的规划中，有一个就是佛兰德大都会中央火车站，它由路易·德拉桑塞里设计，在经历了十年的计划和建造期之后，于一九〇五年夏天在君主的见证下投入使用。我们现在就坐在这个车站里，奥斯特利茨说。利奥波德给他的建筑师推荐的样板就是卢塞恩的新火车站，那个戏剧性地在高度上超出一般铁路建筑物的圆顶[1]尤其使他震撼，这是德拉桑塞里受到了罗马万神庙的启示，而在自己的设计中付诸实践的方案。奥斯特利茨说，这种惊人的式样即使在今天也能让我们这些现代人在进入门厅时，就会像其意图达到的那样产生一种超凡脱俗的感觉，仿佛我们正置身于一个为世界贸易和世界交通建造的主教座堂。德拉桑塞里主要借鉴了意大利文艺复兴时期的那些宫殿，奥斯特利茨说，但是它同拜占庭和摩尔人的建筑也有相似之处。很可能我自己在到达时就已看到那些用白色和灰色花岗石砌成的圆形塔楼了。这些塔楼唯一的用途就

1 在瞧见这些图样时，我现在又想起，我于一九七一年二月，在一次短暂逗留瑞士期间也曾在卢塞恩待过。我在那里，在参观了冰川博物馆之后回火车站的返程中，曾长时间地在湖泊大桥上停留，因为我在看到火车站建筑物的圆顶和隐于其后、白雪皑皑、直插冬日明朗云天的皮拉图斯山脉时，就不能不想起四年半前奥斯特利茨在安特卫普中央火车站里所作的评语。几个钟头之后——二月五日夜里，当我早已再次躺在苏黎世饭店的客房内沉沉酣睡时——紧接着，卢塞恩火车站里燃起了一场迅速蔓延开来、将这座圆顶建筑物彻底摧毁的大火。翌日，我在报纸和电视中看到有关这场大火的景象。有好几个星期，我脑海里都会浮现出这些景象来。这些景象引起了我的不安和惊恐之感。这种感觉越来越明晰，让我觉得自己仿佛就是引起卢塞恩这场火灾的罪犯，或者说至少也是同谋。就是在好多年后，我有时还会在梦中见到火焰从圆屋顶里蹿出来，照亮了白雪皑皑的阿尔卑斯山的全景。——原注

是在旅游者心里唤起对于中世纪的联想。德拉桑塞里这种本身就滑稽可笑的折中主义在中央火车站里，在它那门厅里的大理石楼梯和月台的钢铁与玻璃顶棚中，将过去与未来结合了起来。奥斯特利茨说，事实上这种折中主义就是一种从形式上接近新时代的一贯手段。与此配套的还有，他接着说，在安特卫普火车站里，就如在罗马万神庙中那样，座位按照众神从上面俯视参观者的视角，尊卑有序地陈列着十九世纪的诸位神祇——采矿、工业、交通、贸易和资本。我注意到，在门厅四壁的半高处，有一些饰有禾把、交叉铁锤、叶轮等图案的盾形纹章，顺带一提，上面那蜂房图案的纹章学主题并非人

们乍看之下以为的那样，象征着服务于人类的大自然，也肯定不是象征着作为公共美德的勤劳，而是象征着资本积累的原则。在所有这些形象中，奥斯特利茨说，至高无上的是指针和钟面所代表的时间。这座钟就位于把门厅与整个城市建筑群中唯一具有巴洛克特点的月台连在一起的十字形楼梯上方二十米的地方，正好是在伟人祠里的大门直线延伸过去、可以看到皇帝画像之处。这座钟作为无所不能的新任总督，甚至位居国王徽章和“和睦就是力量”这句格言之上。从这座钟表所坐落的安特卫普火车站的中心点处，可以监视所有旅客的一举一动。反过来，那些旅客很可能全都得抬头仰望大钟，而且不得不以它为准来校正自己的行为方式。实际上，奥斯特利茨说，直到铁路的行车时刻表实现同步后，里尔或者列日的钟表时刻才能和根特或者安特卫普的钟表保持一致。而直到所有的钟表在十九世纪中叶实现了标准化同步以来，时间才毫无争议地控制了这个世界。只有遵循规定好的时间表，我们才能够匆匆穿过那些将我们分隔开来的巨大空间。当然，奥斯特利茨过了一会儿说道，正如人们在旅行时所体验到的那样，时至今日，时间和空间的关系仍具有某种充满幻觉和幻想的成分，因此每一次当我们从外地回来时，我们也总是无法肯定地知道自己是否真的离开过。——从一开始就使我感到惊奇的是，奥斯特利茨在谈话时表达自己想法的方式，几乎可以说是心不在焉的，但他却能做到遣词造句恰如其分。对他而言，叙述式地介绍他的专业知识就是逐步接近历史的一种形而上学，能让回忆中的往事再次变得栩栩如生。让我难忘的是，他如此结束了对于候车大厅里那些高大的镜子所作出的评论——他走时又抬眼看了下泛着微光的镜面，自忖道，有多少工人在制造致命和有害的玻璃镜片时，由于吸入大量的汞和氰化物蒸气而死去。[1]他以这番话结束了第一晚的交谈，当我们按照约定第二天在斯海尔德河畔的散步梯地会面时他又继续解说。他指着晨曦照耀下波光粼粼的宽阔水面，谈到大致在十六世纪末，即所谓的小冰河期，从卢卡斯·凡·翁肯伯奇所画的那幅画上，可以看到彼岸业已结冰的斯海尔德河、在河后面显得十分昏暗的城市安特卫普，以及一块地势平坦、面向海岸的狭长土地。一阵雪花正从圣母马利亚主教座堂尖塔上方的阴沉天空纷纷扬扬飘落而下。奥斯特利茨说，在那里，在如今时隔四百年之后我正在观望的那条河流上，安特卫普人正在冰上玩乐消遣，普通的庶民百姓身穿土色罩衫，门第高贵的人们披着黑披风，脖子四周围着白色细褶尖领。在画面前部靠近右

1 原文为法语。

边的地方，有一位女士摔倒了。她穿一件淡黄色衣服，那位担忧地向她弯下身去的绅士穿着一条在惨淡的光线中十分醒目的红裤子。假若我现在往那里望去，想到这幅画和画上那些微小的人物形象，我就会感到，卢卡斯·凡·翁肯伯奇所描绘的那一瞬间仿佛从未逝去；那位身穿淡黄色衣服的女士仿佛是现在才摔倒或者昏厥过去，那顶黑丝绒女帽正好从她头上掉下来，滚向一边；仿佛这个小小的、肯定被大多数旁观者忽视的不幸正在一再反复，重新发生；仿佛这种事永远不会停止；仿佛任何东西、任何人都再也无法弥补这种不幸。那天，我们离开散步梯地的观景点去内城闲逛，奥斯特利茨还长时间地谈到这些痛苦的痕迹。正如他声称自己所知道的那样,这些痕迹通过无数精细的线条贯穿于历史的始终。傍晚时分，由于四处闲逛，我们走了很多路，累得坐在手套市场的一家小酒馆前，这时他说道，在对火车站建筑艺术的研究中，他总是无法驱走脑海里对于离别之苦的想法，总想着对于异国他乡的恐惧，尽管这类事情并不属于建筑史的范畴。当然，恰恰是我们这些极其庞大的计划最能清楚地显示出我们不安的程度。因此，要塞建筑——安特卫普为之提供了一个极其杰出的例证——可以清楚地表明，为了对敌国的每一次入侵采取预先防卫措施，我们不得不在各个前后相继的阶段，持续不断地用防护工事来包围住自己，直至逐步往外移动的同心圆这一构想撞到了自然的边界。奥斯特利茨说，如果研究一下弗洛里亚安、达卡普里和圣米歇利经过罗森施泰因、科埃霍恩和克伦格尔，直至蒙塔莱姆贝特和沃斑的要塞建筑的发展过程，那么就能惊异地发现，尽管这些战争工程建筑师毫无疑问都具有杰出的才能，但他们却一代又一代始终不渝地坚持那种如今人们很容易就能看出是彻底错误的想法，即通过设计一种由多个扁平堡垒和大肆向外突出的半月形城堡所构成的理想草图，使要塞的大炮射程覆盖到围墙外的全部部署区，从而确保一座城市安然无恙，就像保护世界上任何事物的方式一样。奥斯特利茨说，如今没有人会产生哪怕是一丁点的这种来自要塞建筑理论文献中的不着边际的想法，理解他们对几何学、三角学和逻辑学演算的幻想，以及泛滥的堡垒建筑术和攻城术专业用语，或懂得诸如内岸和护墙、栅栏、内堡或是前沿地带[1]这些最简单的名称。可是即便从我们现在的立场出发也可以认识到，大致在十七世纪末我们就可以从各种体系中最终提炼出一种有前沿壕沟的星状十二角形平面图，将其作为首选计划，可以说它是一种从黄金分割中推导出来的典型样式。确实，正

1　本句仿宋部分原文为法语。

如人们在研究诸如库福尔登、新布里萨克或者萨尔路易那些要塞设施错综复杂的平面草图时能清楚领会到的那样，即便是门外汉也会立即将这种图案理解为一种对绝对权力以及效力于该权力的工程师之天才的象征。然而，在作战实践中，就连十八世纪到处都在修建和完善的这些星状要塞也没有达到其目的，因为人们在专注这种模式时，却忘了最大的要塞自然也会引来最多的敌军；人们越是将自己用深沟围起，就越是依赖于防守，最后你可能发现自己处于一个使用各种手段构筑的防御工事内，眼看着敌军转移到他处自行拣选的阵地上，轻易地无视那已完全沦为军火库、挤满火炮和士兵的要塞。正因为

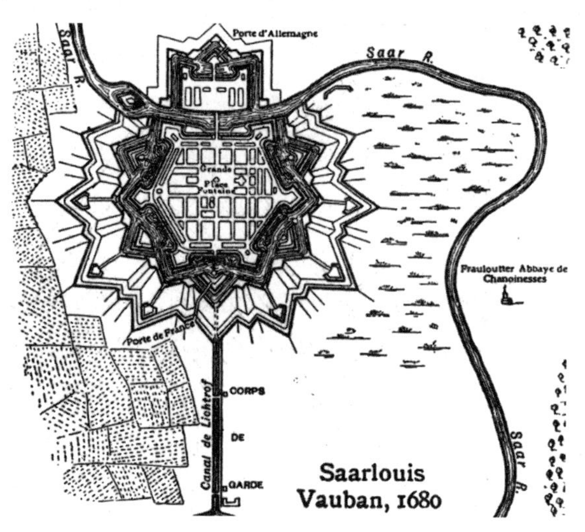

诉诸要塞建设的措施，所以这种事不断发生——奥斯特利茨说，这些措施总体上具有一种偏执狂的设计倾向——人们暴露出自己最致命的弱点来邀请敌人进攻，更不用说，实际上随着建筑计划变得越来越复杂，实现计划的时间也在增加，因而就越是可能出现这样一种情况：这些建筑工事在已经建好或尚未建好的时候，就因火炮和战略计划上的改进而变得过时了。这些战略计划立基于一种不断加深的认识之上：一切皆取决于运动，而非取决于静止状态。如果真的有朝一日，要塞的抵抗力受到考验，那么通常的情况是，在浪费大量作战物资之后，结果却多少仍不明朗。奥斯特利茨说，这一点没有任何地方比在这里，在安特卫普，表现得更明显的了。一八三二年在安特卫普，甚至在新的王国建立后，针对比利时的部分领土的争执仍在继续，期间那个由帕西奥洛建造、由威灵顿公爵[1]用一个外围工事组成的圆环继续加固的、当时是被荷兰人占领的城堡，被一支五万人的法国军队围困了三个星期。直到十二月中旬，法军才得以从业已被攻占的蒙特贝洛要塞出发，凭借其攻城炮队，一举攻破圣洛朗半月形堡垒那几乎已是颓垣断壁的外围

1　威灵顿公爵（1769—1852），英国著名军事家和政治家，曾多次击败法军，滑铁卢战役的胜利使他成为当时欧洲最有名的英雄。

工事，直接推进到城墙下。围困安特卫普的花费及其激烈程度，至少有好几年在战争史上都是绝无仅有的，奥斯特利茨说，它达到了自身值得纪念的顶峰。当时，七万发上千磅重的炮弹，由帕尔汉斯上校发明的臼炮发射到这座城堡上，除几个防弹掩蔽部外，一切都被夷为平地。荷兰将军德夏里男爵，这位白发苍苍、只有剩下一堆乱石的要塞的统帅已经让人铺设地雷，准备把自己同这堆象征其忠贞不渝和英雄气概的纪念物一道炸掉。正在这时，荷兰国王允许他投降的消息及时赶到。虽然在占领安特卫普这件事情上，防御和围困的整个想法之愚蠢已经暴露无遗，奥斯特利茨如是说，然而不可思议的是，人们从中得到的唯一结论却是：他们必须将城市四周的环状工事修得更加坚固，而且还要继续向外推延。与此相应的是，在一八五九年，人们拆除了旧城堡以及大多数外围堡垒，开始修建一道十英里长的新围墙[1]，并在这道围墙前半个多小时路程的地方修建了八个堡垒。但是，甚至不出二十年，由于火炮射程的提升以及炸药破坏力的增强，这个计划被证明是不适当的，所以自那时起，在同一老旧逻辑的作用下，一道新的、有十五个由重兵把守的外围防御工事的设防地带在那道围墙前六

1　原文为法语。

至九英里的地方又开始修建起来。因此，在至少三十年的修建期间，一个意料之中的问题出现了，奥斯特利茨说，即由于工业和商业的飞速发展，安特卫普的边界已扩展至老城区之外，因而这条堡垒防御线是否也应该往外移动三英里。这样一来它自然就变成三十多英里长，一直延伸到梅赫伦的市区了。问题在于，如果要给这个防御工事配备相应的驻防部队的话，比利时的全部军队都不够用。奥斯特利茨说，因此，人们干脆继续完善那个已经开工、正在修建的系统，尽管他们知道它远远不能满足实际上的要求。奥斯特利茨说，这条链条中的最后一环是布伦东克要塞，一项在第一次世界大战爆发前不久才竣工的工程，在保卫这座城市和这个国家的短短几个月期间，显得毫无用处。举这样一些防御工事为例——奥斯特利茨从桌旁站起身来，把他的背包背到肩上，基本像这样结束了他当时在安特卫普手套市场的那番话——人们就能清楚看到，同那些几千年来都在构筑同样的鸟巢的鸟儿们相反，我们则喜欢将自己的活动往前推进，远远超过各种理性的界限。他还说，总有一天会有人来为我们的建筑物制作一个目录册，将它们按其规模大小登记下来，然后人们立即就会明白，那些低于标准尺寸的居住房屋——田间茅屋、园林小舍、船闸管理人小屋、观景亭、园中儿童别墅——至少可使我们得到一缕和平的余辉，而没有一个神志正常的人会声称他喜欢诸如昔日加尔根山上的布鲁塞尔法院这样一种硕大无朋的建筑。人们充其量对它感到惊奇，这种惊奇业已成为惊恐的一种先兆，因为我们可以凭直觉想到，那些规模巨大的建筑物无论在哪里事先就已被投下了将会遭到破坏的阴影，而且从设计之初就可以预见它之后变成一片废墟的样子。当我于翌日清晨怀着他也许会再次露面的希望，坐在手套市场同一家小酒馆喝着一杯咖啡时，奥斯特利茨离开时说的这些话仍萦绕在我的脑海中。我们昨晚在那家小酒馆里，就这样匆匆告别了。我边等边翻阅报纸——如今这时，我也记不清是在《安特卫普日报》，还是在《比利时自由报》上——偶然看到了一篇关于布伦东克要塞的简讯，由此得知，德国人在那里，于一九四〇年，在人们不得不在历史上第二次将这座要塞移交给他们之后，立即就建起了一个收容和惩戒所。这个收容和惩戒所一直到一九四四年八月才被撤除。自一九四七年起，在尽可能原封不动的情况下，它被用作民族纪念馆和比利时抵抗运动博物馆。如果不是因为前一天在同奥斯特利茨的交谈中出现了布伦东克这个地名，就算我注意到了报纸上所提及的这个名字，它也很难促使我当天就前去参观这个要塞。我乘的普通客车至少需要半个小时才能走完到梅赫伦这段短短的路程。在那里，有辆公共汽车从火车站广场开往维勒布鲁克村。在村边，有一道土墙、一道铁蒺藜篱笆和一道宽阔的水沟环绕四周。这个拥有十公顷土地面积的要塞区位于田野中央，几乎就像是海里的一个岛屿。对这个季节来说当天异常炎热，当我手持门票穿过那座桥时，大量积云在西南方的地平线上升起。自从昨天的交谈以来，我脑海里一直浮现出星状堡垒连同高高耸立在精确的几何平面图上的那些围墙的景象。可是现在在我眼前的却是一堆低矮的混凝土团块、外缘被围起而给人一种阴森印象的丑陋隆起物，犹如一个怪物宽大的背脊，我想到的是一条跃出波涛的鲸鱼，在佛兰德的土地上拔地而起。我害怕穿过那道黑色大门进入要塞内部，而是先在外面绕着它走，穿过生长在这“岛”上颜色不自然的、几乎变成蓝色的深绿色草丛。而不管我试图从何种角度观看这个防御工事，我都琢磨不出它的建筑计划，它那些隆起和凹陷的部分不断地变换着，远远超出了我的理解能力，以至于最后我无法将它同任何人类文明中的建筑形式，或从史前和古代残留下来的、默然不语的遗迹联系起来。我注视它的时间越长，就越是感觉到它频繁地迫使我在它面前垂下目光，对我而言它就变得越发不可思议。有些地方表面开裂了——从这些裂口中突然冒出粗糙的鹅卵石来——结上了一层鸟粪状滴痕和石灰黏液硬壳，于是这

个要塞成了一个绝无仅有的、将丑恶与盲目暴力融为一体的怪物。甚至在我后来研究这座要塞的对称平面图，看到那伸展出来肢体和钳状物，以及主建筑正面那犹如眼睛般鼓起的椭圆形防御工事和其躯干背部短粗的隆起

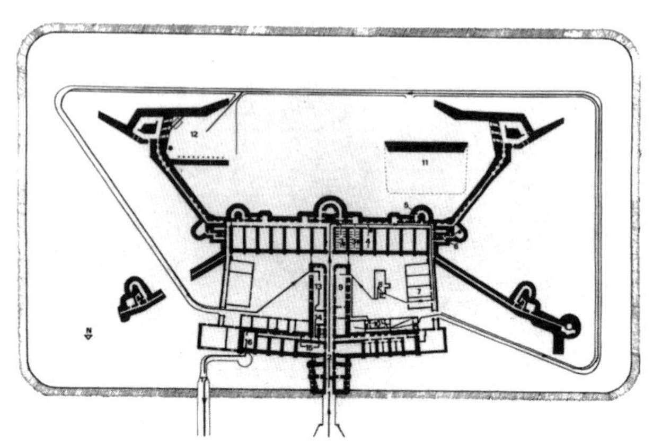

部分时，尽管它的结构现在看来已变得显而易见且合理，我最多只能把它视为某种怪异的蟹状生物的示意图，而不是任何由人类头脑设计出来的产物。环绕要塞四周的这条路要经过刑场上那些涂着黑焦油的立柱，而且还经过一个工地。在这个工地上，囚犯们必须拆除墙体四周的土堤，拆除二十五万吨以上的碎石和泥土，而除了铲子和手推车外，他们没有任何别的工具来做这些活计。还能在要塞前厅见到的这些手推车就是在当时也绝对是外观可怕、简陋无比。它们是一种“担架”式的结构，一端有两个粗糙的把手，另一端是一个箍着铁箍的木轮。在“担架”的横木上架着一个用未刨光的木板钉成的箱子，木箱有倾斜的侧面板——这整套笨重器械的设计，与我小时候曾待过的地方的那些农夫们用来从圈里将粪便运走的那种所谓的手推车如出一辙，只不过布伦东克的手推车有两倍大，空车重量绝对已接近五十公斤。我感到不可思议的是，这些在被逮捕和被拘留之前很可能只有在极其罕见的情况下才从事体力劳动的囚犯，怎么能够推着这种装满沉重垃圾的手推车，穿过被太阳照得发烫、坚硬如石、沟垄纵横的黏性土地，或者穿过在一个雨天之后就已变得泥泞的烂泥地。我无法想象这些情景：他们用身子抵住这个重物，心脏几乎都快跳出来，或者他们没法往前走了，某个看守的铲柄就会劈头盖脑地打下来。然而如果说我无法想象这种在布伦东克要塞以及在所有其他那些集中营的总部和分部里日复一日、年复一年的苦役的话，当我终于跨进要塞内部，立即在右手边透过一道门的玻璃板瞧见所谓的党卫军俱乐部，瞧见桌子和长椅、发出噼噼啪啪声音的大肚火炉和用哥特体字母工工整整地写在墙上的一些格言时，我完全可以想见这是些来自菲尔斯比堡和富尔斯比特尔，来自黑林山和明斯特兰的父亲和好儿子们，他们在这里，在办完公事之后坐在一起玩牌，或者给他们家乡的恋人写信，因为直到我二十岁时，我可是生活在他们之中啊。随着时间的推移，对于参观者在布伦东克要塞大门和出口之间所需要经过的十四个站的回忆，在我脑海里变得模糊起来，或者更确切地说——如果可以这样说的话——甚至在那一

天，在我待在要塞里的那天，它就已经变得模糊了。之所以如此，是因为我确实不愿看见人们在那里看到的东西；也是因为在这个只由些许光线暗淡的电灯照亮的、永远同自然光线隔离开来的世界里，各种东西的轮廓都显得模糊不清。即使现在，在我尽力去回忆时，在我已经再次着手研究布伦东克的蟹形平面图之后，当我在图片说明中读到“当时的办公室、印刷所、棚屋、雅克·奥克斯大厅、单间囚室、停尸房、遗物室”和“博物馆”这些词语时，这种黑暗的迷雾并未消散，而是变得愈加浓重，因为我想到，我们能够保存于记忆中的事是多么微乎其微，有多少东西总会与每个被戕害的生命一道渐被忘却；这个世界几乎可以说是在自行排泄罢了，那些黏附在无数地点和对象上的往事，那些本身没有能力引起人们回忆的往事，从来未曾被人听说、记下或者传给后世。比如说吧，此刻下笔时，我又记起来的历史（这是自那以后的第一次），就像影子般叠放在木板床上的那些草褥，因为里面的谷壳经过多年，已经脱落，这些草褥变得越来越薄，越来越短，又皱又小，仿佛这就是那些人——我现在还记得，当时我想着——那些在黑暗中曾经在这里躺过的人的遗体。我现在也再一次想起，在继续走进那个某种程度上成为这个要塞支柱的隧道时，我不得不遏制那种盘桓在我脑海里、迄今仍然经常在令人不快的场合油然而生的感情；我每走一步，呼吸就越短促，压在身上的重量就越大。至少在当时，也就是在一九六七年孟夏我置身于布伦东克要塞的那个寂静的正午，在没有任何其他参观者的情况下，我几乎不敢往前走到第二条长隧道的尽头，那里有一条比人高不了多少的（我记得好像是）向下倾斜的通道，通向其中一个防弹掩蔽部。在掩蔽部里，人们立即就感觉到自己置身于一个穹顶用几米厚的混凝土建成的防御工事里。这个防弹掩蔽部是个一侧形成尖角、另一侧呈椭圆形的狭窄空间，它的地面比人们走进掩蔽部的那条通道起码要低上一英尺，因此它不像一个地牢，而更像是一个坑。我往下注视着这个坑，瞧到那光滑灰白的石头坑底似乎在不

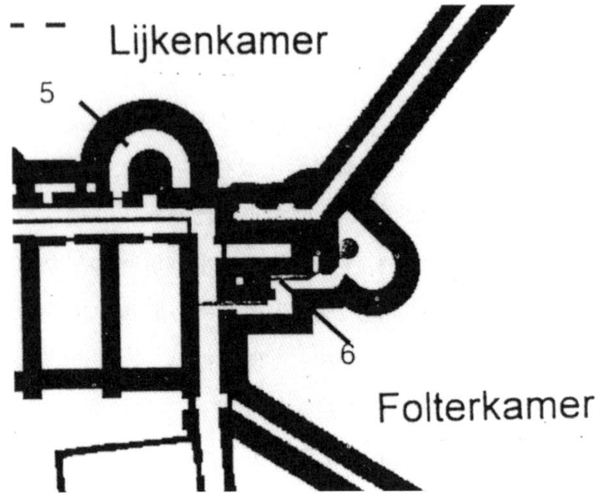

断下沉，又瞧到坑底中间的排水栅栏和旁边的金属桶。这时，从这深渊中升起我在威尔士的家里的洗衣房的画面，可能是拴在那根从天花板上垂下的麻绳上的铁钩起了暗示作用，同时还出现了那个我在上学路上总得经过的肉铺。在那里，中午时我经常看到贝内迪克特围着一条橡皮围裙，用一根粗橡皮管冲洗瓷砖。没有人能说得清楚，当背后隐藏着儿时恐惧的那道门砰然打开之时，我们身上发生了什么。但是我还记得，当时在布伦东克防弹掩蔽部里，有一股令人恶心的软肥皂气味扑鼻而来；这股气味在我大脑里某个令人发狂的部位，同总使我反感而父亲却又偏爱使用的那个德语词——硬毛板刷[1]——联系起来；一道黑色虚线开始在我眼前抖动，我不得不把前额靠在那堵满是淡青色斑点、令我感到好像是布满冷汗汗珠的灰色墙上。并非这种恶心让我隐隐感知到大约在我出生之时此地发生的刑讯逼供，因为直到几年之后，我才在让·阿梅里[2]的描述里读到折磨者与受折磨者之间在肉体上可怕的接近，读到他在布伦东克所受的折磨。当时那些人把他双手捆在背后，将其举到半空中，随着一阵——如他所说——直至他将其形诸笔墨的那一刻都从未忘记的噼啪声和碎裂声，他双臂的关节从肩部的关节窝里脱出，他就这样被悬空吊着，脱臼的双臂扭到背后，弯过头顶："把手扭到背上，直到使人昏迷至死的绞刑。"[3]——《植物园》这本书里是这样描写的。在该书中，克洛德·西蒙[4]重新潜进了他那些往事的仓库。从第两百三十五页开始，他讲述了某个名叫加斯托内·诺维利的人的人生片段，此人就像阿梅里那样，经受了这种特殊形式的拷问。在这段文字的开头，有一则摘自隆

1 硬毛板刷的德语原文为"Wurzelbürste"，拆分结构来看，Wurzelbürste 有"擦去根部、起源"之意。

2 让·阿梅里（1912—1978），原名约翰内斯·迈尔，奥地利作家。

3 原文为法语。

4 克洛德·西蒙（1913—2005），法国作家，1985 年获诺贝尔文学奖，代表作有《弗兰德公路》等。

美尔将军一九四三年十月二十六日的日记中的记载，内容如下：由于意大利警察完全无能为力，我们必须负起责任来。在实施接下来由德国人开始采取的一系列措施的过程中，诺维利——西蒙是这样写的——被逮捕，然后被送到达豪。[1]诺维利在他面前从未提到自己在那里的遭遇——西蒙继续写道——只有绝无仅有的一次例外，那时诺维利对他说，他从集中营里被放出来之后，简直无法忍受德国人的那副样子，哪怕是任何一个所谓文明人的样子，不管是男人还是女人；在身体几乎还未恢复到过得去的状态时，他随便搭乘了一条船前往南美，在那里靠挖金刚石和淘金养活自己。有一阵，诺维利生活在绿色的荒野之中，在一支有着发亮古铜色皮肤的矮人部落里。有一天，这些人连一片叶子都没有惊动，悄无声息地凭空出现在他身边。他接受了他们的习俗，尽可能为他们那种几乎只由元音组成，以及主要是由在转调和重读方式上有着无数变化的“A”组成的语言编写了一部词典。西蒙写道，关于这种语言，在圣保罗语言研究所里没有任何记载。后来，诺维利在回到自己的国家后，便开始绘制这些图画。图画的主题就是字母“A”，他一直在不断地重绘其线条和构图——“又细又粗，突然变

1 达豪是德国第一个纳粹集中营，始建于 1933 年 3 月 10 日，位于慕尼黑北 16 公里的达豪市郊区。至少有 3.2 万人死于该集中营。

得更厚实，更粗大，然后又重新变细，而且长短不一”[1]。他将这个字母刻进由他涂上的彩色平面中，有时用铅笔刻，有时用画笔杆或者一种更为粗糙的工具，按着相互交织和相互重叠、十分紧凑的顺序排列，每次都相同，却从未重复，宛如一声持续很久的喊叫声般波浪起伏。

AAAAAAAAAAAAAAAAAAAAAAAAAAAAAA
AAAAAAAAAAAAAAAAAAAAAAAAAAAAAA
AAAAAAAAAAAAAAAAAAAAAAAAAAAAAA

尽管在一九六七年那个六月早晨，也就是我最终乘车出发前往布伦东克的那天，奥斯特利茨再也没有在安特卫普手套市场露过面，但我们却以一种我迄今都无法理解的方式，在我当年的每一次比利时学术旅行中偶遇。我们于中央火车站中央大厅[2]里结识之后没几天，我就在列日市西南边郊外的一个工业区里第二次遇见了他。我从默兹河畔沿着圣乔治走到弗莱马勒，傍晚时分到达该地。这时，太阳再次穿透暴雨即将来临前的墨蓝色云墙，照耀着那些厂房和大院，那些鳞次栉比、长排长排的工人宿舍，那些砖墙、石板瓦屋顶和窗玻璃，有如在其中

1 原文为法语。

2 原文为法语。

燃起了一场熊熊大火。当雨水开始气势汹汹地浇向街道时，我便逃进一个在我印象中叫做“希望咖啡厅”的小酒吧间。进门后，我十分惊讶地发现奥斯特利茨正伏在一张丽塑板桌面上做他的笔记。在这第一次重逢中，就像之后的几次相遇一样，我们每回都继续谈论我们先前的话题，对我们竟然在这种地方相遇不置一词，尤其这里是任何一个明智的人都不会前来光顾的地方。我们当时在“希望咖啡厅”里一直坐到夜阑人静，从那儿透过一扇后窗，可以俯瞰一个从前可能交叉分布着好几片河漫滩的山谷。而现在，那里的一座巨型铸铁厂的高炉在黑沉沉的天空中映照出耀眼的火光。我还清楚地记得，当我们俩几乎是目不转睛地凝视着这一奇观时，奥斯特利茨开始了他长达两个多小时的解说。他对我说道，十九世纪时，从那些慈善企业家脑袋里冒出来的“工人城”蓝图，不经意间就变成了将工人安置在棚屋里的做法。这确实一直如此，我仍记得，奥斯特利茨这样讲过，我们那些极其美好的计划，在实现过程中都转向了它们精准的反面。在这次于列日相遇的数月之后，我在昔日布鲁塞尔的加尔根山又一次与奥斯特利茨不期而遇，也就是在法院的台阶上，正如他即刻就告诉我的那样，这是全欧最大的一堆方石。

那时，奥斯特利茨正打算撰写一篇论文，关于这座

在建筑艺术领域里绝无仅有的庞然大物。他告诉我，在详细起草由某位名叫约瑟夫·帕拉埃尔特提出的那些宏伟的建筑方案之前，这座庞然大物的建造工作在上个世纪八十年代就已按照布鲁塞尔资产阶级的要求开始仓促进行了。其结果就是，奥斯特利茨如是说，在这座七十多万立方米的建筑物中，有一些往哪儿都不通的走廊和楼梯，以及一些无人能进入的、没有房门的房间和大厅。这些由墙包围起来的空洞就是所有被认可的权威的至深机密。奥斯特利茨接着告诉我，为了寻找一个被共济会会员用来做成员接纳仪式的迷宫——他曾经听说，这座迷宫不是在地下室，就是在法院阁楼上——他已经在这座石山中到处瞎跑了好几个小时。他穿过圆柱林，从巨大的雕像旁走过，沿着楼梯上上下下，却没有任何一个人问过他到底想去哪儿。有时他感到累了，或者说为了观看天空以判断方位，他便驻足于一扇窗边，往外探视——这里的窗户都深深地嵌进破旧失修的石墙内。他看到法院的铅灰色屋脊，犹如浮冰一般挤成一堆，再往下，还看到山谷和那从未透进一丝光亮的井状内庭。奥斯特利茨说，他沿着走廊越走越远，一会儿转向左边，然后又转回右边，之后便没完没了地笔直往前走，从许许多多高高的门框下穿过；有几次还踏上了一些看起来像临时搭建的、嘎吱作响的木楼梯——这些木楼梯有时离开主走廊形成很多岔路，要比主走廊高半层或是低半层——最后只通到黑洞洞的死胡同里。在这些死胡同的尽头，堆放着卷帘门文件柜、站着工作时使用的斜面桌、写字台、办公用椅和一些别的设备，仿佛有人不得不用这些办公设备抵御一场围攻似的。是啊，奥斯特利茨这样肯定道，他甚至还听人说，基于法院内部实际上超出想象的曲里拐弯儿，在法院里某些空着的小房间里和偏僻的走道上，有人能够经年一而再再而三地做着小本生意，诸如烟草铺、赛马赌注登记处，或者饮料店。据传言，奥斯特利茨补充道，甚至有个名叫阿赫特博斯的人把地下室里的一个男卫生间——此人有一天在该卫生间的入口处放了张小桌子和一个付款盘——改造成供街上行人使用的公共厕所，之后由于雇用了一位懂得用梳子和剪子的助手，又把它暂时变成了一家理发店。这类胡编乱造的故事，这些同他平常严格的客观态度对比异常鲜明的奇闻轶事，在那天和我们后来的几次碰面中奥斯特利茨讲了不少，譬如说，那次，我们于十一月一个宁静的下午长时间地坐在泰尔讷曾的台球咖啡店里——我还记得那位老板娘，一个戴着厚厚眼镜片、正在编织一只草绿色长袜的太太，记得壁炉火中那些烧得通红的炭丸，记得地板上潮湿的锯末面和菊苣的苦味——透过由一扇橡胶树枝镶框的全景窗极目远眺，正对着斯海尔德河那极其遥远的灰蒙蒙的入海口。又有一次，在圣诞节前，奥斯特利茨在泽布吕赫的林荫道上向我迎面走来，这时已是傍晚，四下无人。原来我们俩预订了同一班渡轮，所以就一起踱步返回码头。在我们右面是空荡荡的北海，以及建在沙丘中间的高耸的公寓楼群的正面，屋内的电视机屏幕怪异地闪烁着幽暗、飘忽不定的蓝色荧光。我们的船开出时，已是夜里。我们一起站在后甲板上。白色的尾波消失在黑暗之中。我还记得，有一次我们都觉得，我们看见几片雪花在灯光里旋转。顺带一提，也只是在横渡英吉利海峡的这一夜里，我才从奥斯特利茨偶然说出的话中得知，他是伦敦一所艺术史学院的讲师。因为不大可能同奥斯特利茨谈论任何私人话题，而且谁也不知道对方来自何处，所以我们从在安特卫普的初次交谈起，就一直只讲法语。我说起法语来笨嘴拙舌，让人脸红，奥斯特利茨则相反，他以一种完美、自然的方式说着法语，让我好长时间里都以为他是一个法国人呢。当我们转而使用我更熟练的英语时，我倒感到很奇怪，因为在他身上有种一直未被我察觉到的不安。这种不安表现为轻微的语言障碍以及偶尔的结巴。每当这种时候，他便会紧紧握住他总是拿在左手的那个磨损的眼镜盒。他握得是那么紧，紧到可以看出他皮肤下的手指节骨都已发白。

在随后的一些年月里，基本上每次去伦敦，我都要到奥斯特利茨那个离不列颠博物馆不远、位于布卢姆斯伯里区的工作场所拜访他。然后，我通常会和他在他那狭小的办公室里坐上一两个钟头。这间办公室活像一个书库和纸库，他在那些堆放在地板上的成捆印刷品和塞满的书架之间几乎没有立足之地，更别提他的学生了。我在德国开始从事研究时，从当时讲授人文学科的学者那里基本上什么都没学到，他们从二十世纪三四十年代起就在事业上一路顺遂，而且一直沉浸于对权力的幻想之中。而对我来说，奥斯特利茨确确实实是我自从上国民小学以来能够聆听其教诲的第一位老师。我现在还记得，自己多么轻而易举地就理解了他所谓的构想。他当

时正大谈自己从求学时代起就已经在着手研究的资本主义时期的建筑风格，尤其谈到了其强迫性的秩序感和近乎纪念碑风格的建筑特色，表现在法院和监狱，火车站和交易所建筑物，歌剧院和精神病院，以及按照直角网格的方式建造的工人住宅区里。他的调查研究——有一次奥斯特利茨这样对我讲——早就超出了原来作为一篇论文选题的初衷，现在他完全基于自己的视角，为研究所有这些建筑之间的家族相似性做着无穷无尽的准备工作。奥斯特利茨说，他自己也不知道为什么要投身于这样一个广阔的领域，很可能当他最初开始自己的研究工作时，有人给他出了坏主意。不过话说回来，他确实也是听从了内心某个连他自己都不十分明白的冲动。这和他早年就已察觉到的，自己着迷于像铁路系统一般的网络有关。奥斯特利茨说，在他的研究伊始，以及后来在他初次逗留巴黎期间，他几乎每天走访一个主火车站，多数情况下是在清晨或傍晚去北站或东站，观看蒸汽机车驶入被煤烟熏黑的玻璃大厅，或者是灯火辉煌、神秘莫测的普尔曼式快车轻轻滑走，驶入黑夜，恰似无垠大海上的航船。在巴黎那些火车站里，他经常感到自己处于极度危险而又完全不可思议的情感激流之中，如他所言，这地方兼具幸福和不幸。我还记得，有天下午，奥斯特利茨在他伦敦的学院里讲到他有一种——他后来有一次称其为——对火车站的痴迷。与其说这话是对我说的，还不如说他是在自言自语。而直到一九七五年我返回德国，打算永久定居在那阔别九年、如今已显得陌生的家乡时，这番话仍是他留给我的关于他私人生活的唯一线索。据我所知，我从慕尼黑给奥斯特利茨写过几封信，但是从未收到过回音，我当时想，要么就是因为奥斯特利茨正在路途上，正待在某个地方；要么就是因为他避免往德国写信——如今我这么想。无论他沉默的理由是什么，总之我们之间的联系中断了。当我未满一年就决定再度移居国外并重新返回英国的那个岛上时，我也没有和他恢复联系。当然，现在我想到当时应该知会奥斯特利茨，告诉他我的计划发生了意料之外的改变，而我之所以没有这么做，可能是由于我返回后不久就陷入了困境，让我对他人存在的感知变得迟钝，直到我从长期被忽视的写作中逐渐找回自己。不管怎样，在那些年月里，我并没有常常想到奥斯特利茨。如果说有时他在我的脑海中一闪而过，我也总是一转眼又把他给忘了，所以我们从前那种若即若离的关系并未继续，而实际上直到二十年后，在一九九六年十二月，由于发生了一连串特殊事件才得以恢复。我当时正有些忐忑不安，因为当我在电话簿中寻找一个通信地址时，我发现，我右眼的视力可以说在一夜之间几乎丧失殆尽。即使我把目光从在我面前打开的书页上移开，投向墙上那些放在镜框里的照片，我用右眼也只能看见一排上下扭曲的奇怪暗影——我十分熟悉的人物和风景都已毫无区别地变成了咄咄逼人、漆黑一团的阴影线。这时，我不断地感到，自己视野的边缘似乎仍然清晰如初，好像我只要斜视就可以摆脱起初被我认定为不过是神经官能性的弱视。尽管我多次尝试，可是这种做法却并未奏效。相反，灰色的区域似乎在不断蔓延。有时候，每当我交替睁开眼和闭上眼，以便能够比较视力的清晰度时，我感到，甚至左边的眼睛也出现了某种程度的视力损害。我担心的这种视力的渐进性减退让我相当惊恐。我还记得，有一次我从书上看到，直到十九世纪时，人们要在上台表演前的歌剧女演员以及即将介绍给求婚者的年轻小姐的瞳孔上，滴上几滴从颠茄中蒸馏出的一种液体。这样一来，她们的眼睛就会发出一种明亮无比、近乎神奇的光辉，可是她们本人却几乎什么也感觉不到。现在我也不知道我是怎样将这种回忆同我自己在那个昏暗的十二月清晨的状况联系起来的，只是在我脑海里，它和那种美丽的闪光的假象以及提前熄灭的危险有关，因此我为自己是否还能继续进行工作充满担忧，但与此同时，如果可以这样说的话，我的脑海中又萦绕着一种得到解脱的想象。我在想象中看见自己摆脱了永无休止的强迫性写作和阅读，坐在花园里的一把安乐藤椅上，围绕着我的是一个轮廓模糊、只有从其浅淡的色彩上才能辨认出来的世界。由于我的情况在随后的几天里没有好转，在圣诞节前我便乘车去伦敦，去看一个别人推荐给我的捷克眼科医生。就像每次我独自前往伦敦时那样，在这个十二月天里，我心中又泛起了一种阴郁的绝望情绪。我往那地势平坦、几乎见不到树木的地区纵目远望，越过一块块巨大的褐色耕地，看到那些我永远不会在那里下车的火车站，看到那群一如既往在伊普斯威奇城边的足球场上聚集的海鸥，望到那社区农圃，望到由死去的铁线莲覆盖着的、长在斜坡上的畸形秃木，望到曼宁特里瞬息万变的泥滩及潮沟、往一边翻沉的船只，望到科尔切斯特的水塔、切姆斯福德的马可尼天线厂、罗姆福德空荡荡的灵猩[1]跑道、

1 灵猩是一种身体细长、善于赛跑的狗。

首都近郊区铁路线旁的那些带露台的住宅丑陋的背面，望到马诺公园的坟场和哈克尼的塔式住宅楼，望到所有这些每当我前往伦敦时都从我身旁转过，千篇一律但却总让我感到陌生和难以理解的风景——尽管自我初到英格兰以来，已经过去了好多年。这趟旅途的最后一段路，也就是火车快要驶进利物浦大街站时，我每一次都感到特别惶惑不安。这时火车要蜿蜒经过好几个道岔组成的一块咽喉区，只见砖墙和那些半圆拱、圆柱和壁龛在铁轨的两侧高高耸立，被油烟熏得黑乎乎的，这种情景再次把我的思绪带回到那个在地下骨灰安置所的清晨。这会儿已经是下午三点钟了，当时我在哈利街，在几乎清一色地由矫形外科医生、皮肤科医生、泌尿科医生、妇科医生、神经科医生、精神科医生和喉科、鼻科、耳科以及眼科医生居住的淡紫色砖瓦房当中的一栋里，在茨登内克·格雷戈尔那间洒满柔和灯光、稍微有点过热的候诊室里，靠窗站着。零零星星的雪花从低悬在城市上方的灰蒙蒙的天空飘落而下，消失在后院黢黑的裂缝中。我想到山中的初冬，想到那种万籁俱寂和我孩提时总怀着的那个心愿：但愿大雪将一切覆盖，覆盖整个村庄和山谷，一直往上，盖到峰顶。我过去会想象，当我们在春天从冰中再次解冻、显露身影时，会是怎样的一番景象啊。我在候诊室里回想起阿尔卑斯山上的积雪，想起卧室那被风吹动的窗玻璃，走廊上的雪檐，电报机金属杆绝缘体上覆盖着的皑皑白雪，想起置于井边、有时候冰冻数月之久的牲口饮水槽，我最喜爱的一首诗的开篇诗行在我脑中浮现……于是，我希望降雪横扫过伦敦低矮的高地[1]……我想象着，在这里，在外面光线越来越暗淡的昏暗中，我看见这座城市里纵横交错地布满无数街道和铁道线路的地区，这些街道和铁道线路交错重叠，向东和向北伸延开去；那些鳞次栉比的房屋一个连着一个，远远越过霍洛韦和海贝里；我看见雪花正在缓慢而均匀地飘落到这块破土而出的巨岩之上，直到一切都被掩埋和覆盖……伦敦，一片覆于黏土上的地衣，和它粗糙、毫无意义的外环[2]……茨登内克·格雷戈尔在做完检查后，在纸上画的正是这样一个轮廓模糊的圆圈，以便说明我右眼的模糊区域的范围。他说，这多半只是一种暂时性的毛病，在黄斑区上形成了一个充满透明液体的水泡，颇似壁纸下的气泡。茨登内克·格雷戈尔说，在有关文献中，这被描述为中心性浆液性脉络膜视网膜病变，造成这种紊乱状况的原因，在很大程度上仍不清楚。唯一确切知道的是，这种情况几乎只在过度写作和阅读的

1 原文为英语。

2 原文为英语。

中年人当中出现。诊断之后，为了更准确地确定视网膜受损害的部位，还必须进行一种所谓的荧光血管造影术，也就是说，要给我的眼睛拍一系列照片，或者更确切地说——如果我没有理解错的话——要透过眼球的虹膜、瞳孔和眼睛的玻璃体，拍一系列眼底照片。技术助理医生已经在那个为这样一道程序专门设置的狭窄房间里等我了。他有着非凡出众的外表，头缠白方巾，让我愚蠢地想到，他活像先知穆罕默德。他小心翼翼地将我的衬衣袖子卷起来，在我没有丝毫感觉的情况下，把针尖推进肘部下面露出来的静脉。在他将 X 光造影溶剂注入我的血液里时，他说，很可能我过一会儿会感到一种轻微的不适，我的皮肤有几个钟头会变成黄色。我们在默默无言中等待着，在这个小房间内坐在各自的位置上，就像是在单靠一只昏黄灯泡照明的卧车车厢里一样，然后他请我靠近他，把我的头放进固定在桌上的一个架子上的托架里，把下巴放进平坦的木槽中，前额顶着那根铁制带子。就是现在，当我记下这件事时，我再一次看见了那些小小的光点，每次按快门按钮时，这些光点都会在我那睁得大大的眼里四处飞溅。半小时后，我坐在利物浦大街东方大酒店的酒吧里，等着下一趟回家的列车。我给自己找了一个昏暗的角落，因为在这当儿，在这一身黄皮肤下，我的确感到不适。在乘出租车去车站的路上，我们好像是在穿过某个月神公园般，驶入了一条宽广的循环轨道中，城市的灯光奇异地在汽车的挡风玻璃中转动，朦朦胧胧的气球灯架、吧台后面的镜面和一排排五颜六色的烈酒瓶在我眼前旋转，仿佛我正坐在一个旋转木马上。每当我感到恶心时，我就把头靠到内壁上，时不时缓缓地深呼吸。有好一会儿，我就这样观察着城市金矿里的那些工人们。这些工人在华灯初上时来到这个他们熟悉的饮酒场所，清一色身穿深蓝色套装和条纹衬衫，打着花里胡哨的领带。我试图去理解这种在任何动物寓言故事书中都没有描写过的物种的神秘习性：他们喜欢簇拥在一起；他们那半好交游半好打斗的行为举止；干杯时仰脖豪饮；变得越发激动的嘈杂声；这个或者那个人的猝然离去。这时，我突然发现，在那群已经摇摇晃晃的人旁边，闪现出一个孤单的身影。那一刻我意识到，此人只可能是我近二十年来惦念的奥斯特利茨。他的整体外貌，无论是体态还是衣着都依然如故，就连旅行背包也仍在肩上。只是他波浪状的淡黄色头发已变得灰白，尽管它们仍旧像从前那样古怪地立在脑门上。可是尽管如此，我过去一直认为要比我大上近十岁的他，如今在我看来，却显得年轻十岁，这也许是由于我自己身心状况不佳，也可能是他属于那种一直到死都保留着一些孩子气的单身汉吧。我还记得，我有好长一段时间都完全沉浸在对奥斯特利茨意外归来的惊讶之中。不管怎样，我记得我在向他走去之前，就我那时第一次意识到的、他的外貌同路德维希·维特根斯坦所具有的相似性，以及他们脸上都有的那种可怕的表情思索了好一会儿。我认为，主要是那个旅行背包，让我产生了这个看似非常古怪的想法，即认为奥斯特利茨与那位一九五一年在剑桥死于癌症的哲学家有着体貌上的某种相似性。后来奥斯特利茨告诉我，这个背包是他在开始从事自己的研究前不久，在查令十字路口的一家军需用品店的瑞典库房中，用十个先令买来的。他声称这是他一生中唯一真正可靠之物。维特根斯坦也确实老背着他的旅行背包，他在普赫贝格和奥特塔尔是这样，而当他去挪威或是爱尔兰，去哈萨克斯坦或是回家去姊妹们那里，在林荫巷里欢度圣诞节时，也同样如此。有一次他姐姐玛加蕾特给他写信说，她几乎像他一样深爱着这个背包，而他本人更是无时无刻不把它背在身上。我甚至相信，他曾背着它坐在玛丽女王号班轮上横渡了大西洋，尔后又背着它从纽约到了伊萨卡。现在，只要在某处看到维特根斯坦的照片，我就愈发觉得那是奥斯特利茨正从照片里看着我，或者说，每当我凝视奥斯特利茨时，就仿佛在他身上看到了那个惆怅的哲学家，那个被同时禁锢在他明晰的逻辑思考和困惑情绪中的人。他们之间的相似

性如此鲜明：在身材上，在如同跨越了一条看不见的边界的研究方式上，在那只是临时安排的生活中，在尽可能清心寡欲的愿望方面，以及特别没有能力把时间花在某些事先的准备工作方面。于是，奥斯特利茨对我们如此长久的分离之后完全偶然的相逢只字未提，在东方大酒店的酒吧中又拾起了之前差不多一度中断的谈话。他说，他的下午是这样度过的，在最近就要彻底修缮的东方大酒店各处稍微看一看，主要是共济会教堂。从上世纪末到本世纪初，铁路公司的董事们将它修建在了当时刚好完工、装修得极其豪华的酒店里。他说，其实我早就放弃了自己的建筑艺术研究，尽管我现在不再做笔记、画草图，而只是惊奇地望着那些十分罕见的、由我们设计的东西，但有时我又旧习复发。今天就是这样，他脚下的路领着他经过东方大酒店，跟随着一种突然而至的冲动，他走进门厅，结果受到了酒店经理——一个名叫佩雷拉的葡萄牙人——极其友好的接待。尽管我肯定不会每天都去请求，奥斯特利茨说，尽管我以这种特别的方式出现，佩雷拉还是陪同我走过宽大的台阶，上到二楼，用一把巨大的钥匙给我打开了进入教堂的那道大门。教堂有用米色大理石板和红色摩洛哥缟玛瑙铺成的大厅，有黑白相间的正方形地板和拱形天花板，在天花板中央，一颗金色的星星将它的光线放射到从四面八方将其围绕

起来的昏暗云雾中。接下来，我便同佩雷拉一道穿过大部分业已打烊的酒店，穿过在高高的圆形玻璃屋顶下、能容纳三百多个客人的餐厅，穿过吸烟室和台球室，穿过一排排房间和楼梯间，一直走上曾经是简易食品厨房的五楼，然后又走下楼，进入地下室的第二层和第三层，进入一个昔日用来贮存莱茵葡萄酒、波尔多红葡萄酒和香槟酒，制作数以千计的焙制食品，准备蔬菜、红肉和浅色家禽肉的冷藏迷宫。正如佩雷拉告诉我的那样，在存放鱼类的地下室里，在用黑石板裁成、不断被流水冲洗的桌面上，河鲈、梭鲈、鲽鱼、鳎鱼和鳗鲡堆积如山。奥斯特利茨说，仅仅这个存放鱼类的地下室本身就是一个冥府。如果不是已经太晚了的话，他还会同我再走上一圈，他又说，他尤其想让我看看这座教堂和它那装饰性的描金绘画，上面的三层挪亚方舟漂浮在彩虹之下，而鸽子的喙中衔着橄榄枝，正在返回。奥斯特利茨说，今天下午，当他同佩雷拉站在这个引人入胜的主题前时，他奇怪地想到那些早已被我们置之脑后的在比利时的会面，想到他必须马上为他在最近几年才明白过来的故事找到一个类似当初在安特卫普、列日和泽布吕赫的我那样的聆听者。如果说他会在这里——在他人生中还从未踏进过的东方大酒店的酒吧里——遇到我的话，那么，同任何一种统计学中的可能性相反，它便具有了一种令

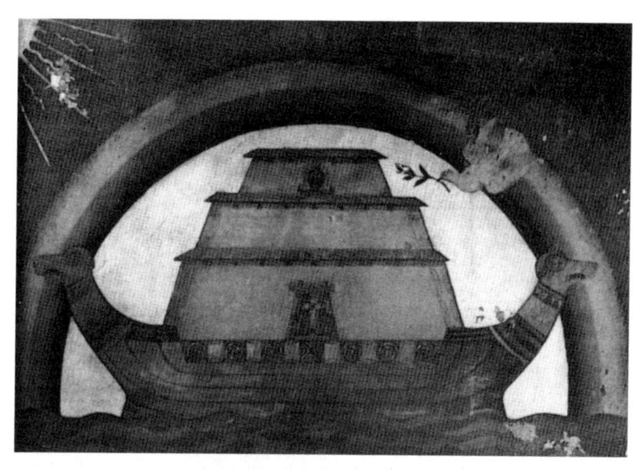

人惊异的、相当有说服力的内在逻辑。奥斯特利茨在说出这番话之后便默不作声了，我感到他有好一会儿在望着极其遥远的某处。最后他又看着我开始说起来，从我的孩提时代和青年时代以来，我就不知道自己到底是谁。从我今天的立场出发，我自然能明白，单单就我的名字以及直到我十五周岁时一直对我隐瞒这个名字的这一事实，想必就能说明我的身世了吧。不过最后我终于明白，为什么有一个比我自身的思考能力更强大、在我脑中的某处一直极其谨慎地指示它运行的机制在保护着我，使我免受自己的秘密的伤害，系统性地阻止我从中得出显而易见的结论，并根据这些结论进行调查。要摆脱我自身的这种抑制作用已非易事，现在要稍微将这些故事弄个清楚明白也不会那么简单。那个晚上，奥斯特利茨在东方大酒店的酒吧里这样开始讲述，我在威尔士的巴拉小镇上长大，住在一个加尔文派布道者和前传教士、名叫埃米尔·伊莱亚斯的人家中，他娶了一个天性胆小的英国女人。我从来都不喜欢去回想在那个不幸的房子中度过的时间，它孤零零地立于居民点外的一个山丘上，对两个大人和仅有的一个孩子来说太大了一点。屋子顶层的几个房间长年紧锁，就是现在我有时都还梦见其中一扇紧锁的房门打开了，我跨过门槛，走进了一个更加友好、亲切的世界。就连那些没有上锁的房间，其中几间也不再使用了。家具陈设十分简陋，只有一张床或者一个柜子，窗帘甚至在大白天也是拉上的，他们就在其中昏昏沉沉地打发日子。这种半明半暗的环境很快就泯灭了我的自尊心。所以我对自己在巴拉度过的童年时代几乎不再有丝毫印象。我只记得，突然用另外一个名字来叫我使我感到多么痛苦；在我自己的东西丢失之后，我不得不穿着这条又短又小的裤子，一双总是往下滑的齐膝短袜，一件渔网似的紧身上衣和一件过于轻便单薄的鼠灰色衬衣走来走去，那是多么可怕。我记得，我在这个传教士家里的窄床上常常有好几个钟头都在辗转反侧，试图想起那些我害怕是因为我的错而与我分离的人们的面孔。直到疲劳使我麻痹，我的眼皮在昏暗中垂下时，有一个不可思议的瞬间我看见了母亲，看见她向我俯下身来，或者看见父亲，看见他正微笑着戴帽子。在得到这样的慰藉之后，清晨一觉醒来，情况就更为糟糕了，每天我都必须重新告诉自己，我不再住在家里了，而是在很远很远的异地他乡，过着一种被监禁的生活。只是在不久前，我才又回想起，这使我心情多么沉重：我在伊莱亚斯夫妇家度过的这整段时间里，就从来没有一扇窗户被打开过，也许是因为这样，在几年之后的一个夏日，当我在路途上的某个地方，经过一座所有窗户都开着的房子时，我十分不可思议地产生了一种解脱的感觉。仅仅几天前，在我反思这种被解放的体验时，我才又想起我卧室的两扇窗户当中，有一扇是从里面筑墙堵上的，而从外面看却维持原状。因为人们绝不会同时既待在里面，又待在外面，虽然这种状况想必在巴拉的整个童年时代都一直困扰着我，但我却到十三四岁时才弄明白。我在传教士家里总觉得很冷，奥斯特利茨继续说，不只是在冬天，那时通常唯一的火源就是厨房里的炉灶，入口处的石头地面总是打上白霜，甚至在秋天也是如此，这种情况一直要持续到春天和必定是阴雨连绵的夏天。而沉默也像寒气那样统治了巴拉的那栋房子。传教士的妻子手脚不停地忙着家务，忙着掸掉灰尘和擦净瓷砖、洗衣物、擦亮门上的黄铜小五金，或者准备那些我们大多数时候在一言不发中吃完的贫乏餐食。有时候，她只在家里走来走去，四处查看，确保一切都在它们应有的位置上，绝不能被挪动。有一次，我发现她在楼上的一间半空的房间里，坐在一张椅子上，眼里噙着泪水，手里拿着那块湿漉漉、捏成一团的手帕。她看到我站在门口，便站起身来，说她什么事也没有，只是着了凉。走出房间时，她用手掠了一下我的头发。在我的记忆里，她这么做还是绝无仅有的一次。这当儿，传教士正按照他那不容更改的习惯，坐在他那个通向花园阴暗角落的书斋里，思考着自己下一个礼拜日的布道。他从来就没有将这些布道写下来，只是在他的脑海里构思，如此辛苦地工作至少达四天之久。每个傍晚他都从他房间里沮丧得要命地走出来，仅仅为了次日早晨再次消失在里面。但是在礼拜日，当他站在礼拜堂的教徒面前，向他们布道足足一个钟头之久时，他完全变成了另一个人。奥斯特利茨说，他用一种现在还在我的耳中回响的惊人口才进行演说，向听众展示所有的人都将面临的惩罚，炼狱的颜色，对罚入地狱的折磨，以及在美妙绝伦的星空和苍穹的幻景中，义人享有的永福。他总是不费吹灰之力就做到了，就好像他在即兴编造那些骇人听闻的恐怖事物，让他的听众心里充满了悔悟的情感，以至于他们当中不少人在礼拜仪式结束后，会面如死灰地走回家去。

而他这位传教士则相反，在礼拜日剩下的时间里，心情愉快。在总是以西米肉汤开始的午餐时间，他用半开玩笑的方式，对他那由于做菜而累得精疲力竭的夫人，给予一些有教益的评论，一般以“这个孩子怎么样”[1]这个问题来询问我的状况，试图让我稍微说上几句话。这顿饭总是以传教士最喜爱的大米布丁结束，在享用这道美味时他通常沉默不语。一吃完饭，他不是躺在长沙发上休息一个钟头，就是在风和日丽的天气，坐到屋前小花园里的那棵苹果树下，向下眺望山谷，对所做的礼拜仪式感到心满意足，简直就像创造世界之后的主撒保特[2]。在晚祷之前，他会去那张卷帘门书桌，取出一个锡盒，里面保存着威尔士加尔文派卫理公会教徒出版的宗教节日表——一本已经磨损得相当厉害的灰色小书。这本小书记下了从一九二八年到一九四八年里的每一个礼拜日和节日。他一个礼拜又一个礼拜地持续在里面记下每个日期，从书脊上取出那支细细的复写铅笔，用舌头将笔尖沾湿，犹如一个受到监督的学生般，十分缓慢、工整地注明他这一天布道所在的礼拜堂和他所讲解的《圣经》段落，譬如在一九三九年七月二十日下面就注明：在兰

1　原文为英语。

2　撒保特（Zebaoth），希伯来语，上帝在《圣经·旧约》中的别号，意为“万军之主”。

德里洛的礼拜堂——《诗篇》第一百二十七章第四节:"他数点星宿的数目,一一称它的名。"[1]或者在一九四一年八月三日下面注明:吉尔博阿的乌查夫小教堂——《西番雅书》第三章第六节:"我耶和华已经除灭列国的民,他们的城楼毁坏,我使他们的街道荒凉,以至无人经过。"[2]或者在一九四四年五月二十一日下面注明:科文的贝塞斯达小教堂——《以赛亚书》第四十八章第十八节:"甚愿你素来听从我的命令,你的平安就如河水,你的公义就如海浪。"[3]奥斯特利茨说,这本小书是传教士去世后少数流转到我手中的遗产。我最近经常翻阅,发现这本小书最后一次记下的内容在书的附页上,注明的日期是一九五二年三月七日。原文是:巴拉小教堂——《诗篇》第一百零二章第六节:"我如同旷野的鹈鹕,我好像荒场的鸮鸟"。[4]当然,在那些礼拜日的布道中,我必定已经听过这些东西五百多次了,它们多半在我幼时的脑海里一掠而过。不过即使很长时间里我对那些零星词句的意义并不理解,也不管伊莱亚斯说的是英语还是威尔士语,我都明白他的主题谈的是人类的罪孽和对人类的惩罚,

---

1 原文为英语。此句原文所标章节有误,应为第一百四十七章第四节。

2 原文为英语。

3 原文为英语。

4 原文为英语。

是烈火与灰烬,以及迫近的世界末日。然而奥斯特利茨说,如今在我的记忆中,与加尔文派的末世论相关联的,并非《圣经》中所说的毁灭景象,而是我和伊莱亚斯一同外出时所亲眼见到的景象。在他那些担任圣职的年轻同事当中,有不少人在战争开始后不久就去服役了。因此,伊莱亚斯不得不至少每隔一个礼拜日去另外一个往往是相当偏远的堂区布道。我们开始时乘坐一辆由几乎是雪白的矮种马拉的两座小马车穿越乡村,伊莱亚斯按照自己的习惯,在路途中陷入极其阴暗的精神状态。可是在回家途中,他的情绪却变得明朗了,就像礼拜日下午在家里那样。他甚至会独自哼唱,时不时让鞭子在那匹小马耳朵上方发出一点打响鞭的声音。传教士伊莱亚斯的明暗反映在我们周遭群山连绵的景色中。我记得,奥斯特利茨说,有一次我们乘车穿越那个永无尽头的塔纳特山谷往上走,两边的山坡上只有一些弯曲的树木、蕨类植物和铁锈色杂草。接下来,驶往轭状山脊上的最后一程,只看到灰白色的岩石和飘动的雾气,这让我担心我们正在接近地球的尽头。另一天,当我们刚到达彭南特山口的最高点时,我看到在西方堆积起来的云墙中裂开了一道缝,太阳的万道霞光向我们身下深得令人眩晕的山谷底处投射出一束狭窄的光。之前那里只是深不可测的昏暗,现在光辉闪耀,显露出一个被黑影包围的小小的村庄，还有几个果园、草地和田野，就像希腊神话中的极乐岛那样绿光闪烁。当我们从马和车旁边的山口小路往下走时，一切都变得越来越明亮，两边的山坡明晃晃地从黑暗中显现出来，被风吹得弯下腰来的细草泛着微光，下面小溪岸旁的银色草地在闪闪发光。我们很快又由空旷的高处走下来，进入灌木丛和树林之中，来到簌簌作响的橡树、槭树以及到处已经挂满红色浆果的花楸树下。有一段时间，我想是在我九岁那年，我同伊莱亚斯去了威尔士南部的一个地方，在那里，公路两边的那些山的两侧都已裂开，树林被毁坏和砍伐。我再也记不起我们在夜幕降临时到达的那个村子叫什么名字了。它的四周都是矿坑的煤堆，煤块在小巷子里撒得到处都是。一位教会长老在家里给我们安排了一个房间作为临时住所，从那里可以看到一个井架和一个巨大的轮子，轮子在变得越来越浓的夜色中时而这样旋转，时而又反方向旋转。沿着山谷继续往下，大致规律地每隔三四分钟，从冶炼厂的熔炉里会迸发出高高的火焰和火花光束，光束直冲云霄。当我已经躺在床上时，伊莱亚斯还久久地坐在窗边的一条凳子上，默然不语地望着窗外。我想，正是那个一次次在火光中突然亮一下、紧接着又重新陷入黑暗之中的山谷的景象，促使他想到翌晨要做的启示布道吧，一次关于上帝的报复、战争和人类住所的毁灭的演讲。

正像这位教会长老在告别时对他说的那样，他通过这次布道大大超越了自己。如果说那些听众在他布道时被吓得几乎呆若木鸡的话，那么比起另一件事，伊莱亚斯召唤的上帝威力并不能让我更持久地铭记在心。那是在那个位于山谷尽头的小镇里，一颗炸弹在大下午击中了影剧院，而伊莱亚斯正要在当天晚上主持晚祷。当我们到达当地市中心时，废墟还在冒烟。人们三五成群地站在大街上，有些人还吓得用手捂住了嘴。消防车穿过圆形花坛。草坪上躺着一些尸体，穿着他们在礼拜日最好的衣装——不用伊莱亚斯跟我讲，我也知道这是违背神圣的安息日戒律、犯下罪孽的行为。这样一来，我脑海中渐渐浮现出一种旧约全书的报复神话，并且我认为，拉努辛堂区沉没到韦尔努伊水库中的画面是这一神话的主要表现。就我记忆所及，那是在他外出履行圣职的归途上，不是在阿伯特里维尔就是在蓬特洛格尔，伊莱亚斯在湖岸边停下，把我带下车，一直走到堤坝中心。然后，他在那里给我讲起他父亲的房子。这座房子就在那下面，在黑乎乎的水下大约一百英尺的深处，而且不仅仅是他家的房子，还有至少四十座房屋和庭院，以及耶路撒冷的圣约翰教堂、三个小教堂和三家啤酒馆。这些建筑物从一八八八年秋天起，在水坝完工后，都被淹没了。奥斯特利茨说，伊莱亚斯这样给他讲过，拉努辛在其沉没前的那些年，曾因村中草地上进行的足球赛事而享有盛名，每逢夏季圆月当空时，往往有一百二十多个各种年纪的小伙子和男子通宵作战，有的还是从隔壁村子赶来的。这个关于拉努辛足球赛的故事让我想象了好久，奥斯特利茨说，首先以及最重要的，肯定是因为伊莱亚斯在之前或之后从未告诉过我任何有关他自己生活的事情。在韦尔努伊堤坝上的那一刻，他有意无意中让我得以一瞥他那传教士的内心世界。我深有感触地觉得，他这样一个正直的人，对我而言，仿佛就是拉努辛的这场洪灾的唯一幸存者，而同时，我想象着所有其他的人——他的父母，他的兄弟姐妹，他的亲戚，那些邻居和其余的村民——都还待在水下的深处，继续坐在自己家里，在大街小巷东游西逛，却不能说话，大睁着眼睛。我的这种关于拉努辛居民的水下生活的想象，也同我们返回当晚伊莱亚斯第一次给我看的那本影集有关。这本影集里有一些关于他那如今已被淹没在水下的诞生地的各种照片。由于平常在传教士家中没有任何照片，所以我就一再地翻阅着这些为数不多的影像——相当久之后它们同那本加尔文派历书一起成了我的财产，直到那些从照片中往外望的人们——那些系着皮围裙的铁匠，曾经当过邮政代办人的伊莱亚斯的父亲，赶着羊群走过乡村公路的牧羊人，尤其是那个坐在花园椅中、将小狗放在膝盖

上的小女孩——对我而言变得如此亲切，仿佛我一直就在湖底和他们生活在一起。夜晚入睡前，在我那间冰冷的屋子里，我常常觉得，好像我也曾被淹没在那昏暗的水中，就像其他那些可怜的韦尔努伊人一样圆睁着双眼，为了捕捉从远远的高处洒下的一道微弱光线，观看那座如此令人恐惧地孤立在树木茂密的岸边的石砌塔楼，投下被波浪击碎的倒影。有时我甚至想象自己就是影集照片里的这个或者那个人物，在巴拉的大街上，或者在外面的田野中游荡，尤其是在赤日炎炎的夏日午时，这时通常路上空寂无人，只有空气在颤动。伊莱亚斯不准我谈论此类事情，因此我一有空闲时间，就待在鞋匠埃文

那里。他的工作间离传教士家不远，而且他因能够看到鬼魂而出名。我从埃文那里飞快地学会了威尔士语，因为比起必须为主日学背诵的那些没完没了的诗篇和圣经格言来，他的故事让我中意得多。同总是把疾病和死亡同磨难、正义的惩罚和罪孽联系起来的伊莱亚斯相反，埃文讲的是在不幸的时期被命运击败的死者们的故事，他们知道自己的那一份被骗走了，所以试图重返人间。

如果你有一双能看见他们的双眼，埃文说，你就能经常发现他们。乍一见，他们好像只是普通人，可是如果更仔细地打量，就会发现他们的面部不是模糊不清，就是在边缘有些闪烁。多数情况下他们还会比他们在世时小上一圈，埃文声称，因为死亡的经历会使我们缩短，正如一块平纹亚麻布在第一次洗涤时会缩水一样。那些死者基本上都是独来独往，不过有时候他们也会三五成群地东游西荡；他们曾经被看到身着五颜六色的制服外套，或是罩上灰色披风，伴随着柔和的鼓点，往镇子上面的山上行进，只比他们路过的田野围墙高一点点。埃文讲到他的祖父，说他有一次在从弗龙加斯特尔去皮尔绍的路上，不得不避让一旁，好让一队赶上他的幽灵队伍走过去。他们是一队大步流星向前行进的小矮人，身子稍稍前倾，用假声相互交谈着。奥斯特利茨说，在埃文低矮的工作台上方的墙上，有一个钩子挂着他的祖父从尸架上拿来的黑面纱。当时，这些伪装起来的小人正抬着它从他身旁走过。当然也是埃文，奥斯特利茨说，他有一次给我讲，没有什么东西比这条面纱更能把我们同下一个世界隔离开来。实际上，在巴拉的传教士家里度过的所有岁月中，我从来没有摆脱过一种感觉，即觉得有某种显而易见的东西在躲着我。有时候，我好像是在梦里，试图理解现实：一会儿我又觉得，好像我有一个看不见的孪生兄弟在与我并肩走着，可以说，它是个与影子相反的东西。我甚至怀疑从六岁起在主日学校中读过的圣经故事中有一些与我自己有关的含义，与我用食指沿着那一行行的印刷文字划过时所感觉到的含义迥然不同。奥斯特利茨说，我还看到，自己如同念魔咒般口中念念有词，一再从那本儿童专用的大字号版本的《圣经》中，逐字逐句地读着摩西的故事。这本《圣经》是帕里小姐送给我的。当时我被要求将关于变乱言语的那一章给背下来，而且第一次做到了重音悦耳、一字不错。这本书我只要翻上几页，奥斯特利茨说，就能记起当我读到利未之女的故事时心里有多么害怕：利未之女做了一个蒲草箱，抹上石漆和石油，将孩子放在里头，把箱子搁在河边的芦荻中——*在河边的芦荻中*[1]，我想，原文就是这样。另外，在摩西的故事中，我尤其喜欢的一段是，奥斯特利茨说，以色列的孩子们穿越一片令人恐惧的旷野，在这么多天的流浪中，其目光所及之处，只有天空和沙土。我试图想象那个在流浪的人们前方“引领路途”——如《圣经》所用的奇怪措辞——的云柱，忘却了周围的一切，沉浸于西奈沙漠的全景之中。它看起来就像我长大的那个地方，有着光秃秃、相互交错的山脊

1 原文为威尔士语。

和灰蒙蒙、若隐若现的背景，有时我以为那是海洋，有时又以为是天空。后来有一次，当奥斯特利茨在我面前打开一本威尔士文的儿童版《圣经》时，他说，其实我明白自己就处于那些正在安营扎寨的小小人影之中。我仔细检视着这幅画面里的每一平方英寸，它让我感到毛骨悚然地熟悉。我想，是在右边，在十分陡峭的山坡旁的一个比较明亮的平面上，我认出了一个采石场，在那均匀的弧线之下，我似乎还认出了其中的一条铁路轨道。但我的思绪主要停留在中间那个围上篱笆的广场和最后面那个上面升起一团白色烟云的帐篷式建筑上。不管当时我的内心里发生了什么，我觉得这些在野地中的希伯来人营地，比我在巴拉那每天愈加难以理解的生活更亲近。至少，奥斯特利茨说，如今在我看来是这样。在东方大酒店酒吧里的那个夜晚，他还说到，在巴拉的传教士家里，既没有收音机，也没有报纸。他说，我不知道，伊莱亚斯和他的妻子格温多琳是否曾提到过发生在欧洲大陆上的那场战争。我无法想象威尔士之外的任何世界。这种状况从战争结束时起才逐渐改变。为了庆祝胜利，就连在巴拉，人们也在用彩色小旗装饰的街道上跳舞。似乎一个新的时代开始了。对我来说，这个新时代开始于我第一次打破禁令去看电影，从那时起我每个周日上午都在电影放映员欧文——那个能够看见鬼魂的埃文的

三个儿子当中的一个——的屋里观看所谓的有声新闻影片。大致就在这个时候，格温多琳的健康状况越来越糟，开始时难以察觉，但是很快便急剧恶化。她这个向来极其认真、有条不紊的人，先是对这个家，紧接着便是对她自己漠不关心。她只是站在厨房里，一筹莫展。每次伊莱亚斯尽最大努力做好饭菜，她也几乎一点都没吃。无疑，她的疾病导致我在一九四六年秋季学期被转到奥斯沃斯特里附近的一所私立学校，那时我十二岁。就像大多数这类教育机构一样，斯托庄园是你可以想象得到的最不适合青少年的场所。一个名叫彭里斯·史密斯的校长总是穿着他那身满是灰尘的长袍，从清晨直至深夜，在学校各个大楼内漫无目的地转来转去，无可救药地健忘，心不在焉到了极点。在这刚刚到来的战后时期，其余的教师也都是一些奇怪的人，大都超过六十岁，要不就是有某种缺陷。学校生活多少能够自行按部就班地进行，并不是因为那些在斯托庄园工作的教师，也不是因为任何伦理道德的影响，而是得益于习俗和传统，其中一些相当具有东方特性，能够追溯到好几代学生之前。其中包括各种形式的多数专制和少数独裁、强迫劳动、奴役、顺从、特权的赠予和撤销、英雄崇拜、贝壳放逐法[1]、监禁和赦免。凭借着这些，确实可以说，学生们在没有任何监督的情况下就能自主管理整个学校，教师们也不例外。甚至当心肠很好的彭里斯·史密斯由于有人告诉他的某件事情，不得不在他的办公室里痛打我们当中的某个人时，人们很容易就会得到这样的印象：好像被害者暂时向惩罚施行者转授了本来只属于自己这个受罚者的特权。有时候，尤其是在周末，教师们好像全都溜走了，留下这些受托付的学生在位于城外至少两英里路的学校里听天由命。然后，在没有任何监督的情况下，我们当中的一些人便随意地东游西荡，而另外的人则策划阴谋诡计，扩张自己的权力堡垒，或是在位于昏暗的地下室走道的尽头——这条走道出于无法解释的理由，被称作“红海”——只有几张摇摇晃晃的长凳和椅子的试验室里，就着一个发出一股甜味的旧煤气灶的火焰烘烤面包片，把一种硫磺色代用粉——在墙上的壁橱中有大量存货，与其他那些用于化学课的东西放在一起——做成炒蛋食品。当然，在斯托庄园的这种环境下，许多男孩们都是在不幸中度过了他们的整个求学时期。譬如，奥斯特利茨说，我还记得一个名叫鲁宾逊的男孩，显然

1　古希腊由公民将自己认为对国家有危害的人的名字写在贝壳和陶片上进行投票，如超过半数，就将其放逐国外。

无法适应学校生活的艰苦和古怪，以致他在大约九岁或者是十岁时，就多次试图逃跑。他在半夜顺着檐沟的排水管往下滑，然后穿过田野逃走，但总是在第二天早上穿着那件想必是奇怪地专为这次逃跑而穿上的花格图案晨服，被一个警察带了回来，像通常的犯人那样被送交给校长。可是对我自己而言，奥斯特利茨说，同可怜的鲁宾逊不同，在斯托庄园的那些岁月与其说是一个被监禁的时期，不如说是一个获得解放的时期。当我们之中的大多数人，就连那些折磨自己同龄人的人，都在一天天划着日历，直到又允许他们回家的日子到来，我却希望自己最好再也不会回到巴拉去。从第一个星期起我就明白，这个学校尽管有种种令人反感之处，却是我唯一的出路，因此我立即尽一切可能，从那无数潜规则和常常几乎是狂欢般的无序所形成的一团怪异的混乱中突围。对我十分有利的是，我很快就开始在橄榄球场上崭露头角，也许是由于一种隐隐约约在我的心中隆隆作响，可是当时我还根本没有意识到的痛苦，让我能够比任何其他学生更出色地埋着头穿越成排的对手。在我的记忆中，我总是在那些于寒风凛冽的冬天，或者是倾盆大雨中进行的橄榄球比赛里，展现自己的无所畏惧，这使我在最短时间内获得了一种不需通过其他手段——诸如招募跟班或奴役更弱小的男孩们——来获得的特殊地位。此外，我在学校取得优异成绩的关键，在于我从未感到学习和读书是一种负担。完全相反的是，由于我直到入学时都被禁锢在威尔士的《圣经》和说教故事中，我现在感到，每当我翻开一页书时，都好像有一道新的大门向我敞开。我阅读着学校图书馆所能提供的一切，包括那些完全是随意编排的著作，以及我可以从老师那里借来的所有书籍——关于地理和历史的著作、游记、长篇小说和传记作品。我坐在那里，直到夜幕降临到我的参考书和地图册上。因此我逐渐在脑海里创造出一幅理想的图景，在这幅画中，阿拉伯的沙漠、阿兹特克人[1]的帝国、南极洲、白雪皑皑的阿尔卑斯山、西北航道、刚果河和克里米亚半岛一同形成一幅全景，而与之相关的人群环绕在这周围。我可以在任何时刻进入这个世界——在拉丁文课堂上，在礼拜仪式中，或者是在没有止境的周末，所以我从未陷入斯托庄园中那么多男孩们遭受的沮丧之中。只有在假期中我又不得不回到家里时，我才感到痛苦。在万灵节第一次返回巴拉时，我就已经感到，好像我的生活又回到那个在我回忆中一直伴随着我的灾星之下了。我不在家的这两个月，格温多琳的情况还在继续恶化。

1　阿兹特克人，又译阿兹台克人，墨西哥印第安人。15 世纪和 16 世纪初，曾在今墨西哥中、南部建立帝国。

现在她成天躺在自己的床上，目不转睛地望着天花板。伊莱亚斯每天早晚都来她这里待上一会儿，可是，无论是他还是格温多琳都没说一句话。我感到，当我回想起这种情况时，奥斯特利茨说，他们好像就要被他们内心的冷漠杀死。我不知道格温多琳死于何种疾病，我想，她自己也没法说清。不管怎样，她无力抗拒一种要在白天履行数次的奇怪义务——也许晚上也得这么做，即从放在床边小桌上的一个大粉罐里给自己扑一种廉价滑石粉。格温多琳就这样大量使用这种粉尘般细小、质地有点油腻的粉末，所以很快地，她床铺周围的地上铺的漆布，以及整个房间和楼上的走廊，都蒙上了一层白色的、由于空气潮湿而变黏的滑石粉。奥斯特利茨说，直到我最近在一位俄国作家描写他童年和青年时代的作品中读到他祖母的一种类似的扑粉癖好时，才又重新想起传教士家里这种“变得雪白”的情景来。在那部作品中，作者的祖母大部分时间都躺在长沙发上，只吃酒胶糖和杏仁牛奶，却有着钢铁般健壮的体质。她经常敞开窗户睡大觉，因此有一次，在外面整整一夜的风暴之后，她早上在一层积雪下面一觉醒来，却仍安然无恙。当然传教士家里可不是这样。病房的窗户总是关着的，而这种一点一点四处沉积、已形成可见道路的白色扑粉，同闪闪发光的白雪毫不相干。不如说，它更像埃文曾经给我讲过的那种外胚层质，据说有千里眼的人可以用嘴将含有它的大泡泡吐出来，这些水泡落到地上后很快就变干，化为尘土。不，这并非吹进传教士家里的那场刚下过的雪；这里满是某种不祥之物，我不知道它来自何处。只是过了很久之后，奥斯特利茨说，我才在另外一本书里为这种不祥之物找到一个虽然让人完全无法理解，却使我豁然开朗的名称——“砷恐惧”。那是在人类记忆有史以来最严寒的冬季里，我第二次从位于奥斯沃斯特里的学校回到家里来，发现格温多琳已经气息奄奄。在病室的壁炉里，炭火在燃烧。从炭火闪烁的碎块上升起不能完全消散的黄烟，同弥漫在整个屋里的石炭酸气味混合在一起。我在窗旁伫立几个钟头，研究着窗框上那些两三英寸高的冰山的奇异构造，它们由沿着窗玻璃滚落的水形成。在外面的雪景中，时不时出现三三两两的人影。他们披着深色披肩和披风，撑着伞，顶着暴风雪，步履蹒跚地爬上这座山岗。他们由现在为传教士料理家务的邻居的女儿领着，在他们慢慢爬上楼梯前，我听见他们在下面的入口处脱掉靴子。他们带着些许犹豫，好像需要在什么东西下面弯下腰来，然后他们跨过门槛，把带来的东西——一瓶腌制的红球甘蓝、一罐腌牛肉或者是一瓶黄酒——放在五斗橱上。格温多琳不再注意到这些客人，而这些客人自己也不敢去仔细看她。多数情况下，他们会和我一起在窗户旁站上一会儿，像我那样凭窗远望，有时候稍微清一下喉咙。他们离去之后，一切又如先前那样万籁俱寂，除了我能在身后听到的浅浅呼吸，每次呼吸之间好像都经历了永恒的时光。圣诞节那天，格温多琳费尽九牛二虎之力，再一次坐了起来。伊莱亚斯端给她一杯加了糖的茶，可她只用茶润了润自己的嘴唇。然后她说了一句话，轻得让人几乎听不见：是什么让我们这个世界变得如此黑暗？[1]而伊莱亚斯则回答说：我不知道，亲爱的，我不知道。[2]直到新年时，格温多琳仍然迷迷糊糊。可是在主显节那天，她的大限已到来。外面变得越来越冷，而且更加悄无声息。后来我听说，整个国家在这个冬天都陷入死一般的沉寂。甚至就连我在到达威尔士时认为是大洋的那个巴拉湖，也盖上了厚厚的一层冰。我想到湖底深处的斜齿鳊和鳗鲡，想到那些客人给我讲过的、冻僵后从树枝上掉下去的飞鸟。所有这些日子里，天气从未真正晴朗过。最后，在十分遥远的地方，太阳从雾气弥漫的碧空中稍微露了一下脸。这时，这位行将就木的女士把眼睛睁得大大的，目光一直没有离开从窗户玻璃透进来的这道微弱光线。直到夜幕下垂

1 原文为英语。

2 原文为英语。

时，她才垂下了自己的眼睑。此后不久，每一次呼吸时，她的喉咙里都会发出一种汩汩声。我同传教士通宵达旦坐在她的身旁。黎明时,呼噜呼噜的呼吸声停止了。然后，格温多琳的身子在又一次塌下之前，稍微向上隆起。这是一种紧张的姿势，正像有一次我在一只受伤的兔子身上感受到的那样，当我把它从田埂上捡起来时，它在我手中吓得心跳都停了一下。在临终前的挣扎之后，格温多琳的身子好像缩短了一截，让我不由得想起埃文曾经讲过的事情来。我看见她的眼睛缩回眼窝里，下边那排歪歪斜斜长在一起的牙齿从薄薄的、现在往后绷得紧紧的嘴唇中半露了出来，而这时在外面，朝霞在许多天以来第一次掠过巴拉的屋顶。奥斯特利茨说，在她死去的那天,剩下的时间是怎么过去的,我已经记不清了。我想，我应该是精疲力竭地倒头便睡,而且睡得很死,睡了很久。当我再次起床时，格温多琳已经躺在棺材里，放在前厅的四把桃花心木椅上。她穿着她那件这些年来一直保存在楼上一个箱子里的新娘礼服，戴着一副有很多小珠母纽扣的白手套。这副手套我还从未见过，见到它时我的泪水第一次在传教士家里夺眶而出。伊莱亚斯坐在棺材边守灵，而这时在外面，在冻得嘎吱作响的空仓库里，一位骑着一匹矮种马、从科文来的年轻副牧师，独自一人在演练葬礼那天应当由他来致辞的悼词。伊莱亚斯再也没有从妻子的死亡中恢复过来。奥斯特利茨说，自从她去世之后，悲痛一词已无法真实表达他所陷入的状况。尽管当时我作为一个十三岁的孩子并不理解这一点，但现在我能够明白，那种不幸是如何在他内心逐渐积聚，恰恰在他最需要之时摧毁了他的信仰。当我夏天再次回家时，他已经有好几个星期再也无法履行自己的传教士圣职了。有一次他登上布道坛，打开《圣经》，用沙哑的声音读着，好像是在自言自语地念着哀歌里的箴言："他使我住在幽暗之处，像死了许久的人一样。"[1]伊莱亚斯再也没有进行过布道。他只是在那里站了一会儿，用在我看来如盲人般静止的目光，越过因惊恐而麻木的教众们的头颅往下望去。然后他又缓步走下布道坛，走出了礼拜堂。在夏季结束之前，人们就把他送往了登比的精神病院。在那里我仅仅探望过他一次，是在圣诞节前，同堂区的长老一道去的。病人都被安置在一座巨大的石砌房子里。奥斯特利茨说，我记得，我们必须在一个涂了绿漆的屋里等候。大致过了一刻钟，来了一个看护，领着我们往上走去伊莱亚斯那里。他躺在一张有栏杆的床里，脸冲着墙。看护说：你儿子到这里来看你啦，牧师。[2]

1 原文为英语。

2 原文为英语。

可是打了两三次招呼，伊莱亚斯都没有回应。当我们又离开这个房间时，同住病员当中的一个不修边幅、头发灰白的小个子男人扯着我的袖子，用手遮住嘴悄悄对我耳语道：他有点疯，你是知道的。[1]奥斯特利茨说，我当时也很奇怪，竟感到这句话把这种完全绝望的状况变成了一种让我能够承受的、安慰性的论断。——去登比精神病院探望他之后过了一年多，在一九四九年夏季学期开始时，我们正在为决定我们今后道路的考试做准备——奥斯特利茨在过了一会儿之后，又这样开始讲了起来——有一天早上，校长彭里斯·史密斯把我叫到他那里。我现在仍然可以看见他穿着那件边缘磨损的大礼服在我面前，四周被烟斗的蓝色烟雾环绕，站在透过铅灰色玻璃窗户的格状结构斜射下来的阳光中，用他那特有的杂乱方式，前前后后多次重复着，说我的行为一直都是模范，在这种情况下，鉴于过去两年中所发生的种种事件，确实是十足的典范；如果我在以后几个星期能满足我那些老师毫无疑问是正当地寄托在我身上的希望，那么在完成高年级学业时，学校就会给我提供一笔斯托庄园财产受托管理人的奖学金。然而，首先他有义务向我坦白，我在考试答卷上不能写戴维兹·伊莱亚斯，而必须写雅

1　原文为英语。

克·奥斯特利茨。看来，彭里斯·史密斯说，这才是你真正的名字。[1]彭里斯·史密斯说，在我入学时，他同我的养父母长谈过。他们本来打算在开始考试之前的一个恰当时机向我说明我的身世，如果可能的话就领养我，可是像现在这种情况，奥斯特利茨说，很遗憾，这当然已经不在考虑之内了。他自己只知道，伊莱亚斯夫妇在战争开始时收留了我，当时我还是个小男孩，所以没法把详细情况告诉我。一旦伊莱亚斯的情况有所好转，后面的一切问题肯定都会迎刃而解。对其他男孩子而言，你暂时仍然是戴维兹·伊莱亚斯。没有必要让任何人知道。只是你得把雅克·奥斯特利茨写到你的考卷上，否则你的考试可能被视为无效。[2]彭里斯·史密斯将名字写到一张纸条上，当他将这张纸条当面交给我时，我只知道对他说“谢谢您，先生”[3]，奥斯特利茨说。首先，最使我心里感到不安的是，我根本就无法想象奥斯特利茨这个词。如果我的名字是摩根或者琼斯，我也许还能把它同现实联系起来。甚至就连“雅克”这个名字也是我从一首法国小曲中才知道的。可是奥斯特利茨，我先前却从未听到过，所以我从一开始就确信，除了我之外，没

1 原文为英语。

2 原文为英语。

3 原文为英语。

有人叫这个名字，无论在威尔士，还是在不列颠岛上，甚至在世界上任何别的地方。确实，自从我几年前开始调查自己的历史以来，我就没有在任何地方遇到过另一个奥斯特利茨，在伦敦的电话簿上没有，在巴黎、阿姆斯特丹和安特卫普的电话簿上也没有。但是最近，在完全偶然地打开收音机时，我听到播音员说，弗雷德·阿斯泰尔[1]，一个之前我完全不知道的人，真实姓氏就是奥斯特利茨。按照这个令人惊异的节目的说法，阿斯泰尔的父亲出生在维也纳，在内布拉斯加州的奥马哈担任啤酒酿造专家。阿斯泰尔也在那里出生，从奥斯特利茨家居住的这座房子的阳台上，人们可以听到货运列车在城市调车场上移来移去的声音。据说阿斯泰尔后来有一次说过，这种甚至在夜里也持续不断的调车噪声和与此联系在一起的、乘火车出外远游的想象，也许就是他幼年时代唯一的记忆了。在我就这样偶然了解到一个我不认识的男人的生活经历之后，只过了几天，奥斯特利茨补充道，我从一位自称是热心读者的女邻居那里得知，她在卡夫卡的日记中读到过一个叫我这个名字的矮个子的罗圈腿男人，就是此人为这位作家的侄子割了包皮。我并不相信这些蛛丝马迹会有什么结果，就像我不相信自

1　弗雷德·阿斯泰尔（1899—1987），美国著名演员和舞蹈家。

己会寄希望于一份档案记录一样。这份记录是我不久前在一份实施安乐死的文献资料中找到的。我由此得知，一个名叫劳拉·奥斯特利茨的女子于一九六六年六月二十八日在一个意大利预审法官面前作口供，说到她一九四四年在的里雅斯特湾圣萨巴半岛上的一个米磨坊中犯下的罪行。不管怎样，奥斯特利茨说，迄今为止我都未能找到我这个同名姊妹。我甚至不知道，如今，她在作证三十年之后是否还活着。就我自己的故事而言，我已经说过，一直到一九四九年的那个四月天，直到彭里斯·史密斯将那张由他写上字的纸条交给我时，我还从未听说过奥斯特利茨这个名字。我无法想象这个名字该如何拼写，我把这罕见的、好像一种秘密口令似的词，一个音节一个音节地读了三四遍，然后才抬起头来说：对不起，先生，可是这表示什么意思？[1]对此，彭里斯·史密斯回答说：我想这是在摩拉维亚[2]的一个小地方，它是一次著名战役[3]的战场，你知道的。[4]下一个学年的课程确实极其详细地谈到了在梅伦的这个名叫奥斯特利茨的村庄，因为八年级的教学计划中已经开设了欧洲历史。

1 原文为英语。

2 摩拉维亚是捷克斯洛伐克的一个地区。后文的梅伦即摩拉维亚。

3 这里指 1805 年 12 月 2 日的奥斯特利茨战役。

4 原文为英语。

欧洲历史被普遍认为是一门比较复杂、并非完全没有危险性的课程，因此在通常情况下，人们也就局限于以英国的重大成就告终的从一七八九年到一八一四年的这段时期。教师正如他经常强调的那样，要使我们了解这个既光荣又充满恐怖的时代。这位教师是一位名叫安德烈·希拉里的先生。此君在服役期满离开军队之后，在斯托庄园刚刚入职。事实很快就表明，他对拿破仑执政时期直至细枝末节都了如指掌。安德烈·希拉里曾在奥里尔学院学习，可是从小时候起，就在自己家里受到几代人对于拿破仑的热情的熏陶。奥斯特利茨说，他有一次对我讲，安德烈这个名字，就是他父亲让他接受洗礼时取的教名，以纪念里沃利公爵马塞纳元帅[1]。事实上，无需任何准备，希拉里可以追溯他所说的那颗科西嘉彗星从一开始划过天空直至其消失在大西洋南部的轨道，列举出它所经过的所有星座，以及由其上升或下降所照亮的那些事件和人物，仿佛他本人曾经在场。皇帝[2]在阿雅克肖的童年，在布里耶纳军事学院的学习时期，在土伦被围，在埃及出征的辛劳，越过全是敌舰的大海返回，穿越大圣伯纳德，在马伦哥、耶拿和奥尔施塔特的战役，

1　安德烈·马塞纳（1758—1817），法国革命战争和拿破仑战争时期法国的主要将军，1804年成为元帅，1808年受封里沃利公爵。

2　此处的“皇帝”和上面的“科西嘉彗星”都指拿破仑。

在艾劳和弗里德兰的战役，在瓦格拉姆、莱比锡和滑铁卢的战役——希拉里栩栩如生地给我们追述一切。他的追述一部分是对事件的讲述，往往由平淡叙事转为戏剧性描述，进而变成一种分饰不同角色的戏剧表演，他以令人惊异的高超技巧在这些角色之间换来换去；另一部分是他以一个不偏不倚的战略家的冷静判断力，检视着拿破仑及其对手所下的妙棋，就如用鹰眼从高处俯视那些年的整个场景——他有一次不无自豪地这么说。希拉里所讲授的那些历史课给我们当中的大多数人留下深刻印象，奥斯特利茨说，很可能由于他深受其折磨的椎间盘疾病，他经常仰卧在地板上给我们展示他的内容，我们并不感到好笑，因为希里拉在那些时候说起话来特别清楚和权威。毫无疑问，希拉里的拿手好戏就是奥斯特利茨战役。他巨细靡遗地给我们描述地形，从布吕恩向东通往奥尔米茨的公路，公路左边的梅伦丘陵地区，右边那些普拉岑高地，使拿破仑士兵当中那些老兵回想起埃及金字塔的那座世所罕见的圆锥形山峰，贝尔维茨、斯科尔尼茨和科贝尔尼茨这些村庄，位于该地的禁猎区和养雉场，南部的金溪河道和池塘湖泊，法国人的野营营地和绵延九英里的九万反法盟军的野营营地。奥斯特利茨说，希拉里告诉我们，早上七点时，最高峰的山巅会从雾气中显露，就如海中的岛屿一般。而随着圆形山顶的上空变得越来越亮，下面山谷中乳白色的云雾也显而易见地变得更浓了。宛若一次速度缓慢的雪崩，俄国和奥地利军队从山的两侧下来，很快在越来越深的迟疑中越过他们调动的目的地，在山坡上和草地上四处乱走，而这时法国人只用了一次冲锋，就夺取了普拉岑高地上那些差不多已经被放弃的始发阵地，然后他们便从那里对敌人发动突然袭击。

希拉里给我们描绘出身穿红白色、蓝绿色军装的各个团的布防图景，他们在战役进行时不断混合成新的图案，就像万花筒里的玻璃晶体一样。我们一再听到科洛夫拉特和巴加蒂翁、库图佐夫、贝纳多特、米洛拉多维奇、苏尔特、缪拉、旺达姆和克勒曼这些名字；当最初的阳光穿过雾气时，我们看见火炮上方悬浮的黑色烟雾，炮弹在作战士兵的头上呼啸而过，刺刀闪着寒光；我们相信自己真的听见了重骑兵相互碰撞的啪啪声，感觉到（就像我们察觉到自身的虚弱那样）一列列士兵在对手跑过身边时卷起的巨浪中兵败如山倒。希拉里可以就一八〇五年十二月二日讲上好几个小时，尽管如此，他却认为，他在自己的描述中把所有的东西都删减得太多了。他多次说过，你需要无限长的时间，才能以一种不可思议的系统形式来恰当讲述在这样的一天里发生了什么事，谁死于何地，如何死去，或者谁幸免于难的详细情况，或者仅仅是在夜幕降临时战场上看起来是何等景象，伤兵和死者如何叫喊和呻吟。最后，你能做的所有的事就是把那些不为人知的细节都概括成“这场战役起伏不定”这样一句可笑的话，或者是一些类似的无济于事、于事无补的话。我们所有的人，甚至当我们认为自己已经注意到了所有的细枝末节时，也只不过是在凑合对付那些别人已经足够频繁地搬上舞台的固定套路。我们试图复述事实，可是我们越是努力这样做，就越是被强加那些我们总在历史剧目中看到的场景：阵亡的鼓手，刚刺倒另一个步兵的步兵，一匹战马破裂的眼睛，被他的将军们团团围住、在令人目瞪口呆的混战中毫发无损的皇帝。我们对历史的考量——希拉里的命题引至如此——就是那些预先被印刻到我们大脑里的场景，我们目不转睛地凝视着它们，而真相却在别处，远离这所有的一切，尚未被发掘。奥斯特利茨补充道，尽管我曾经读过关于三皇之战的无数描述，我的记忆中也只留下了反法盟军覆灭时的情景。每一次试图理解这些所谓的战争过程的努力，都会不可避免地变成一队队俄国和奥地利士兵步行或骑马从结冰的萨辰池塘上逃跑的画面。我看见那些炮弹永远停留在空中，看见另一些炮弹击中冰层，看见不幸者高举双臂，从倾覆的冰块上滑落。我不是用自己的眼睛看见他们的，说来也奇怪，而是透过近视的达武元帅[1]的眼睛。达武元帅曾经同他麾下的那些军团从维也纳出发，强行军走上来，戴着他那副在脑后用两根带子拴住的眼镜，看起来活像个早期的摩托车手或者飞行员。当我今天想到安德烈·希拉里的阐述，奥斯特利茨说，我再次回忆起当时在我脑海中浮现的以神秘莫测的方式与法国人民无上光荣的过去联系在一起的一种想法。希拉里越是当着全班同学的面频繁地说出奥斯特利茨这个词，它就越发成为我的名字，我也就更加清楚地认识到，最初让我感到是自己身上的一个污点的这种事，变成了一个不断浮现在我眼前的亮点，就像在十二月的迷雾之上升起的奥斯特利茨的太阳，充满了希望。这整个学年里我都感到自己是有幸被选中的人，而且我几乎一辈子都秉持着这种想法，尽管我同时也知道，这种信念与我那合法性值得怀疑的身份毫不相称。我想，在我那些斯托庄园的同学当中，没有人听说过我的新名字，就连那些从彭里斯·史密斯那里了解到我的双重身份的老师都继续叫我伊莱亚斯。安德烈·希拉里是仅有的一个由我亲自告诉他我的真实名字的人。那是在我们必须交一篇论述帝国与民族这些概念的作文不久之后，希拉里在正

1　路易斯·尼古拉·达武（1770—1823），法国将军，拿破仑麾下杰出的战地指挥官。

式的课时之外，把我叫到他房间去，把我那篇他打了一个“A”和三颗星的作业亲自交给我，而不是同所有别人那些被他称为“无价值”的文章一起发还。他是个在历史学专业期刊上发表过各种文章的人，但他说自己也没法在相对仓促的时间内写出一篇这么有洞察力的文章来，他想知道，我是否在我父亲或者某位兄长的启发下学习过历史学。我答复希拉里的问话时有些克制不住自己，在这种情况下，我觉得自己再也忍不住了，于是告诉了他关于我真名实姓的秘密。对此他感到久久不能平静。他一次又一次地拍打前额，发出惊讶的叫声，仿佛大意终于给了他一个他一直希望得到的学生。我还待在斯托庄园的那段时期，希拉里尽可能地支持和鼓励我。我首先以及最应该感谢他的是，奥斯特利茨说，剩下的学年里，我在历史、拉丁文、德语和法语这些学科的毕业考试中远远超过了其他同龄人，而且能借助丰厚的奖学金朝着通向自由的路继续前行，正如我当时满有把握地认为的那样。告别时，安德烈·希拉里从他的拿破仑收藏纪念品中，取出一幅镶上金色镜框的深色纸板画稿，交给了我。在画稿上，在闪闪发光的玻璃后面，粘着三片易碎的柳树叶，这是圣赫勒拿岛上一棵树上的叶片，另外还有一种类似浅色小珊瑚枝的石头地衣——从上面极小的签名得知，这是一八三〇年七月三十一日希拉里的一位祖先从内伊元帅[1]墓上的沉重的花岗石板上剥下来的。这种就其本身而言可能是毫无价值的纪念品至今仍然为我所有，奥斯特利茨说。它对我来说，意义几乎远胜于其他任何一幅图片，一方面是因为保存在其中的遗物、石头地衣和干枯的披针形叶尽管都容易碎裂，却已经完好无损地保存了一个多世纪；另一方面是因为它让我每天都会回想起希拉里来，如果没有他，我肯定无法从巴拉传教士家的阴影中走出来。甚至一九五四年初我的养父在登比精神病院死亡之后，希拉里还承担起清理他微薄的遗产的任务。紧接着，鉴于伊莱亚斯曾经消除了各种关于我的身世的线索，他又开始进行那场困难重重、让我入籍的诉讼。当我像他之前一样也在奥里尔学院学习时，他定期来看我，每次只要可能，我们就一起去牛津周边及其他地方寻访那些在战后年间被抛弃、变得摇摇欲坠的乡村别墅。我还在学校时，奥斯特利茨说，除了希拉里的帮助之外，我同杰拉尔德·菲茨帕特里克的友谊尤其帮助我克服了有时令我沮丧的自我怀疑。在我进入高年级时，按照寄宿学校通常的习惯，杰拉尔德作为低年级杂务生被分配给我。他的任务是保持我房间的整洁，给

1　米歇尔·内伊（1769—1815），拿破仑手下最著名的元帅，骁勇善战的传奇式英雄。

我擦靴子，端上放有茶具的托盘。从第一天开始，当他向我请求要一张橄榄球队的新照片时——在该照片上可以看见我在前排的最右边——奥斯特利茨说，我就发现，杰拉尔德完全像我一样孤独。后来，在我们于东方大酒店重逢之后不到一个星期，他未作详细解释，就把他提到的那张照片的复印件寄给了我。可是在十二月的那个夜晚，在已经安静下来的酒店酒吧里，奥斯特利茨对我讲起杰拉尔德，说杰拉尔德从到达斯托庄园那天起，就患了一种糟糕的、完全违反他那快乐天性的思乡病。奥斯特利茨说，每分每秒，只要一有空，他就不断地在他的食品盒里整理他从家里带来的东西。有一次，在他为我做事之后没多久，那是一个沉闷的星期六下午，外面秋雨如注，我发现他在走廊尽头试图放火烧一堆报纸。这些报纸堆放在那道敞开的、通向后院的门旁边的石地

上。在朦胧的逆光中，我看见他那蹲下的矮小身影和舔着报纸边缘的火舌，但是那火却无法真正燃烧起来。当我质问他时，他说，他宁可要一场大火，让整个学校都变成一堆瓦砾和灰烬。从那时起，我便关心起杰拉尔德来，免去了他收拾房间和擦靴子的杂务，亲自烧茶同他一起喝——这是种打破规章制度的做法，遭到大多数同学甚至我那个舍监的反对，好像我违背了什么天理。在晚上的几个小时里，杰拉尔德常常同我一道去暗室，那时我首次实验了我的摄影技术。化学实验室后面那个堆放杂物的小房间已经多年没人使用了，但在壁橱和抽屉里还能找到好几盒胶卷、大量相纸和杂七杂八的各式照相机，其中还有一种军旗牌照相机，就像我自己后来拥有的那种。一开始，我基本上都在研究各种事物的形状及其自身的特性，诸如楼梯栏杆的弧形，一个石头门拱上的凹槽，一丛枯草那精密地纠结在一起的叶片，等等。我在斯托庄园里拍了几百张这样的照片，大多按照正方形的规格洗了出来，但要是让我把照相机的取景器对准某个人物的话，我还是会觉得不被允许。在从事摄影工作时，看见现实的影像从可以说是一无所有的曝光相纸上显现出来，那个时刻让我特别着迷，奥斯特利茨说，那就像在夜间浮现于我们脑海里的往事，当你想要抓住它时，它又迅速地暗淡下去了，如同在显影槽里泡得过久的一张洗印照片。杰拉尔德很乐于在暗室里帮我的忙。我仿佛还能看见他，他比我矮一个头，站在我身旁，站在这间只由那盏红色小灯照明而显得十分昏暗的暗室里，用镊子夹住那些照片，在装满水的洗涤槽里晃来晃去。他借着这些机会，常常给我讲他的家庭，但最喜欢讲的还是那三只信鸽，它们在那里期盼着他回去——他这么认为，就像他也会盼望它们归来一样。整整一年前，在他十周岁时，杰拉尔德对我讲，奥斯特利茨说，阿方索叔公送给他两只蓝灰色鸽子和一只雪白的鸽子。所以每当有某个人坐车去北部或南部时，只要有可能，他就将三只鸽子在远方放飞，每一次它们都能分毫不差地又回到自己

的鸽笼。在去年夏季快结束时的一次，那只名叫蒂林的白鸽在高于山谷几英里的多尔盖莱被放飞，在超过回程时间好久之后都没有回来。第二天，当他已经要放弃希望时，它终于回来了——用脚走着，穿过车道的碎石路走上来，一只翅膀被弄折了。我后来不由得经常思考这只单独越过一段长长的路途回到家来的鸟儿的故事，思考它是怎么横越那个陡峭地带，绕过那许许多多的障碍，准确到达自己的目的地的。这个问题，奥斯特利茨说，如今每当我在某个地方看见一只鸽子在飞翔时，还是会使我激动不已。而且尽管没有道理，但在我看来，它似乎同杰拉尔德最后死于非命的结局有关。——我想，奥斯特利茨在过了比较长的一段时间之后继续说道，那是第二或第三个父母探访日，杰拉尔德满怀着同我那种享有特权的关系而带来的自豪感，把我介绍给他的母亲阿德拉。这位母亲当时估计不过三十岁的样子，对自己年幼的儿子在经历了开始时的重重困难之后，找到了我这样一个能保护他的人，而感到十分幸运。杰拉尔德已经给我讲过他的父亲奥尔德斯，他在战争最后的那个冬天在阿登森林上空坠落身亡。我也知道，他的母亲从那以后就同一位年迈的伯父和一位还要高寿的叔公一起，住在滨海城市巴茅斯近郊的一个乡村别墅里。杰拉尔德声称那里是整个威尔士海岸风景最美的地方。在阿德拉从杰拉尔德那里听说我父母双亡、无亲无故之后，我就被她不断邀请到那座乡村别墅里，甚至在我服兵役和上大学期间也仍然如此，奥斯特利茨说，如今我真希望，当时我能在那片总是笼罩在那里的宁静中消失得无影无踪。学校开始放假的时候，当我们乘坐小型蒸汽火车从雷克瑟姆出发往西行，沿着迪峡谷往上时，我注意到自己开始感到心花怒放了。我们的列车随着河道的蜿蜒曲折，拐了一个又一个弯。通过打开的车窗，进入眼帘的是绿色的草地，浅银灰色和白色的房子，闪闪发光的石板瓦屋顶，随风飘扬的银色柳树，颜色更深的桤树，越过树林之上的牧羊草场，更高处是一片有时带着淡淡蓝色的山峦和天空，云彩总是在空中自西往东飘动着。缕缕蒸汽在外面从旁飞过，人们听到火车在鸣笛，额上感觉到火车行驶时迎面而来的凉飕飕的风。奥斯特利茨说，我后来再也没有过比当时这段充其量七十英里长、花了我们三个半小时的路程更好的旅行经历了。当然，如果我们在中途站巴拉停下的话，那我就不由得回想起传教士家来，人们可以看见它就在高坡上面。不过这时，想到我迄今为止的整个一生几乎都是那里面的一个不幸居民，似乎让我觉得难以置信。每次看到巴拉湖，尤其是在冬天，它被暴风卷起狂澜时，我又会想起鞋匠埃文给我讲过的那个关于德怀福尔河和德怀法赫河的源头的故事，据说它们在不同巴拉湖的湖水混合的情况下，从下面黑乎乎的深处流过。奥斯特利茨说，根据埃文所说，这两条河是根据很久以前那些没有葬身，而是从圣经故事里的洪流中幸存下来的人命名的。在巴拉湖遥远的尽头，铁路穿过一个低低的山脊，伸入阿丰马文达赫河的河谷。现在群山变得更高，逐渐向铁轨逼近，一直往下，直至多尔盖莱。在那里，群山又往后退，山坡平缓地降到马文达赫河如狭湾般伸入内陆的河口。最后，我们从南岸慢慢驶过那座差不多一公里长、架在巨大橡木支柱上的桥，向另一岸驶去，可以看到右手边被海水淹没的河床在涨潮时像一个山中湖泊，左边是巴茅斯的海湾，一直延伸到明亮的地平线上，我高兴得不知道先往哪里看好。阿德拉总是在巴茅斯火车站接我们，多数情况下都是用漆成黑色的小马车，只要半小时，车轮就嚓嚓作响地滚过砾石到达安德洛墨达旅馆入口，那匹狐红色矮种马停了下来，我们下车进入假期避难所。那座淡灰色砖砌两层楼，在北和东北方向被从此处陡峭下倾的拉努莱赫丘陵带保护着；西南方的地形如一个半圆般展开，所以在前厅可以对从多尔盖莱直到巴茅斯的整个河口地带一览无余。而那些在全景之外、几乎没有什么人居住的地方，被一侧突出的嶙峋岩层和另一侧长满月桂树的斜坡从全景中隔开来。只有在河流的彼岸——奥斯特利茨说，在某些天气条件下，你可能会觉得它无边无际——人们才能看到显得微乎其微的小村庄阿索格。在这个村庄后面，阴影笼罩下的卡德伊德里斯拔地而起，几乎高达三千英尺，耸立在远处泛着微光的海面上。如果说这整个地区的气候已经算是极其暖和的话，那么，在这个特别有利的位置上，温度比起巴茅斯的平均温度还要高上几度。位于房后通向山坡处、在战争期间彻底荒芜的园子里，生长着以前我在威尔士还从未见过的植物和灌木，有巨型大黄和一人多高的新西兰蕨类植物、水白菜、山茶、竹丛和棕榈。一道山涧从岩壁上飞流而下，流入峡谷。白色水花总是弥漫在那高大树木茂密树冠下的斑驳暮色中。可是，不仅仅是那些在较为温暖的地区生长的植物让人产生置身于另外一个世界的感觉，安德洛墨达旅馆里最有异国情调的首先就是那些羽毛雪白的凤头鹦鹉了。这些凤头鹦鹉围绕这座房子，在方圆两三英里的范围内飞来飞去，从灌木丛里发出叫声，直到傍晚都在飞泉的烟雨霏微中游弋和嬉戏。曾经，杰拉尔德的曾祖父从印尼的摩鹿加群岛带了几对凤头鹦鹉回来，安置在巴洛克式的暖房中。在那里，这些凤头鹦鹉很快就繁衍成一个数量众多的群体。它们栖息在靠着墙边如金字塔般堆起的小小的雪利酒桶里。奥斯特利茨说，它们一反在自己故土的习俗，用从下面河边上的一家锯木厂里弄来的刨花装饰这些酒桶。它们当中的大多数甚至挺过了一九四七年那个严冬，因为阿德拉在一月和二月这两个冰冷的月份，一直为它们那个巴洛克式旧暖房烧暖气。奥斯特利茨说，观看这些鸟儿何等灵活地用喙啄食，在棚里爬来爬去，而且在从上面下来时同时完成绳舞般的各式各样的急转身动作，真是妙不可言。我看见它们在开着的窗户飞进飞出，或者蹦蹦跳跳地跑过地面，总在忙忙碌碌，而且给人们留下这样一种印象——总在关心着某件事情。总的来说，它们在很多方面与人类相似。你可能会听到它们在叹息，在欢笑，在打喷嚏和打哈欠。在开始用它们的凤头鹦鹉语讲话之前，它们要清清嗓子；它们显得聚精会神、斤斤计较、调皮滑头和诡计多端，显得虚伪、阴险、好报复和贪财。它们喜欢某些人，尤其是阿德拉和杰拉尔德。对别的人，譬如说那个极少在外露面的威尔士女管家，它们却怀着实实在在的恶意进行跟踪骚扰。真的，看来它们清楚地知道，她在何时总会在头上戴一顶黑帽子,手中拿一把黑色雨伞,走进教堂。每一次，它们都利用这些规律地重复出现的机会守候她，然后便极其讨厌地跟在她后面大叫大嚷。当它们结成不断变动的鸟群，然后又成双成对地并排坐在一起，仿佛只知道和睦相处，永世也不分离时，也同人类社会如出一辙。在一片由莓实树环绕的林中空地上，它们甚至有自己的——尽管不是由它们自己管理的——由一长串坟墓组成的公墓。在安德洛墨达旅馆上层的一个房间里，有一个显然是专门为此目的建造的壁橱。壁橱里的深绿色纸板盒中，整整齐齐地摆着一大批死去的与凤头鹦鹉同种的生物，有它们的红肚皮和黄冠毛兄弟，有紫蓝金刚鹦鹉、秘鲁鹦鹉和图伊鹦鹉，有五彩金刚鹦鹉和棕榈凤头鹦鹉以及地栖鹦鹉。这些全是杰拉尔德的曾祖父或者高曾祖父在其环游世界时带回来的，或者是花了几个基尼或者金路易[1]，就像附在盒子里的产地说明上注明的那样，在勒阿弗尔从一个名叫泰奥多尔·格拉塞的商人那里转购来的。在所有这些鸟中——包括一些本地啄木鸟、蚁鸳、鸢和黄鹂——最漂亮的是那只非洲灰鹦鹉。奥斯特利茨说，它那绿色纸板棺材上的标签文字至今还历历在目：雅各，附拉丁学名：*erithacus* L.[2]。它来自刚果，正如那则给它附加的讣告上所说，它在被放逐威尔士期间，活到六十六岁高龄。上面还说，它极其温和驯服，轻而易举就学会自言自语和同别的鹦鹉交谈，能用口哨吹整首歌曲，有时候还会作曲，不过最喜欢的是模仿儿童的声音，它还让他们教自己。它唯一的恶习是如果没

---

1 基尼为英国旧时金币名，金路易为法国旧时金币名。

2 原文为英语。

有人给它咬杏核和硬核桃——它可以极其轻松地啄开这些东西——它就会很不愉快地走来走去，到处啄坏家具。杰拉尔德常常把这只特殊的鹦鹉从它的箱笼里取出来。它大致有九英寸高，与它的名字相符，有一身灰色羽毛，此外，还有一条绯红的尾巴，一个黑色的喙和一副人们所能想象到的、显得十分悲伤的苍白色面孔。另外，奥斯特利茨继续讲道，几乎在安德洛墨达旅馆的每一个房间里，都可以找到某个博物标本室，里面有各种抽屉，其中部分抽屉是装上玻璃的橱柜，高高地堆放着几百个几乎呈球形的鹦鹉蛋，还有一系列贝壳、矿物标本、甲壳虫和蝴蝶收藏品，泡在甲醛中的无脚蜥、毒蛇和蜥蜴，蜗牛壳和海星，虾和蟹以及带有树叶、花朵和青草的大型植物标本。奥斯特利茨说，阿德拉有一次告诉他，安德洛墨达旅馆向某种自然历史博物馆的转变，始于杰拉尔德那收集鹦鹉的祖先于一八六九年同查尔斯·达尔文的相识。那时，达尔文在一个离他不远处的多尔盖莱出租房里从事他关于人类起源的研究。当时，达尔文经常来安德洛墨达旅馆的菲茨帕特里克家做客。按照家传习俗，他一再对人们能从此地高处观赏到的美妙风光赞扬不已。奥斯特利茨说，阿德拉给他讲过，甚至就连在菲茨帕特里克氏族中持续至今的教会分裂也从那时开始。之后的每一代，每两个儿子当中总有一人背弃天主教，

成了自然科学家。所以杰拉尔德的父亲奥尔德斯就成了植物学家，而比他年长二十岁的哥哥伊夫林却坚持那种过时的、被视为在威尔士所有违反常情的事物中最糟糕的罗马教皇制信奉者的教义。实际上，正像人们可以从伊夫林伯父的情况中清楚看到的那样，皈依天主教的那一支成员在家庭中往往也是怪人和疯子。在那个时候，我作为杰拉尔德的客人，每年有好几个星期都待在菲茨帕特里克家。奥斯特利茨说，他可能五十五岁左右吧，可是已经被别赫捷列夫病折磨到看起来像个白发老人的程度了，他只有完全向前弯下身来，费尽九牛二虎之力才能往前挪动身子。可是正因为如此，为了使关节不至于完全僵硬，他便总是站立在他在楼上的住所里，不断走动。在这个住所里，就像在芭蕾舞蹈学校里一样，沿着四壁安装了一种把杆。他抓住这根把杆，一边轻声呻吟着，一边将几乎不高于手的头和弯成一定角度的上身，一英寸一英寸地往前挪动。为了在卧室附近转上一圈——先进入起居室，然后从起居室出来，走到过道上，再从过道回到卧室里，他需要整整一个钟头。奥斯特利茨说，当时就已讨厌罗马公教的杰拉尔德有一次当着我的面断言，伯父伊夫林之所以这样弯腰曲背，是由于纯粹的吝啬。伊夫林辩解道，他每个礼拜都让人把自己没有花出去的钱，大多是一笔十二三先令的款项，寄往刚果布道团，用于拯救当地由于还没有宗教信仰而备受煎熬的黑人。在伊夫林的房间里既没有窗帘，也没有任何别的家具，因为他不想使用任何不需要的东西，即使是一件早已购置、只需要从房子的另一个部分搬过来的家具。几年前，出于爱护镶木地板，他让人顺着墙壁在他总是经过的地板上铺了一条很窄的漆布。这条漆布在此期间被他那吧嗒吧嗒拖曳着的脚步磨损得如此厉害，以致人们几乎再也无法认出它昔日的任何花纹来。只有当接连几天，窗框上温度计的温度在中午降到华氏五十度以下时，他才允许女管家拨旺壁炉里那微乎其微、几乎什么也没烧着的小火。为了省电，他总是天一黑就上床。因此他在冬天下午四点钟左右就已躺下了。尽管对他来说，比起走路来，也许躺着意味着一种更大的折磨，因此，尽管通常他在不停的漫步之后处于精疲力竭的状况，他仍然久久无法入睡。然后，人们听到他通过通风竖井的栅栏——通风竖井把他的卧室同底楼的一间起居室连起来，无意之间起到了一种联络通道的作用——呼唤各式各样的圣者达几个钟头之久，要是我没记错的话，尤其是被以极其恐怖的方式处死的女殉道者凯瑟琳[1]和伊丽莎白[2]，请求她们在他可能归天受到天主审判时，替他说情——他是这么说的。过了一会儿，奥斯特利茨从他上衣口袋掏出一个折叠夹来，里面放着几张明信片大小的照片，又开始说起那些显然使他激动万分的关于安德洛墨达旅馆的回忆。奥斯特利茨说，与伊夫林伯父相反，那个差不多还要比他年长十岁，继承了菲茨帕特里克家博物学路线的叔公阿方索却显得相当年轻。他总是很冷静，在假期的大多数时候都待在野外，甚至会在极其恶劣的天气里长时间地探险，或者当风和日丽之时，他就穿着他的白罩衫，头上戴着草帽，在这座房子周围的某个地方，坐在小折椅上用水彩颜料画画。这时他总戴着一副眼镜，镜片被装入的一块绷紧的灰色丝织物取而代之，所以他是在精细的面纱后面观看风景。这样一来，风景褪色了，

1　亚历山大的凯瑟琳，圣者，女殉道者。传说先被处以磔轮刑，后被砍头。

2　伊丽莎白（1764—1794），法国公主，被革命党送上断头台。

世界的分量也在其眼前消融了。奥斯特利茨说，阿方索画到纸上的那些画其实不过是草草几笔勾画罢了，这儿是一个悬岩，那儿是一个斜坡，一团积云，仅此而已，差不多都是些没有颜色的未完成图稿，用一种由几滴水和一格令[1]的山绿色或者灰蓝色混合而成的透明颜色画下来。奥斯特利茨说，我想起阿方索当着他的侄孙和我的面评论道，在我们眼前的一切都已褪色，最漂亮的颜色大部分已经消失，或者说只有在没有人看见它的地方，在海洋表面之下很深的海底花园里才能找到。他说，在他的童年时代，他在下面的德文郡和康沃尔郡，在白垩礁石上，在那个几百万年来石头被汹涌的浪涛冲碎和打磨成凹面和槽子的地方，他赞赏那种在植物、动物和矿物王国之间振荡生长的无穷无尽的多样性，赞赏游动孢子和珊瑚藻、海葵、海团扇和海鳃、小珊瑚虫和甲壳纲动物。这些动物每天两次受到潮水的冲刷，长长的海藻叶在它们周围摇摆，然后，在潮水退去时，又以光谱中的所有色彩——铜绿、猩红色和鲜红色，硫黄色和丝绒黑——暴露在光天化日之下的盅形岩石上，展示它们奇妙地闪着光的生命力。当时，一道随着潮汐上下起伏的五彩边缘环绕着这个岛屿的整个西南海岸。现在，刚过

1 英美制最小的重量单位，一格令相当于 0.0648 克。

了半个世纪，这种壮丽景象由于我们的收藏热情和其他那些根本就无法估量的干扰和影响，几乎遭到彻底破坏。奥斯特利茨说，另外一次，我们同叔公阿方索在一个月黑风平的夜晚，在房后爬上山岗，以便能花几个钟头观察蛾类神秘莫测的世界。奥斯特利茨说，我们当中的大多数人除了知道蛾类会咬坏地毯和衣服，必须用樟脑和萘来赶走之外，对它们其实是一无所知的，而它们实际上却是整个自然历史中最古老、最值得赞赏的物种之一。天一黑，我们便坐在安德洛墨达旅馆上面远处的一个海角上，身后是更高一些的斜坡，面前是海上无尽的漆黑。阿方索刚把一盏白炽纱罩煤气灯放在一块平坦的、边上长满欧石南灌木的洼地上点燃，在我们爬上来时还未见一只的夜蛾恰似从天而降般，开始划着成千上万条弧线和螺旋线，成群结队蜂拥而来，直到它们如雪片似的，在灯光四周形成一阵悄然无声的暴风雪。而这时，其他那些夜蛾发出嗡嗡声，跑过铺在灯下的床单，或者由于疯狂盘旋而精疲力竭，落在阿方索出于保护它们，在一个木箱里重重叠叠堆放着的蛋形硬纸板灰色的凹处。奥斯特利茨说，我还清楚地记得，我们俩——杰拉尔德和我，根本无法从这些平时隐藏在我们视线之外的无脊椎动物的多样性中所感受到的惊讶中回过神来，阿方索干脆就让我们盯着且赞叹了好长一段时间。可我如今却再也记不得，有哪些种类的夜蛾停在我们旁边，可能有瓷器蛾和羊皮纸蛾[1]，红裙灯蛾和黑缎带蛾[2]，金翅夜蛾和小地老虎蛾，大戟天蛾和蝠型白眉天蛾，处女蛾和老妇蛾[3]，髑髅蛾和亡灵蛾[4]吧；我们数出了至少好几十种，这些夜蛾的形态和外表千差万别，杰拉尔德和我是没法全部弄明白的。有一些夜蛾竖着衣领，披着披风，恰似高贵的先生在前去歌剧院的途中——杰拉尔德这样说；有几只夜蛾是单一的本色，但每当它们扇动翅膀时，就显现出一种奇异的衬里，人们可以看到斜线和波状线、阴影、镰刀式图案和比较明亮的格子、斑点、锯齿状的带子、流苏、脉序和你想象不出的颜色——苔绿与淡青的混合色，狐褐色和藏红色，土黄色和缎白色，以及一种犹如来自粉状黄铜或者金子的金属光泽。它们当中有不少翅衣仍完美无瑕，光辉耀眼，其他一些则带着破烂的翅膀，差不多已经度过了自己短暂的一生。阿方索谈到，在这些奇特的生物当中，每一种生物都有其特点，有一些只在桤

1　瓷器蛾即杨白剑舟蛾（*Pheosia tremula*），羊皮纸蛾即黄褐枝背舟蛾（*Harpyia milhauseri*）。

2　黑缎带蛾即黑莫夜蛾（*Mormo maura*）。

3　处女蛾属原尺蛾亚科（Archiearinae），老妇蛾即黑莫夜蛾（*Mormo maura*）。

4　髑髅蛾即赭带鬼脸天蛾（*Acherontia atropos*），亡灵蛾即蝙蝠蛾（*Hepialus humuli*）。

木根底生存，有一些只在炎热的石坡旁，在贫瘠的牧场或者在沼泽地生存。谈到在它们还是毛虫时，他说，它们所有的毛虫几乎都只吃一样的饲料维持生命，不管是吃冰草根、黄华柳叶、小檗，还是吃枯萎的悬钩子叶，也就是说，它们吃当时由它们挑选出来的饲料——阿方索这样说——直到进入昏迷状态。然而，这些飞蛾在其一生中却再也不吃任何东西，它们唯一关心的是要尽快地完成繁殖的重任。只是它们有时候似乎是口渴难熬，因此在干旱时期，如果夜里长期没有降下露水，它们就会犹如一团浮云般，一起出发去寻找最近的河流或者溪流，然后它们就会在试图降落到流动的水面上时大量淹死。奥斯特利茨说，我还记得阿方索那句关于飞蛾听觉极其灵敏的评语，说它们能够越过很远的距离，听出蝙蝠的叫声。而他，阿方索，也亲自观察到，经常在傍晚，当女管家走出房门到院子里去，用她那特有的尖叫声唤她的猫伊妮德时，那些蛾子会从灌木林中四散飞起，飞进更加黑暗的树林中。白天，阿方索说，它们就在隐蔽处睡觉，在石头下，在崖缝中，在地面上铺的落叶之间或者在叶丛中。当人们找到它们的踪迹时，它们大多看起来仿佛死了一般，在准备好起飞之前，它们必须颤抖着苏醒过来，急促地活动翅膀和双腿，在地上跳来跳去。然后，它们的体温为三十六度，就像哺乳动物和海豚以及金枪鱼全速前进时的体温。三十六度已被证明是自然界的最佳基准，阿方索说，是一种神秘的界限。有时候，他，阿方索，会产生这样的想法，奥斯特利茨说，人们所有的不幸都与他们在某个时候曾经偏离这个准则，以及我们经常可以在自己身上发现的轻微发烧的升温状况有关。直到天色破晓，奥斯特利茨说，我们在那个夏日夜晚一直待在高踞于马文达赫河入海口上面的山洼中，观看飞蛾——阿方索估计可能有上万只——飞到我们身旁。这时，它们身后好像拖着那些备受杰拉尔德赞赏的各式各样的弧形、S形[1]、螺旋形的光带。实际上，这些光带并不存在，阿方索解释道，而只不过是一些由我们眼睛的惯性引起的幻象痕迹罢了。我们的眼睛以为还能看见留在该地的某种光辉，可是在灯光的反射中，只有一刹那工夫发出亮光的昆虫却已经离开那里了。阿方索说，正是在这种不真实的现象中，当现实世界中闪现出非现实之物，风景中某些光的效应在我们面前，或者在一个情人眼中展现，我们内心最深处的感情被点燃，或者说至少我们认为如此。尽管我后来并未从事博物研究，奥斯特利茨说，可是我脑海中仍然记得阿方索叔公关于植物学和动物学的许多探讨。几天前我才又查阅过他有一

1　此处原文为“Fahrer”（意为汽车司机），根据上下文译作“S形”。

次给我看过的达尔文著作中的那个章节，描述了一个距南美海岸十英里路，持续不断地移动达好几个钟头之久的蝶群，就是用望远镜也无法在翩翩飞舞的蝴蝶之间看出一点空隙。可是尤其令我难以忘怀的始终是阿方索当时就飞蛾的生与死所讲的话，即使今天，在所有的生物中，我都还对它们有着最高的崇敬。在温暖的月份里，总有一只或几只夜蛾迷失方向，从我屋子后面的小块园地闯进我屋里来。然后，当我清晨起床时，我就会看见它们静静地停在墙上的某个地方。奥斯特利茨说，我认为，它们明白自己飞错了方向，如果人们没有小心翼翼地把它们放到外面去的话，那它们就会一动不动地保持这种姿势，直到咽气为止。是啊，它们被自己那微小的、在垂死挣扎时变僵的爪子固定在那里，黏附在它们遭遇不幸之地，直至生命结束，直至一阵穿堂风把它们吹下来，吹进一个布满灰尘的角落。有时候，在看到这样一只死在我住所里的飞蛾时，我就想，它们在迷失方向时可能会感到什么样的恐惧和疼痛。奥斯特利茨说，他从阿方索那里得知，本来就没有理由去否认低等生物的内心生活。我们并不是唯一晚上会做梦的生物，且不说那些几千年来与我们的感情密切相连的狗和其他家畜，就连老鼠和鼹鼠这些更小的哺乳动物在睡眠时也活在一个只存于它们脑海中的世界里——人们可以从它们的眼球运动中得知这一点。谁知道，奥斯特利茨说，这些飞蛾或者园子里的这个球形莴苣在夜里仰望月亮时，是否在做梦呢。在我于菲茨帕特里克一家的屋子里度过的这几个星期和几个月里，我甚至常常在白天也感到是在做梦，奥斯特利茨说。阿德拉总把那间有蓝色天花板的屋子称作我的屋子。从这间屋子里极目远眺，那景色确实近乎超自然。我从上面俯视那些主要由雪松和阳伞松的树冠形成的绿色山峦，从房子下面的街道一直往下延伸到河岸；我看见位于另一侧的崇山峻岭中的那些昏暗的褶皱；我还花好几个钟头远眺在白天的各段时间和各种天气情况下一直变化不停的爱尔兰海。我常常站在打开的窗户旁，面对着这种从来不会重复的奇观，感其摄人心魄。早晨，你可以在外面看到世界朦胧的一面，灰色的空气一层一层地笼罩在水面上；下午，西南方的地平线上总是升起团团积云，它们雪白的小坡和陡峭的崖壁相互交叠，一个超过一个，越升越高，奥斯特利茨说，杰拉尔德有一次对我讲，它们就像安第斯山脉或者喀喇昆仑山的山峰那么高。然后阵雨又在远处从天而降，宛若剧院舞台上沉重的帷幕般，从大海移向内陆。在秋天的傍晚，雾气翻滚，移向海滨，在山崖边积聚，沿着山谷攀升。但是在晴空万里的夏日，尤其在巴茅斯的整个海湾上空，却均匀地笼罩着一种光辉，使得沙滩与水面、陆地与海洋、天空与地面全都连成了一片，再也区分不开。在银灰色的雾气中，所有的形状和颜色都消失殆尽。再也没有对照，再也没有渐变，只有闪烁的光线在不断流动变化，从极其短暂的幻象中显现出一团模糊的光晕。而奇特的是——我记得很清楚——恰恰就是这些幻象的转瞬即逝在当时赋予我一种恰似永恒的感觉。一个晚上，我们在巴茅斯买了一些东西之后，阿德拉、杰拉尔德、狗狗托比和我走出家门，走上长长的步行桥。这座桥在铁路线旁，奥斯特利茨说，正如我已经说过的那样，这座桥横跨一英里多宽的马文达赫河口。每个人在那里缴纳半个便士，就可以坐在一张三面都能遮风避雨的客舱式休息椅上，背朝陆地，眼望大海。那是在一个晴朗的季夏的黄昏，带有咸味的清新海风在我们四周吹拂，潮水在晚霞中涌流，熠熠闪光，恰似一群蜂拥而至的鲭鱼在桥下穿流而过，以如此的力量和速度逆流而上，以至于让人反过来觉得自己是在乘着一叶小舟漂向大海。直到太阳西下，我们四个全都静悄悄地坐在一起。托比像韦尔努伊那位女孩的小狗一样，在脸的四周也留着同样奇特的颈毛，它平时总是一刻也静不下来，此时一动不动地躺在我们脚旁，凝神仰望着仍然明亮的高处。在那里，一大群飞燕在天空盘旋。过了一会儿，当那些黑点在它们飞翔的弧形轨迹中变得越来越小，杰拉尔德问我们是否知道这些雨燕从来不在地上栖息。它们一旦飞了出去，他说着，把托比举起来，轻轻搔它的下巴，那它们就再也不会接触到地面了。所以它们甚至在夜间也要飞两三里路，往上升，然后在那上面滑翔，只是偶尔活动一下它们展开的翅膀，在空中转弯，直到它们在黎明时又盘旋而下，向我们飞来。——奥斯特利茨是那么沉醉于他的威尔士故事，我又是那么如醉如痴地侧耳倾听，以致我们竟没有注意到时间已经有多晚了。最后几巡酒早已斟过，除了我们俩，最后一批客人已经销声匿迹。酒吧侍应生已经收拾完酒杯和烟灰缸，用一块抹布擦完桌子，把椅子放回原处，现在手放在电灯开关上站在出口处等候，因为他想在我们之后锁门。他已经累得目光呆滞，把头稍微往旁边一歪，对我们说着“晚安，先生们”[1]——对我来说，这像是一种不同寻常的荣誉，几乎类似于赦免或

1 原文为英语。

者一种祝福了。当我们进入酒店大堂时，东方大酒店的经理佩雷拉对我们还是一样彬彬有礼、充满关切。他身穿白色的浆硬衬衣和灰布马甲，分开梳好的头发无懈可击，简直就是满心期待着站在接待处后面——这就是那种世所罕见、往往有点神秘莫测的人，我见到这种情景时暗自想到，这种人总是毫无差错地出现在自己的岗位上，以至于人们无法想象他们竟会有躺下睡觉的需要。在我同奥斯特利茨约好了第二天见面之后，佩雷拉一边询问我有什么要求，一边陪我走过楼梯，上到二楼，走向一个配有许多紫红色天鹅绒、织有金银浮花的锦缎和深色桃花心木家具的房间。然后我在那里，坐在一个被惨淡的街灯照耀的写字柜旁，一直到半夜三点钟左右——铸铁暖气设备发出轻轻的噼啪声，在外面的利物浦大街上，只是偶尔有一辆黑色出租车驶过——以便用关键词和互不连贯的句子，尽可能将奥斯特利茨这个夜晚对我讲的事情写出来。第二天早上，我醒得很晚，早餐后我坐着看了很久报纸，发现除了所谓的当日世界新闻之外，还有一则关于一个平民百姓的简讯。此人曾悉心照顾长期重病的妻子，在妻子去世之后悲痛欲绝，做出殉情自杀的决定，借助一个由他亲手建造的断头台，就在他那座位于哈利法克斯的房屋地下室室外楼梯上的四方形混凝土中。作为一个手艺人，在仔细考虑过其他种种可能性之后，他觉得这个断头台是实现其计划最可靠的工具。十分肯定的是，最后人们发现他同自己砍下的头躺在这样一个——正如那篇短文中所称——建造得极其坚固，甚至在极其细微之处的做工都十分精致的断头台上，他用来绞断牵引铁丝的那把钳子还攥在已经变僵的手里。断头台的那把斜口刀，就像报纸中进一步注明的那样，就连两个身强力壮的人都很难提起来。将近十一点时奥斯特利茨来接我，当我们穿过怀特查珀尔和肖尔迪奇，往下向河边走去时，我给他讲了这个故事。这时，他好长一段时间都一声不吭，也许因为他就像我后来责备自己的那样，感到我强调这个事件的荒谬面是庸俗无聊的事吧。我们在下面的河岸边停了一会儿，向下观看往内陆滚滚涌来的灰褐色水流。只在这时他才像他有时所做的那样，用睁得又大又可怕的眼睛直瞪瞪地看着我，说道，他十分理解哈利法克斯的这个细木工，因为会有什么比将事情弄得不成样子更糟糕，还要在不幸人生的最后时刻呢？接下来，我们都默不作声地走完剩下那段路，从沃平和沙德韦尔继续沿着河边往下走，直到风平浪静的人工水池，码头区的办公楼倒映池中，我们往从大河拐弯处下面穿过的人行隧道走去，在河那边穿过格林尼治公园，往上走到王室天文台，在圣诞节前那个寒冷的日子里，除了我们，天文台里几乎没有一个参观者。至少

我不记得我们在那里度过的几个钟头曾经遇到过谁，我们俩各自研究着玻璃柜里陈列的那些精制的观察仪器和测量仪表、四分仪和六分仪、天文钟和调节器。奥斯特利茨和我在昔日宫廷天文学家住所上面的八角形天文台里，又慢慢开始了我们业已中断的谈话。这时才出现了一个孑然一身的日本旅人，如果我没搞错的话。他安静无声地突然出现在门槛，在空荡荡的八角形建筑物里转了一圈之后，便循着指示方向的绿色箭头，旋即又消失不见了。在这个奥斯特利茨评论为对其用途来说他认为是完美无缺的房间里，我对不同尺寸的木地板那朴素的美，以及那些不同寻常地高、每一扇都分成一百二十二个用铅镶边的玻璃方格的窗户感到惊讶。曾经，长长的望远镜就是通过这些窗户，对准日食和月食，对准交错的星辰轨道和子午线，对准飞过宇宙太空的狮子座流星雨和拖着长尾巴的彗星。奥斯特利茨就像他习以为常的那样，拍了几张照片，有沿着天花板的带状缘饰中那些雪白的灰泥花饰蔷薇，有透过铅边玻璃方格拍摄的、从公园地带那边往北面和西北方向延伸的城市全景。他拿着照相机拍照时，就开始对时间作出更长篇的阐述了，对此，我记得十分清楚。时间，奥斯特利茨在格林尼治天文台里如是说，是目前为止我们所有的发明当中最人工的事物了，由于它受到地球自转轴线的约束，所以并不比根据树木的生长或一片石灰岩分解持续的时间来进行的计算更可靠。此外，我们将其视为标准的太阳日并不能作为精确的计量单位，因此我们为了计算时间，不得不设计出一种虚构的平均日，其中太阳以不变的速度运行，它在自己的运行轨道上也不向赤道倾斜。奥斯特利茨透过窗户往下，指着环绕所谓的犬岛、在落日余辉的反照中熠熠发光的水波说，如果牛顿真的认为时间就是像泰晤士河这样的一条大河的话，那么，哪儿是时间的源头，它最后又会流进哪个海里？我们知道，每条河流在两侧都有河岸，可是如果这样看，哪里又是时间的两岸呢？什么是这条河的特性，比方说同水的特性——呈液态，相当重而且透明——相应的特性是什么呢？那些沉入时间之中的事物，同那些从未被它触及的事物有何区别呢？将处于光明中的时间与处于黑暗中的时间显示在同一个周期里意味着什么？为什么时间在一处永远静止，却又在另一处嘈杂而匆忙？奥斯特利茨说，难道人们不能声称，经过几百年、几千年之后，时间自身已不具有同时性了吗？它曾向四处的一切扩展出去，这还是不久前的事。难道时至今日在地球上的很多地区，人们的生活不是更少地受到时间支配，而是更多地受到天气形势，也就是被一种无法量化的维度所支配吗？这种数值不是线性均衡的，不会持续不断地向前蔓延，而是在旋转式地运动，被阻塞和坍塌决定，以不断变化的形式反复回流，谁知道它往哪里发展呢？奥斯特利茨说，脱离时间的存在曾经适用于本国那些落后的、被人遗忘的地区，直到不久前，也曾经几乎同样适用于过去那些尚未发现的海外大洲，现在它也仍然适用于甚至诸如伦敦这样一个时间枢纽。死者倒是脱离了时间，那些行将就木之人和那许许多多躺在家里或是医院里的病人，不仅仅这些人，大量的个人的不幸就足以割断我们同过去和未来的联系。确实，奥斯特利茨说，我从来就没有钟表，既没有挂钟，也没有闹钟，没有怀表，甚至连手表也没有。我总觉得钟表好像是某种滑稽可笑的东西，好像是某种彻头彻尾的骗人的玩意儿，也许是因为我出于一种连自己都弄不明白的内在冲动，总是抗拒着时间的威力，将自己排除在所谓的时事之外，奥斯特利茨说，就像我今天所想的那样，希望时光不要流逝，没有消逝，希望我能够向后跑到它后面，在那里我能发现一切都依然如故，或者说得更准确些，所有的瞬间都同时并存着，在历史所讲述的事情当中，没有任何事是真实的，已经发生的事根本就还没有发生，而是在我们想到它的那一瞬间才发生，尽管这样的话，当然也会揭开一种由持续不断的痛苦和永无止境的折磨所组成的令人绝望的前景。——我和奥斯特利茨离开天文台时，将近下午三点半，夜幕正在下垂。我们还在有围墙的前院里站了一会儿。我们可以听到远处传来的城市的空洞摩擦声响和大型飞机飞过高空时的隆隆声。我感到这些声音以不到一分钟的间隔，慢得不可思议地低低从东北方经过格林尼治公园上空飘过来，然后又往西飘向希思罗机场，从那里出去之后便销声匿迹。它们犹如傍晚返回自己栖息之地的陌生怪物，从它们的躯体伸出僵直的翅膀，在变得越来越黑的空中，笼罩在我们头上。公园山坡上光秃秃的悬铃木已经深深地没入漫过地上的阴影中。在我们面前的，是山脚下那片如夜一般黑的宽阔的草地，两条在对角线处十字交叉的明晃晃的铺沙小路，还有航海博物馆白色的房屋正面和廊柱。大河彼岸的犬岛上，在最后一缕光线中闪烁的玻璃塔楼耸立在迅速变浓的暮色里。在往下走向格林尼治公园时，奥斯特利茨告诉我，在过去几个世纪中，艺术家常常描画这个公园。这些画上可以看到绿色的草坪和树冠，在前景中通常是相互孤立的极小的人物，一般都是穿着色彩明亮的克里诺林裙、打着阳伞的女士；除此之外，还有当时园囿中饲养的几只差不多已经驯化的白鹿。可是在画的后面，在树木后面和航海博物馆的双重穹顶后面，你可以看到这条河流的弯道像条模糊的线一般，可以说延伸至世界边缘，而这个有着无数人的城市，是某种无法界定之物，一种蜷缩的、灰色的或者石膏色的东西，一种地球表面的赘生物或者结痂。在城市的上方，天空占据了整个画面的一半，甚至更多，兴许在遥远的天际还挂着一帘雨幕吧。我第一次看到这样一幅格林尼治环景画，是在一个岌岌可危的乡村别墅里，就是我昨天已经提到过的，在牛津求学期间经常同希拉里一道寻访的那些庄园。奥斯特利茨说，我还清楚地记得，在这样的一次远足中，我们在一个密密麻麻长满幼小槭树和桦树的公园里长时间地走来走去之后，偶然发现了一个这种类型的已经无人使用的房屋。按照我当时作出的估算，在五十年代，平均每两三天就有一座这样的房屋被拆掉。那时我们看到的不少房屋里，人们几乎把东西都拆得精光，弄走书橱、护墙板和楼梯栏杆，弄走黄铜暖气管和大理石壁炉；那些房子屋顶塌陷，堆

满深及膝盖的碎片、垃圾和瓦砾，堆满羊粪、鸟粪和从天花板上掉下来压碎后变成黏土团状的石膏。奥斯特利茨说，可是艾弗·格罗夫庄园，位于一座稍微向南倾斜的小山脚下的公园荒地中心，至少从外面看，在很大程度上似乎都完好无损。尽管如此，当我们在砌得很宽、长满荷叶蕨和别的杂草的石头台阶上停下步来，抬头仰视那些假窗时，我们却感到，这栋房屋仿佛对它即将面临的不体面结局充满着一种默默无言的恐惧。我们发现，在那里面，在底层的一个大会客厅里，地上如一个打谷场一般堆着谷粒。在第二个有巴洛克式灰泥花饰的大厅里，挨个放着几百个马铃薯口袋。我们盯着这幅景象看了好一会儿，正当我准备拍几张照片时，艾弗·格罗夫庄园的主人—— 一个我们最后发现名叫“詹姆斯·马洛德·阿什曼”的先生，穿过朝西的平台，向这栋房屋走来。他完全理解我们对那些比比皆是的摇摇欲坠的房屋所怀有的兴趣。在那次漫长的交谈中，我们从他那里听说，这个家庭住宅在战争年代曾被征用作为康复病人之家，如今要进行任何程度的修缮，哪怕只是勉强凑合，其费用都远远超过他的财力，因此他不得不下定决心迁到位于公园另一头、属于庄园的格罗夫农场，而且还在亲自经营着这个农场。因此，奥斯特利茨说，阿什曼就这样解释了马铃薯口袋和堆积的谷物的来源。艾弗·格罗夫庄园由阿什曼的一位祖先于一七八〇年前后建成，奥斯特利茨说，这位祖先因遭受失眠之苦，于是便在一个由他设在房屋屋顶上的观测站里致力于各种各样的天文学研究，尤其是所谓的月面学和月球测量的研究。于是，阿什曼解释道，他也同那位在英国境外声名远扬的微图画家和彩粉画家——吉尔福德的约翰·罗素[1]长期保持联系。罗素在几十年间制作出一幅五乘五英尺的月面图，其精确程度和美观程度轻易就超过了过去所有人对这个地球卫星的描绘，超过里乔利和卡西尼，以及托比亚斯·迈

1 约翰·罗素（1745—1806），英国彩粉画家，业余天文爱好者，凭借望远镜和雕刻工具制作月球地图达二十年之久。

尔和赫维留[1]。当我们一道在房里走完一圈，进入台球室时，阿什曼说，在月亮没有升起来，或者月亮隐藏在乌云后面的那些夜晚，他那位祖先就在这间由他布置的屋子里，通宵达旦地以自己为对手，一局又一局地打台球。自从他于一八一三到一八一四年新年前夜去世以后，这里就再也没有人拿起过台球棒，阿什曼如是说，祖父没有，父亲没有，他阿什曼本人也没有，当然就更不用说那些女人了。确实，奥斯特利茨说，这里的一切看来都依然如故，同一百五十年前应该是一模一样。那张巨大的、被嵌进里面的石板压着的桃花心木桌子依旧原封未动。那个计数器，那面镶上金边的壁镜，那些挂拐杖和接长

1　乔瓦尼·巴蒂斯塔·里乔利（1598—1671），意大利天文学家，以其为月球各部分的命名而出名。卡西尼（1625—1712），法国天文学家。托比亚斯·迈尔（1723—1762），又译托比阿斯·迈耶，德国天文学家，修订了月球表。赫维留（1611—1687），波兰天文学家，曾编制一本月面图，内有一张最早的月面详图和许多月面特征的名称。

杆的架子，那个有很多抽屉的小房间——抽屉里存放着象牙球、粉笔、板刷、擦拭抹布和其他那些打台球时不可或缺的东西——再也没有被人碰过，或者说一切都没有以任何方式改变过。壁炉护墙的上方挂着一幅根据透纳的《格林尼治风景画》制作的雕刻画。在一张站立式办公桌上，有本仍然是打开着的记录簿，这位月球研究者用他那漂亮的弧形字体将打台球时自己对自己的输赢全记在当中。屋里面的百叶窗总关着,太阳光从未透进去。看来这个房间，奥斯特利茨说，就这样同这栋房屋的其余部分一直隔离开来，所以在一个半世纪的过程中，在房檐、黑白方格石头地砖和那块恰似一个独立宇宙般的绿呢布上，也几乎未积上一层薄如蝉翼的灰尘。就仿佛平时一去不复返的时光在这里都已停滞，仿佛我们业已抛到身后的那些年月还在将来。奥斯特利茨说，我想起来了，就在我们同阿什曼待在艾弗·格罗夫庄园的台球室里时，希拉里评论道，在这样一个与时光每时每日的流逝和一代又一代人的交替长时间隔离开来的房间里，会产生一种就连历史学家也会有的奇特的困惑之感。对此，阿什曼答道，他本人于一九四一年在这栋房屋被征用时，安装了一堵假隔墙，并在前面堵上很多大橱柜，将通往台球室的门以及通往最上层儿童室的门隐蔽了起来。当有人于一九五一年或者是一九五二年秋天挪开这道屏风时，他才在十年之后第一次又走进这间儿童室。在那里，阿什曼说，他差一点就要发疯了。只要看一眼那列挂上西部大铁路车厢的火车，看一眼那只挪亚方舟——那些被从洪水中拯救出来的驯服动物正成双成对地从方舟中向外张望——他就感到，仿佛时间的深渊就在他面前张开了血盆大口，当他用手指划过一连串刻痕，阿什曼记得，这些刻痕是他八岁时，在他被送进预备学校的前夜，他暗暗发火，在他床架旁边的床头柜边缘上刻下的。这时，他胸中又燃起了同样的怒火。在回过神来之前，他已经站在后院里，用他的猎枪对准马车房的小钟塔射击。如今，人们还可以在小钟塔的钟面上看到弹痕。我们穿过变得更加昏暗的公园草坡往下走，城市的灯火在我们面前形成了一个宽广的半圆，这时奥斯特利茨说，当我想起阿什曼和希拉里、艾弗·格罗夫庄园和安德洛墨达旅馆，有一种分裂感在我心中油然而生，仿佛我脚下踩不到任何坚实的东西。我想，这是一九五七年初的事，奥斯特利茨过了一段时间后突然说，当我正准备前往巴黎继续我于前一年就在考陶尔德学院开始的建筑史研究时，我最后去了一次巴茅斯的菲茨帕特里克家，为了拜访伯父伊夫林和阿方索叔公的双人墓。两人先后去世，几乎相差不到一天。阿方索是在拣外面园子里他所钟爱的苹果时中了风，而伊夫林则是在他那冰冷的床上，由于恐惧和痛苦缩成一团。早晨，秋雾弥漫整个山谷，人们安葬了这两个迥然不同的男人——总是抱怨自己和世界的伊夫林和怀着愉快的平和心态的阿方索。正当送葬队伍往卡蒂奥公墓移动时，太阳透过那层雾纱，照到马文达赫河上，顺着河岸吹来一阵微风。为数不多的几个模糊人影，白杨树丛，水面上泛起的波光，对岸卡德伊德里斯的群山，构成了告别的一幕。奇怪的是，我几个星期前在透纳的一幅水彩速写中再度发现了这些素材，他以这种方式来记下当时看到或稍后才回忆起的东西。那幅冠以《洛桑的葬礼》这一名称、几乎没有实质性内容的画作于一八四一年，因而也就是出自透纳几乎再也无法去旅行的时期。在这时，他越来越多地想到，自己行将就木了。也许正因为如此，每当记忆中浮现出某种东西，譬如这个小小的洛桑送葬队伍时，他就试图

用寥寥数笔赶快将转瞬即逝的幻象记载下来。奥斯特利茨说，可是透纳水彩画中特别吸引我的，不仅仅是洛桑那一幕同卡蒂奥这一幕的相似性，而是它在我脑海中唤起的回忆，那是最后那次我同杰拉尔德一道于一九六六年孟夏，在日内瓦湖岸边莫尔日上面那个葡萄种植园里散步时的情景。然后，在我进一步研究透纳的绘画速写本和生平时，我偶然发现了一个本身虽然毫无意义，却又仍然特别使我感动的事实：他于一七九八年在一次漫游威尔士的途中，也到过马文达赫河口，当时正好与我参加卡蒂奥葬礼时同龄。奥斯特利茨说，现在，我在讲述时还能感觉到，仿佛我昨天还坐在安德洛墨达旅馆南边客厅里的那些追悼会来宾当中，仿佛我还听到他们在轻声地窃窃私语，听到阿德拉说起，现在她独自一人在这栋大房子里不知道该怎么办。杰拉尔德此时正在读最后一年级，专程从奥斯沃斯特里赶来参加葬礼。他说斯托庄园的情况毫无改善，将其描绘为一团永远丑化学生灵魂的可怕墨迹。只有在他进入学生军训队飞行员分队以后，他才能每个星期坐在一架金花鼠飞机里，飞越全部痛苦。杰拉尔德说，只有这样才能让他保有清楚的神智。他说人飞得越高越好，因此他决定开始学习天文学。差不多四点钟时，我陪杰拉尔德从巴茅斯往下走，到火车站去。当我从那里回来时——奥斯特利茨说，已暮色低垂，烟雨霏微，丝丝细雨好像并未降下，而是挂在天空中——阿德拉从园子里浓雾弥漫的深处向我走来，她身上裹着褐绿色的毛呢，其边缘微妙的褶皱上附着无数极小的水滴，使她的轮廓发出一种银色的光泽。她在右肘窝里抱着一大束铁锈色菊花。我们默默无言地并肩走过庭院，然后站在门口。这时，她抬起那只空着的手，把头发从我额头上掠开，就好像她知道，她拥有做这样一个手势时被人记住的天赋。确实，我还能看到阿德拉，奥斯特利茨说，她还是像当时那么漂亮，在我眼里，她毫无变化。在长长的夏日白昼结束时，我们常常在从战争开始就一直空着的安德洛墨达旅馆的舞厅里打羽毛球，而这时杰拉尔德则在夜晚来临之前去喂他的鸽子。装上羽毛的球在我们之间随着一击又一击而飞来飞去，以一种说不清的方式沿着轨迹来回运动，形成一条贯穿这夜晚的白线。我敢发誓，阿德拉常常能在镶木地板的上空停留一阵，比重力所能允许的时间要长得多。打完羽毛球之后，我们多半还要在大厅里待上一会儿，看着夕阳的余晖透过一棵山楂树摇曳的树枝水平投射到高高的尖拱窗对面的墙上，直至最终消失。在明亮平面上的那些稀稀落落的图案中有某种倏忽而过的东西持续出现，一种可以说在诞生的那一瞬间就烟消云散的东西。可是在这里，阳光和阴影不断变幻交织，形成不同的景象，你可以看出冰川和冰原的山区风景，或高原、草原、荒野、开满花的野地、海岛、珊瑚暗礁、群岛和环形珊瑚岛，还有被狂风吹弯的树林、凌风草和飘动的烟雾。奥斯特利茨说，我还记得有一次，当我们一起遥望这夜幕慢慢下垂的世界时，阿德拉向我弯下身来问道：你看到棕榈树的树梢了吗，你看到在那里穿越沙丘走来的荒漠商队了吗？——当奥斯特利茨重复阿德拉这个依然让他印象深刻的问题时，我们已经在从格林尼治返回城里的路上了。出租车在夜晚的车水马龙中缓缓向前移动。天空已经开始下起雨来，汽车头灯的灯光在沥青路上闪闪发光，穿过蒙上银珠的玻璃。我们在从格里克路、伊夫林大街、洛厄路、杰梅卡路直至塔桥这段不超过三英里长的路上几乎花了一个小时。奥斯特利茨往后靠着，双臂抱着他的旅行背包，看着前方默然不语。我想，可能他把眼睛也闭上了吧，可我又不敢从旁对他侧目而视。到了利物浦大街火车站，他同我走进麦当劳餐厅，一直等到我那趟列车发车——奥斯特利茨顺便评论了那刺眼的灯光，他说那简直是连一点阴影也不能容忍的持续不停的可怕闪光，现在不再有白天或黑夜——他才又开始讲起他的故事来。在那个安葬日之后，我就再也没有见过阿德拉。这是我自己的错，他这样开始道，因为我在巴黎的整个时期，一次也没有回过英国。而后来，他接着说，在我担任伦敦那个职位之后，我去剑桥看杰拉尔德，这时业已学成毕业、开始进行研究工作的杰拉尔德卖掉了安德洛墨达旅馆，而阿德拉则同一位名叫威洛比的昆虫学家去了北卡罗来纳州。杰拉尔德当时在离剑桥机场不远处的一个名叫“奎”的小村庄里租了一个小型别墅，用卖掉房产后得到的那一份资金买了一架塞斯纳飞机。他在我们所有的交谈中一再提到他对于飞行的热情，无论我们本来谈论的是什么话题。所以我还记得，奥斯特利茨说，譬如有一次，当我们谈到我们在斯托庄园上课的那些日子时，他就极其详细地给我说明，在我去牛津以后，他就把大部分没完没了的学习时间都花在改进一个以飞行能力的强弱作为划分标准的鸟学体系上。奥斯特利茨讲道，杰拉尔德说他采用某种方式修改了这一体系。鸽子总是排在第一位，这不仅仅是由于它们在远距离飞行时能够达到的速度，还由于它们具有优越于其他所有生物的、出类拔萃的导航技巧。人们甚至可以在暴风雪中航行于北海的轮船甲板上放飞一只鸽子，只要它的体力吃得消，它就肯定可以找到回家之路。迄今为止，没有人知道，那些在这样一个险象环生的空间里被打发上路的鸟儿是怎样测定其老家所在地的方位的，当它们预感到自己必须越过极其遥远的距离时，肯定会因恐惧而感到心碎。杰拉尔德说，至少他所熟知的科学解释认为，鸽子是根据星座、气流或者磁场来辨认方向的，这些解释并不见得比他这个十二岁的男孩想出来的各种理论更有说服力。他在想出这些理论时，曾经希望在解决这个问题之后，他就能让鸽子从反方向飞回，也就是说譬如从巴茅斯飞到它在奥斯沃斯特里的流放地。他总是一再想象，它们一下子从天而降，向他飞来，阳光从那伸展开来、一动不动的翅膀上透下来，那会是一番什么样的景象；它们会咕咕叫着，降落在窗户的外窗台上，而他，如他所说，往往要在这窗户旁站上好几个钟头。杰拉尔德说过，当他第一次坐在飞行军团的一架飞机上，感受到下方空气的托举力时，那种得到解脱的感觉真是无法描述。奥斯特利茨说，他本人还记得，当他们有一次于一九六二或者一九六三年夏末在飞离剑桥机场的跑道上进行一次晚间飞行时，杰拉尔德是何等自豪，他简直就是神采飞扬。在我们起飞前一会儿，太阳已经落了山，可是当我们升上高空时，一种闪烁的亮光又把我们包围起来。当我们往南沿着萨福克海湾那条白线飞行时，阴影从海的深处升起，在我们上面慢慢俯下身来，直至最后的光辉在西半球的边缘消失。很快，在我们下方只能隐隐约约认出田野的外貌、森林和那些已经收割完毕的灰蒙蒙的田地。奥斯特利茨说，我永远也不会忘记犹如从虚幻中冒出来的泰晤士河的河口曲线，犹如一条黑如车轴润滑油般的龙尾，在即将来临的夜色中蜿蜒着，而坎维岛、希尔内斯、滨海绍森德的灯光开始沿着河道亮起。后来，我们在法国皮卡第地区上空的夜色中以一个巨大的圆弧飞过，又朝着英国飞行，当我们将目光从发出夜光的数字和指针上移开时，就能透过飞机座舱的玻璃看到整个看似静止不动，实际上却在缓慢旋转的天穹——我还从未见过这般景象——有天鹅座、仙后座、昴星团、御夫座、北冕座，以及其他那些四散在空中，几乎消失于闪闪发光的尘埃中的数不清的无名星辰。那是在一九六五年秋天，奥斯特利茨陷入他的回忆中好一会儿之后，又接着说道，杰拉尔德开始发展我们今天所知道的，他的那些具有开创

性的、关于巨蛇座星座位置中那个所谓的天鹰座星云的假说。他谈到星际气体的巨大场域，它们就如雷雨云一般，浓缩为巨大的波浪状形体，延伸到数光年外的虚空中，在那里，物质由于重力作用而不断加剧冷凝，于是就会出现新的星辰。我想起杰拉尔德说过，他认为在外太空里肯定有很多星辰的培育室，这一观点在我不久前看到的一篇报纸评论中已得到证实，评论对象是一张哈勃望远镜在遨游太空时发回地球的壮观照片。不管怎样，奥斯特利茨说，杰拉尔德当时为了继续他在剑桥的工作，

就转到设在日内瓦的一个天体物理学研究所。在那里，我多次去看望他，而且当我们一道出城，沿着湖岸溜达时，我发现他的想法就同那些星辰一样，逐渐从物理学幻想的旋转星云中显露出来。那时杰拉尔德也讲到他的飞行——坐在自己的塞斯纳飞机里飞越白雪皑皑、闪烁发亮的山脉，飞过多姆山的火山山峰，在风景如画的加龙

河往下，直至波尔多。奥斯特利茨说，在这些飞行中，有一次他就再也没有返回了，对他而言，这大概就是生命中注定的吧。当我听说他的飞机在萨瓦山坠毁时，那是不幸的一天，也许这就是我自己江河日下的开始，是我那随着时间的推移变得越来越病态的自闭症的开始吧。

※　※　※

直到我再一次去伦敦，一个季度差不多已经过去。我去奥斯特利茨那个位于奥尔德尼大街的家里拜访他。我们在十二月份分别时曾经约定我会等他的消息。一个又一个星期过去，我越来越不确定是否会再次听到他的消息了。我好几次曾担心是否在他面前发表过欠考虑的看法，或不知怎么使他感到不舒服了。我也考虑到，也许他会按照自己过去的习惯，干脆就漫无目的、遥遥无期地外出旅游了。如果我当时就已明白，对于奥斯特利茨而言，有些时刻是没有所谓起点或终点的，而另一方面，他的整个一生有时看来就像是一个没有延续的盲点，我可能就会怀着更加理解的心情去等待了。不管怎样，后来有一天，他在邮件下面附了一张二十世纪二十年代或者是三十年代的明信片，显示的是埃及荒漠中的一个白

色帐篷营地，出自一场已被人遗忘的战役。在照片背面的信息只有“三月十九日，星期六，奥尔德尼大街”，一个问号和一个代表奥斯特利茨的大写的“A”。奥尔德尼大街在城外很远的地方，在伦敦东区。它是一条出奇安静的街道，与经常发生交通拥堵的麦尔安德十字路口不远处的主路平行。在这样的星期六，贩卖服装和衣料的商贩便在麦尔安德摆起他们的货摊，周围挤了几百人。现在回想起来，我还能看到有个又低又矮的堡垒式住宅区立在街角；有个草绿色的小卖部——虽然商品都公开陈列，我却从没看见里面有售货员；有个用铸铁栅栏围着，大家都认为从未有人进去过的草坪；还有右边那道有一人高、大约五十米长的砖墙。在墙的尽头，我找到了奥斯特利茨的家，就是一排大概有六七栋的房屋中的第一栋。在那个显得十分宽敞的房屋内部，只有一点必备的家具，既没有窗帘，也没有地毯。墙壁抹的是颜色很浅的暗灰色涂料，地板漆成颜色更深的暗灰色。奥斯特利茨先把我领进前面的房间。在那里，除了一个老式的、我感觉显得特别长的无靠背矮沙发，只放着一张很大的、同样漆成暗灰色的桌子。桌子上放着几十张照片，它们隔着精确的距离笔直排成一排，多数日期比较久远，边上有点磨损。其中的一些我可以说已经很熟悉了：荒凉的比利时地区的照片，巴黎的那些火车站和地铁高架桥的照片，巴黎植物园里的那个棕榈屋的照片，各式各样的夜蛾和其他夜行昆虫的照片，做工十分漂亮的鸽笼的照片，在奎这个小村庄附近那个机场上的杰拉尔德·菲茨帕特里克的照片，以及一些沉重的大门和房门的照片。奥斯特利茨告诉我，他有时候会在这里坐上好几个小时，背面朝上陈列着这些或者是其他那些他从自己的收藏中取出来的照片，就像在玩一盘单人纸牌一样。然后，他又把这些照片逐一翻过来，每一次他都会对自己所见到的东西一再感到惊讶。他把这些照片挪来挪去，按照相似程度分组排列，或者将它们从游戏中撤出，直到只剩下灰色桌面；要不就是直到他被思考和回忆弄得精疲力竭，不得不躺在没有靠背的矮沙发上。我常常在这里一直躺到晚上，感到时间在向后翻滚，奥斯特利茨一边说着，我们一边走到一楼两个房间的后面。他在那里点燃煤气，请我坐在壁炉两旁放着的一把椅子上。这个房间里同样几乎没有家具，只有灰色的木地板和墙壁。现在，在逐渐变浓的夜色中出现在地板上和墙上的，是闪烁着的蓝色火焰的映像。我耳里还响着煤气涌出时发出的轻微的嘶嘶声。我记得，当奥斯特利茨在厨房里准备茶水时，我一直坐在那里，像着了魔似的，被那团小火苗的倒影所吸引。它看起来好像是在阳台玻璃门的另一边，与房子隔着一段距离，在园子里差不多已成夜黑色的灌木丛之间燃烧。在这时奥斯特利茨端着茶盘走进来，开始用一个长柄烤面包铁叉在煤气的蓝火焰上烤白面包片，我对这种不可思议的镜像发表了一通评论。对此，他回答道，就连他也经常在暮色降临后坐在这里，凝视在外面的夜色中反射出来的那个看起来一动不动的光点，而这时他必然会想到，几年前有一次，在阿姆斯特丹国家博物馆里的一次伦勃朗作品展览会上，他不想在任何一幅大尺寸、经过无数次复制的杰作前驻足，而是长时间站在一幅尺寸大概为二十到三十厘米，在其记忆中由都柏林博物馆收藏的小油画前。根据解说词，这幅画表现的是逃往埃及的场景。可是在画上，他既没看到圣婴父母，也没看到圣婴耶稣或驮畜，而只有一小点火光跳动在幽暗的、闪着黑光的清漆中间，就是现在我还能在脑海中看到它，奥斯特利茨如是说。——可是，过了一会儿他又补充道，我该从何处把我的故事继续讲下去呢？在我从法国回来之后，我以九百五十英镑这个如今简直是荒谬的数额买了这栋房子，然后在我那个教职上干了差不多三十年，直到一九九一年提前退休。奥斯特利茨说，我这样做一方面是因为我自己明确知道即使在高等学校无知也在不断蔓延，另一方面是因为我希望能够像我很久以来心里所想的那样，将我那些建筑与文明史的调查研究形诸笔墨。奥斯特利茨对我说，很可能从我们第一次在安特卫普的谈话开始，他就已经对他的兴趣范围、他的思想方向、他那些总是即兴的观察和评论——它们多被临时记录下来，但最后竟长达几千页——的本质有了一些想法。还在巴黎时我就想过要将我的研究汇编成一本书，尽管我在不断推迟这项写作任务。我在不同的时期对这本书有过各式各样的设想，从一套多卷集系统性描述的作品，到一系列关于各种主题的论文，如卫生学和环境卫生、监狱建筑物、世俗寺院建筑物、水疗、动物园、出发与到达、光与影、蒸汽、煤气以及诸如此类的东西。然而，在初次检查我那些从研究所搬到奥尔德尼大街来的草稿时，我就发现它们绝大部分都是草图，现在看来对我毫无用处，错误百出，而且画得也不对。我开始重新裁剪和整理那些勉强能用的东西，为了能让我像翻阅一本相册那样，在自己眼前重现那些差不多已

被遗忘淹没的旅途风景。奥斯特利茨说，可是好几个月以来，我在这个计划上花费的力气越大，结果就越使我觉得可悲，而只要打开这一捆捆纸张，翻转那些过去数年里由我写下的无数纸页，我就感到厌恶和恶心——他又补充道，尽管阅读和写作一直是他最喜爱的工作。奥斯特利茨说，当我坐在那里看一本书，一直看到夜幕降临，书上的字已辨认不清，而我的思绪开始在脑海里盘旋时，我是多么高兴呀。而当我在黑魆魆的房里坐在写字台边，看着铅笔的笔尖在灯光下跟随着它规律地从左往右移动的剪影，好像是出于自愿与完全的忠诚一般，一行又一行地在线格纸上滑过时，我又感到何等安心呀。可是现在我感到写作是如此困难，我往往要花上一整天才能写出绝无仅有的一句话来，而且好不容易才写下这样一个费尽九牛二虎之力想出来的句子之后，我立刻就发现那些构思上令人难堪的错误和我所运用的全部词汇的不当之处。如果我用一种自欺欺人的方式，偶尔认为我完成了每日的工作量的话，那么第二天早上，当我看到那张纸的第一眼时，我就会发现所有那些糟糕透顶的错误、不连贯之处和失误。不管写下的东西是多还是少，每当我通读时，我总觉得似乎是彻头彻尾地弄错了，所以我就不得不立即将它毁掉，然后重新开始。很快，我就不敢跨出第一步了。就像一个再也不知道下一步该怎么迈的走钢丝演员，我现在只感觉到脚下的平台在摇摇晃晃，惊恐万分地发现，在我视野边缘闪烁着的平衡杆的两端再也不能像往日那样成为我的导航信号灯了，而是会使我跌入万丈深渊的邪恶诱惑。时不时地，也有一些思路会在我脑海里十分清晰地显现，可是这时我已经知道，我没法将它记录下来，因为我只要一拿起铅笔——我过去倒是能够满有信心地将自己托付给语言——语言那无穷无尽的可能性就会皱缩成极其枯燥乏味、废话连篇的大杂烩。结果句子中没有一个短语不是蹩脚的破烂货，没有一个词不空空洞洞，说谎骗人。我在这种令人蒙羞的精神状态中面壁坐上好几个钟头，最后是好几天之久，拷问我的灵魂，逐渐发现，当一个人连比如收拾装着各种东西的抽屉这样最不足挂齿的工作都无法完成时，这种情况是多么可怕。这就好像一种早已持续影响着我的疾病现在大有发作之势，好像某种迟钝固执的东西已经在我身上扎下根来，会让我的整个系统逐渐瘫痪。我已经感觉到我头脑里那可怕的迟钝，接踵而来的就是人格的堕落；我预感到自己实际上既无记性，也没有思维能力，甚至没有存在，我的整个人生只不过是一个持续地毁掉自己、抛弃人世和我自己的过程。要是当时有一个人来将我带走，带到一个刑场去，那我就会一声不吭，闭上双眼，平心静气地容忍这一切，就像那些晕船晕得很厉害的人，当他们譬如说在一艘轮船上渡过里海时，要是有人给他们透露，现在人家会把他们扔到船外的话，他们甚至连最轻微的反抗都不会表现出来。奥斯特利茨说，无论我身上发生了什么事，在开始动笔写每一句必须写下的话之前，在不知道我现在怎么开始写这句话或者说任何一句话的情况下，我总是怀着一种惶恐不安的感情，这种感情很快就扩展到阅读这种本身就比较简单的工作上，直到当我试图看完一整页时，我就会不可避免地陷入一种极其困惑的状态。如果说人们能够把语言视为一座老城，有着弯弯曲曲的街道和众多广场，多个街区，有的时代久远，有的被拆除、清理和重建，还有不断向远处延伸的郊区，那我就像一个由于长期在外，在这个集聚团块里再也找不到路的人，再也不知道车站用来干什么，后院是什么，十字路口是什么，环形大道或者说桥梁是什么。语言的所有组成部分，各个成分的句法安排，标点符号的应用，连词，最后甚至是普通事物的名称，所有这一切都笼罩在浓雾之中。就连我自己过去写过的东西我也无法理解——可能是我最不能理解的了。我老在想，像这样的一句话，只是某种假称有意义的东西，而实际上充其量不过是一种应急之物，是我们的愚昧无知的一种赘生物罢了。就像某些海洋植物和动物使用它们的触腕一样，我们也使用这种赘生物，盲目地摸索围绕在我们四周的黑暗。正是这种平时也许能传达出一种指向明确的智慧的东西——那种借助一定程度的风格化的熟练技巧来说出一种观点的做法——现在在我眼里无异于一种彻头彻尾随心所欲的，或者说是一种疯狂的行动。我再也看不出任何关联，那些句子溶解成了一系列的单个词语。这些词语变成一种随心所欲的字母排列，这些字母变成一些破碎的符号，而这些符号又变成一种出现在这里或那里的闪着银光的铅灰色痕迹，仿佛是某种爬行生物分泌的并在身后拖着的那种痕迹。看到这种痕迹，愈加使我心中充满恐惧和羞愧的感觉。奥斯特利茨说，有一天晚上，我把我所有捆起来的和零散的草稿，把记录本和笔记本、卷宗夹和讲课卷宗，把所有布满我的字迹的东西，都从屋里搬出去，搬到园子远远的尽头，扔到肥料堆上去，用腐烂的树叶和几铲土一层一层地盖起来。虽然此后几个星期，当我把这个房间腾出来，重新刷地板和墙壁时，自以为减轻了生活的负担，可我很快就发现，我的头上笼罩着阴影。尤其是在我通常最喜欢的黄昏时分，我感到一种弥漫开来，变得越来越浓烈的焦虑感统治着我。由于这种恐惧，那些业已褪去颜色的美好景象转变成一种令人不快、暗无天日的苍白，我胸中的那颗心被压缩到原物尺寸的四分之一，我头脑中只剩下这样一种想法：我必须到波特兰大街的一座三层楼房子那儿。有一次我在拜访一个医生的手术室后感到一阵要从这栋房子的楼梯栏杆往下跌，跌进楼梯井漆黑的深处的奇怪冲动。要去探访我的任何一个朋友——反正本来就为数不多——或者说去同人们正常接触，当时对我来说，都不可能。奥斯特利茨说，那时我害怕听任何人讲话，而且更害怕自言自语。当这种情况继续下去时，我渐渐意识到我一直以来是多么孤立，无论是在威尔士人当中，还是在英国人或法国人当中。我从未想到过自己真实的身世，奥斯特利茨说，我也从未感到自己属于某一阶级、某一职业阶层或者某一教派。我在艺术家和知识分子当中，就同在小市民生活中一样，感到不舒服。要去结下私人友谊这种事，我已很长时间都无法做了。我刚一结识某个人，就担心我对他过于亲近了；他刚朝我转过身，我就开始打退堂鼓。总而言之，我只是以某种形式的社交礼仪与人们联系在一起罢了，我将其做到极致，奥斯特利茨说，而我现在知道了，这并不是为了对方，而是因为他们可以让我忽略一个认识，那就是我的人生就我记忆所及一直被无法扳倒的绝望笼罩着。就是在那时候，在做完我园子里的破坏工作和房子腾空之后，为了摆脱越来越折磨我的失眠，我便开始夜游伦敦。奥斯特利茨说，我想，我有一年多每天天一黑就走出家门，往往都在持续不断地走，在麦尔安德和堡路，穿过斯特拉特福，一直往奇格韦尔和罗姆福德走去，然后从那里出来，横穿贝斯纳尔格林和卡农伯里，经过霍洛韦和肯蒂什镇，走到汉普斯特德的荒野，之后又往南过河，走到佩克汉和达利奇，或者往西走，走到里士满公园。奥斯特利茨说，事实上一个人可以在一夜之间徒步从这个大城市的一头走到另一头，而一旦他习惯了独自行走，只在路上遇到零零星星几个夜游神的话，他就会开始惊讶；显然由于一种在很久以前就已经达成的协议，在格林尼治、贝斯沃特或是肯辛顿的无数栋房屋里，各种年龄的伦敦人都躺在自己的床上，正如他们以为的那样，被安全的屋顶庇护——而他们实际上只不过是害怕得把脸转过来对着地上罢了，就像当初在走过荒漠的路上歇脚时的旅行者那样。我的漫游把我一直带到那些最偏僻的区域，带到我从来不曾来过的这个大都会的边缘。天亮时，我同所有其他那些这时从城市郊区涌向市中心的可怜人一起，又乘地铁返回怀特查珀尔。当我穿过那些地铁车站时，有好几次我觉得铺着瓷砖的过道上的那些人当中，往深处陡峭下行的自动楼梯上的那些人当中，或者是一趟正好驶出的列车灰色的车窗玻璃后面的那些人当中，有一张我很久以前就已熟悉的面孔。这些熟悉的面孔往往同所有其他那些面孔有些不同之处，我是想说，有点模糊不清的地方，它们折磨着我，有时候使我心神不安达好几天之久。实际上当时，我总是在结束夜间旅行回家时，开始透过一种飘动的烟雾或者面纱看见可以说是被削弱了的物质的种种颜色和形体，一些来自一个逐渐消失的世界的图像：一队从晚霞映照下闪闪发亮的泰晤士河口出发，驶入海面上的阴影之中的帆船；在斯皮塔佛德的一辆出租马车，马车夫头上戴着一顶大礼帽；一位身穿二十世纪三十年代服装的女人，当她从我身旁走过时，她垂下了自己的目光。这是一些我特别软弱的时刻，当我觉得自己再也无法继续下去时，我就会出现这样的幻觉。有时候我感觉到，仿佛在四周，城市的喧嚣已经消失，车水马龙悄然无声地从车行道上涌流而去，或者好像有人在扯我的袖子。奥斯特利茨说，我还听到我身后的人们用一种陌生的语言谈论我，用立陶宛语、匈牙利语或是其他某种非常有异国情调的音调。我在夜游途中总是不可抗拒地一次次来到利物浦大街，而在那里我有许多次这样的经历。在二十世纪八十年代末期开始重建之前，这个车站的主要建筑物位于街道下面十五到二十英尺处，是伦敦最黑暗、最阴森恐怖的地区之一，简直是一个通往地狱的入口——人们通常如此描述。那些轨道之间的碎石、有裂缝的门槛、砖墙及其石基、高高边窗上的檐口和窗格玻璃、检票员的木头亭子、柱头用棕榈叶装饰的高高耸立的铸铁立柱，所有这一切都在一个世纪的过程中被焦煤灰和煤炱，被水蒸气、硫磺和柴油形成的一层油污弄黑了。甚至在艳阳高照的日子里，也只有一种漫射的、很难被圆灯灯光照亮的灰色，透过大厅的玻璃屋顶射进来。在这种充满着令人窒息的嘈杂声、轻微的嚓嚓声和嗒嗒声的永无止境的昏暗中，那数不清的、从列车中涌出的或者是向着列车蜂拥奔去的人群在移动，他们分分合合，犹如水遇到堤坝一般，堵在栅栏旁和狭窄处。奥斯特利茨说，当我在返回东区的途中，在利物浦大街地铁站下车时，每一次我都至少要停留一两个小时，同其他那些清晨就已感到困乏的旅行者或者无家可归者坐在一张长椅上，要不就是在某个地方倚靠在栏杆上站着。这时，我感觉到体内持续不断

的拉拽，一种心痛，我开始预感到，它是由昔日时光的漩涡引起的。我知道，在耸立着地铁站的这个地区，曾经有沼泽草地一直延伸到城墙边。这些沼泽草地在所谓的小冰期的那些寒冷的冬季里，有好几个月都结了冰，伦敦人就像安特卫普人在斯海尔德河上那样，鞋底系住冰刀，在那儿滑冰。有时候，他们在这里或那里支起的火盆里燃烧着的木柴的闪烁火光中，一直滑到半夜。后来，在沼泽草地上，水逐渐被排掉，种上了榆树，开辟了菜园和鱼池，铺设了市民下班后可以在上面散步的白沙路，而且很快就建起了园亭和乡村别墅，一直延伸到福里斯特公园和阿登。在如今火车站的主要建筑物和东方大酒店的地基上，奥斯特利茨继续这样讲，直到十七世纪时，都是伯利恒圣母马利亚修会的隐修院。该隐修院是一个名叫西蒙·菲茨马利的人在一次十字军东征时从撒拉逊人[1]手中奇迹般获救之后创办的，好让那些虔诚的修士和修女从此以后为创办人的灵魂得救，为创办人的先辈、后辈和亲戚的灵魂得救而祈祷。属于主教门外这所隐修院的，还有以贝德兰姆这个名字载入史册的，为精神错乱或陷入不幸的人创办的医院。奥斯特利茨说，每当我在地铁站里停留时，我几乎是在试图强迫自己一再去想象，哪里是这个救济院的那些病人的房间——它们后来被其他墙体穿过，现在又不一样了。我老在思忖，几个世纪在那里聚集起来的不幸和痛苦是否真的已经消失，还是说，它们仍然可以在我们经过大堂和登上阶梯时被我们所感知，就像我有时认为自己在前额感觉到一阵冰冷的呼吸时那样。我还想象那些从贝德兰姆向西延伸的漂白地，我看见绷在绿草上的白色平纹亚麻布和那些织工及洗涤女工的小小身影，看见在漂白地的另一边安葬着那些死者——自从伦敦的教堂墓地再也容纳不下他们之后。就像活着的人一样，当空间太拥挤时，那些死者就被迁往外面，迁到一个人口不大稠密的居住区，在那里，他们彼此之间保持适当距离，能够得到安宁。可是，总有新

1　撒拉逊人是欧洲中世纪时对阿拉伯人的称呼，后泛指伊斯兰教教徒。

的死者接踵而来，而且源源不断。当所有地方都被占据时，为了安葬这些新来的死者，最后就挖旧坟，造新坟，直到整个墓地上的骸骨横七竖八，乱放一气。在那里，在那昔日曾是墓地和漂白地的地方，在一八六五年修建布罗德大街车站的这个区域，一九八四年在做连续不断的拆除工作而进行的发掘中，在一个出租汽车站下面，有四百多具骷髅露出地面。奥斯特利茨说，当时我经常待在那儿，一方面是由于我对建筑史感兴趣，另一方面是出于我自己也不清楚的原因。我拍摄了死者遗骸的照片。我还记得，有一个同我交谈的考古学家告诉我，人们从这个坑里清除的每一立方的地表层中，平均可以找到八个人的骨骼。在十七和十八世纪中，城市就是在像这样的被埋到地下的尘土和腐烂躯体的骨骼掺和在一起的地层之上建立起来的，并变成一个由烂巷和房屋组成的越来越复杂的迷宫，它们由木梁、黏土块，以及任何其他可供伦敦最卑微的居民使用的材料黏合而成。一八六〇年和一八七〇年左右，在两个东北火车站建筑工程开工前，这些简陋破烂的住所被强行清除，巨大的泥块连同埋在里面的死者一起被掘起、被移动，好让在工程师制作的平面图上看起来就像解剖图中的肌肉束和神经末梢一样的铁路路线，能够一直延伸到城市边缘。很快，主教门前面那个地带只剩下一块灰褐色沼泽地，一块无人

地带，再也没有人在那里活动。那条韦尔布鲁克溪，那些水沟和池塘，那些田鸡、鹬群和苍鹭，那些榆树和桑树，保罗·平达的那个鹿园，贝德兰姆医院的那些精神病患者和安吉尔巷的那些穷光蛋，都从彼得大街，从甜苹果大院和天鹅圈栏消失殆尽，现在就连那些以数百万计，在整整一个世纪中天天如此穿行于主教门火车站和利物浦大街火车站的人群都已消失不见。奥斯特利茨说，可是在我看来，那个时候，我感到那些死者仿佛在从缺席中返回，他们以其特别缓慢、片刻不停的熙熙攘攘填满了笼罩在我四周的暮光。我还记得，譬如说有一次，在一个安静的星期天早上，我坐在特别昏暗的站台上的一张长椅上，从哈里奇开来的轮渡列车正从旁驶入。我在那儿长时间地看着一个人，此人除了他那已经磨破的铁路员工制服外，头上还缠着一块雪白的头巾。他用一把扫帚忽而这里，忽而那里，把石子路上被到处乱扔的垃圾扫到一起。奥斯特利茨说，这种工作以其本身的毫无意义提醒着我们，我们死后必须忍受这种永无尽头的惩罚。在干这种活时，这个白头巾的服务员忘了周遭的一切，用一个一边已经被拆了的纸盒，而不是一个合适的清扫铲，不断表演着同一个动作。他用脚挪动着面前的纸盒，先是沿着月台往上挪，然后又往下挪，一直到他又回到出发点，回到从车站正面内往上延伸，直至三楼的工地

BISHOPSGATE WARD WITHOUT
ST. BOTOLPH WITHOUT BISHOPSGATE

围栏里的一道矮门。他半个小时前就从这道小门出来，现在，我觉得他好像带着一种古怪的抽搐，一下子又消失不见了。奥斯特利茨说，至今我还弄不明白是什么东西促使我去追踪他。我们走出人生中几乎所有那些关键性的步骤时，都是在一种难以察觉的情况下顺应内心的结果。不管怎样，我在那个星期天的早上，发现自己一下子就站到了高高的工地围栏后面，正对着所谓的女士候车厅的入口——我还不知道在车站里这么偏僻的部分存在着这么一个地方。到处都看不到那个缠着头巾的人了，就连脚手架上也没有任何动静。我犹豫不决地向双开式弹簧门走去，可是我刚把手放到黄铜把手上，就穿过了一道挂在里面遮挡穿堂风的毛毡门帘，跨进一个看来几年前就已经不再使用的大厅，奥斯特利茨说，我觉得我就像一个登上舞台的话剧演员，在出场的那一瞬间无法挽回地把背得滚瓜烂熟的台词连同经常扮演的角色一起忘得精光。也许过去了好几分钟甚至好几个钟头，我站在原处无法动弹，感到自己仿佛站在一个正在上升的、宽敞无比的大厅里，脸抬起来对着从穹顶下的走廊外照进来的、月光似的灰白色灯光，就像有一张网或者是一块部分磨损了的轻薄布料挂在我的头上。尽管这种光在高处很明亮，充满了闪闪发光的尘埃，但当它落到更低处时，看起来就好像被墙面和屋子的深处吸收了，只是使这里变得更加昏暗，然后在成为黑色条纹状后流尽，就如同雨水流下山毛榉光滑的树干或是房屋的混凝土表面一般。有时候，当云层在城市上空裂开那么一会儿时，就会有零零星星的几束光线射进候车大厅里来，可是大多在半道上就已经消失了。其他光束又以违反物理学定律的奇怪轨迹离开这条直线，在被摇摆的阴影吞下之前，拧成螺旋和旋涡形。眨眼工夫里，我看见巨大的门厅打开了，有通往极其遥远之处的一排排列柱和柱廊，有重重叠叠的拱顶和砖砌拱门，还有不断地将我的目光引向上方的一段段石砌台阶、木楼梯和梯子。我看见横跨万丈深渊的木板小桥和吊桥，上面有极小的人影在挤来挤去，他们对我来说像是从地牢中寻找着一条出路的囚犯。我忍着疼痛将头往后仰。凝望高处的时间越长，我就更多地感觉到，仿佛我置身其中的这个房间正在延伸，仿佛它会在极难想象的透视景象中永无止境地继续延伸缩小下去，与此同时，它会以在这样一个虚假的宇宙中唯一可能的方式退回到自身之中。有一次，我以为在极远的高处看见一个镂空的圆屋顶，它的边缘长着蕨类植物、幼小的柳树和别的小树丛，鹭鸶在小树丛中筑起了又大又凌乱的鸟巢，鸟儿们展翅飞翔，直冲蓝天。奥斯特利茨说，我还记得，在这种关于监禁和解放的幻象中，我被一个问题纠缠，我陷入的是一个废墟呢，还是一个仍在修建中的建筑物呢。在当时，这两个想法都有一定道理，因为新火车站正是在利物浦大街旧火车站的颓垣断壁中拔地而起的，无论如何，关键之处也不在于这个基本上只是让我分心的猜测本身，但是记忆中的残影开始在我的意识外围漂流，譬如说一九六八年十一月末的一个下午的情景，我同在巴黎时认识的玛丽·德·韦纳伊——关于这个人，我以后还会讲得更详细些——站在诺福克那座奇妙的、孤零零耸立在广阔田野上的莎莱教堂里，我没有说出我本该告诉她的话。在外面，从草地上升起了白色雾霭。我们俩默然不语，看着它慢慢爬过大门门槛，一团烟雾荡漾在低处，向前翻滚，逐渐漫过整个石头地面。这团烟雾变得越来越浓，然后明显向上升起，直到我们在烟雾中只能露出上半身，不得不害怕它就要使我们窒息。许多像这样的回忆向身处利物浦大街火车站被遗弃的女士候车厅的我涌来，在这些回忆之后和这些回忆之中，隐藏着不少还在继续往回延伸的东西，这些东西总是一个套一个，恰似我在尘灰色光线中看到的那些迷宫似的拱门，在永无止境地延续下去。奥斯特利茨说，我确实有这种感觉，仿佛我就像一个被弄得眼花缭乱的人，站在候车大厅的正中间，而这个候车大厅里却有我过去的所有时刻，有我那一直遭到压制和扼杀的所有的恐惧和愿望，仿佛我脚下那些石板的黑白菱形图案成了我一生决赛的场地，仿佛这种情况延伸到时间的整个层面。也许正因为如此，我在大厅的半明半暗之中看到两个身穿二十世纪三十年代式样衣服的中年人，一位女士穿着一件轻便的华达呢大衣，在她那梳着的发式上斜戴着一顶帽子，在她旁边是一位骨瘦如柴、身穿一套深色西服的先生，脖子上围着一个教士圆领。奥斯特利茨说，确实，我不仅看到这位教士和他的妻子，还看到他们来接走的那个男孩。他独自一人坐在旁边的一张长椅上。他那双穿着齐膝白袜的腿还够不着地，如果不是他抱在怀里的那个小旅行背包，奥斯特利茨说，我还没认出他来呢。可是由于这个小旅行背包，所以我就认出他来了。就我记忆所及，我第一次想起那一瞬间的自己——在那一瞬间我明白了，一定就是在这个候车大厅里，我在半个多世纪前来到英国。像很多事情一样，奥斯特利茨说，我无法对自己脑海中意识到的这种状态进行详细描述；我感到一种东西在我体内撕裂，一种羞愧和忧虑，又或许是别的什么，那是一种无法表达的东西，因为我们没有语言可以形容它，那情景就像很多年前，当两个我不懂其语言的外国人朝我走来时，我也说不出话来一样。我只记得，我看见那个男孩在长椅上坐着时，我在一种模糊的眩晕中意识到过去若干年中在我心里的孤独感给我带来的那种破坏性影响；在我想到也许我从未真正活过，或者说我现在才出生，又差不多已经到了死亡的前夕时，一种可怕的疲乏淹没了我。奥斯特利茨说，至于传教士伊莱亚斯和他那面色苍白的妻子于一九三九年夏天将我收留在身边的原因，我只能猜测了。像他们这种没有子女的人，也许是希望通过共同致力于养育这个当时四岁半的男孩，能够扭转他们之间无疑日益难以忍受的感情的僵化；要不就是，他们误以为自己在高一级的主管机构面前，有责任去做一件超过一般善举的程度、同个人的奉献和自我牺牲精神联系在一起的工作。很可能他们也认为，必须拯救我这个未接触到基督教信仰，将永入地狱的灵魂。我说不出自己在巴拉的初期受伊莱亚斯夫妇照料时是什么感觉。我想起那些把我弄得十分难过的新衣服，也想起那个绿色小旅行背包莫名其妙的丢失，最近我甚至幻想自己还预感到了母语的消亡，它那支支吾吾、一个月比一个月更小的声音至少还会在我心中萦绕一段时间，就像某些被禁锢在里面的东西发出的一种嚓嚓声和敲击声，每当有人想要注意它时，它总会被吓得静止不动，默不作声。如果我没有因为各种状况，在那个周日上午——距离它由于改建而永远消失最多几个星期——进入利物浦大街火车站的老候车大厅，那些在短期内被我忘得精光的词汇，连同属于它们的一切，肯定会被埋葬在我记忆的深渊中。

奥斯特利茨说，我不知道我在候车大厅里站了多久，我也不知道我是怎么走出去的；不知道我徒步穿过贝斯纳尔格林或者斯特普内时走了哪些路，才在夜幕下垂时回到家来。我只知道我已精疲力竭，穿着湿透的衣服，和衣躺下，陷入令人痛苦的沉睡之中。我后来算了好几次后发现，我在第二天的半夜才从睡梦中醒来。在这次睡眠中，我的躯体仿佛死去了一般，而那些狂热的想法仍在我的脑海里转动，我觉得自己待在一个星状要塞的内部深处，一个与所有人隔绝的地下密牢中。我不得不试图穿过那些又长又矮、横贯所有我曾经参观过和描写过的建筑物的通道，从密牢中跑到外面去。这是一场没完没了的噩梦，其主要情节多次被别的插曲打断。在一个插曲中，我鸟瞰着一片没有光线的地区，一列很小的火车正在从中穿过，疾驶而去。这列火车挂着十二个土色袖珍车厢，有一个上面往后拖着一道烟的乌黑火车头。这道烟的末梢就像一根巨大的鸵鸟毛一样，在快速行驶时，被不断地扯来扯去。然后我又从火车车厢的窗户往外望，看见黑魆魆的针叶树林，看见一个深不可测的河谷，看见地平线上云雾缭绕的山脉和风车，风车高高耸立于群集在它周围的那些房屋的屋顶之上，它那宽阔的翼板一个接一个地，匆匆穿过黎明。奥斯特利茨说，在这些梦中，他感觉到在自己眼睛后面，这些图像在势不可挡地迫近，简直是在从他脑海里往外挤。可是在一觉醒来之后，这些景象却很难留下一点哪怕只是大致的印象。我现在发现，我在记忆方面所受的训练多么少，而相反地，我总得花费力气，尽可能地不去回忆，避开一切以这种或者那种方式与我那自己都不知道的身世有关的事情。所以我——虽然这一点如今我自己都觉得不可思议——对德国人掠夺欧洲，对他们所建立的那个奴隶国家一无所知，对于我所逃离的迫害一无所知，或者说，如果知道一点的话，那也不会比一个小店铺的女店员对譬如说瘟疫或者霍乱的了解更胜一筹。对于我来说，随着十九世纪的终结，世界也就寿终正寝了。尽管其实我所研究的资本主义时代的全部建筑史和文明史正在指向当时已经显现出来的灾难，但我还是不敢继续向前推进。我不看报纸，因为就我今天所知，我害怕种种令人不快的真相，我只在特定的时候打开收音机，我总是在提升自己的防卫性反应，建立起一种隔离和预防免疫体系，让我在越来越狭小的空间之中，远离以任何方式——不管它是多么不着边际——与我早期经历相关联的一切。除此之外，我甚至还在不断地从事由我持续了几十年的知识积累，将其用作一种替代性和补偿性的记忆。尽管我有所有这些防范措施，但如果有朝一日一些危险的消息不可避免地传来，那我显然也还是能够装出一副视而不见、听而不闻的样子。总而言之，我能够像忘记往常一件令人不快的事那样，忘掉这件事。但是，我的思想的这种自我检查机制，不断压制着在我脑海里浮现出来的回忆，奥斯特利茨往下说，要求我作出一次比一次更大的努力，最后的结果必然是让我的语言能力几乎彻底瘫痪，销毁了我的全部图样和笔记，让我没完没了地夜游伦敦和出现越来越频繁地骚扰我的幻觉，直到一九九二年夏天把我的身体搞垮。我说不清我是怎样度过那一年的剩余时光的，奥斯特利茨说；我只知道，第二年春天，当我的境况出现某种程度的好转时，我第一次走路进城，在不列颠博物馆附近走进一家旧书店。我过去定期在这家旧书店里寻找建筑艺术雕刻图案。我心不在焉地浏览那各式各样的格层和箱子，每一次都有好几分钟，不是目不转睛地盯着一幅星状拱顶图片，就是盯着一幅金刚石雕刻花纹、园林小舍、排柱圆形神庙或者陵墓图片，却并不知道自己看的是什么，为什么看。旧书店的老板娘佩内洛普·皮斯富尔是一位十分漂亮、我多年来心仪已久的女士。她就像惯常的那样，在早上的时候，微微倾斜地坐在她那装上纸类物品和书籍的写字台旁边，用左手填写《每日电讯报》最后一页上的纵横填字字谜。她不时向我送来微笑，然后又望着外面的小巷，陷入沉思默想之中。旧书店里一片寂静，只有从佩内洛普像往常那样放在身边的小收音机里发出来的轻微声音。这些开始时很难听清楚，但很快就变得简直是过于清晰的声音如此吸引着我，使我将摆在自己面前的那些图片忘得一干二净，凝然不动，仿佛从有点嚓嚓作响的收音机里发出的每个音节，我都不该忽略掉。我听到的是两个妇女的声音。她们互相之间谈到她们于一九三九年夏天还是孩子时被一趟专列送往英国。她们提到一大串城市——维也纳、慕尼黑、但泽、布拉迪斯拉发、柏林，然而只有当她们其中一人谈到她乘那趟专列花了两天横穿德意志帝国和荷兰——在荷兰，她从列车往外看，看见风车那巨大的翼板——后，终于登上布拉格号渡轮，从胡克出发，穿越北海前往哈里奇时，我才明白过来，毫无疑问，这些回忆片段也是我自己生涯的一部分。我由于这突如其来的醒悟，惊恐得无法记下广播节目最后的通讯地址和电话号码。我只是看见自己站在码头上，在孩子们站成双行的、长长的队伍中等待着。在这些孩子当中，大部分人都背着旅行背包或是书包。我又看着我脚下那些巨大的方石，看着石头中间的云母，看着港口水域里灰褐色的水，看着斜着通往高处的缆绳和锚链，看着轮船那个比房子还要高的船头，看着那些在我们头上疯狂盘旋、飞来飞去的海鸥，看着从云层中钻出来的太阳光和那位披着彩色大方格披肩、头戴天鹅绒贝雷帽的红发姑娘。

这位姑娘在穿越黑暗地区的旅途上照料我们车厢包房里那些比较小的孩子。我现在还记得，我在多年之后还一再梦见这位姑娘，梦见她在由一盏略带蓝色的夜灯照耀的房间里为我用班多钮琴演奏一首欢快的歌曲。你没事吧？[1]——我忽然听到好像是从远处传来的声音，我花了片刻工夫才明白自己身在何处，才弄明白，佩内洛普很可能因为我突然呆若木鸡而感到担忧。我记得我回答她自己只是走神了，事实上走去了荷兰的胡克[2]。佩内洛普稍稍抬起她那美丽的脸庞，对此报以会心的微笑，就好像连她也不得不多次待在这个荒凉的港口码头上。一条通向清贫生活，没有眼泪之路？[3]——她接着突然问道，用她的圆珠笔尖敲打着折叠起来的报纸上的填字字谜。可是正当我要向她承认，我从来就猜不出哪怕是最简单的这种被歪曲的英语字谜时，她就已经说出了：啊，这是不收租金的[4]！然后便十分麻利地把八个字母胡乱写进最后那些空着的小格子之中。在我们告别之后，我在拉塞尔广场旁的一张长椅上，在高高的、仍然光秃秃的悬

1 原文为英语。

2 原文为英语。

3 原文为英语字谜“One way to live cheaply and without tears”。

4 原文为英语“rent free”，结合多义词“rent”（租金、裂口）可指“不收租金的”或“没有裂口的”，前者对应谜面的“清贫”，后者对应“without tears”（“tear”既指“眼泪”也指“裂口”）。

铃木下面坐了一个钟头。这是一个阳光灿烂的日子。一些椋鸟以它们特有的忙碌在草地上走来走去，采摘着一些藏红花。我在一旁观看它们，注意到它们那深色羽毛中的黄绿色随着阳光反射的不同角度发出光芒。对此，我得出的结论是：我虽然不知道我是乘着布拉格号渡轮，还是乘别的轮船来到英国的，但在当下的情景里仅仅只是提到这个城市的名字，就足以说服我相信我应当返回那儿。我想起希拉里在我待在斯托庄园的最后几个月期间，开始为我加入（英国）国籍作准备时所遇到的种种困难。当时，他从未在任何地方打听到消息，无论是在威尔士的各级社会救济管理局，还是外交部，或者救援委员会。就是在这些救援委员会的领导下，运输逃亡儿童的专列才到了英国。这些委员会在伦敦遭到多次轰炸这样一种极其困难的情况下，再加上几乎全是未经训练的员工进行多次搬迁和转移，结果丢失了一些档案材料。我在捷克大使馆拿到了可供类似我这样情况的人打听消息的一些官方机构的地址。后来，我在一个过于明朗、几乎是曝光过度的日子到达鲁济涅机场。而就在那天，奥斯特利茨如是说，人们看起来都像是在生病，脸色苍白，就好像他们全都是得了慢性病，离寿终正寝之日为期不远的烟鬼似的。我刚一到机场便乘一辆出租车去小城区的天主教加尔默罗白衣修士隐修院。国家档案馆就设在一座十分奇特、年代久远的建筑物里，甚至像布拉格这座城市里的许多其他建筑一样，屹立于所有时间之外。人们穿过一道设置在主门中的窄门，首先就置身于一个光线昏暗的筒形拱门下。从前，那些轿式马车和四轮单驾轻便马车就曾经穿过这道拱门，驶入那个架设了一个装上玻璃的圆屋顶、面积至少有二十乘五十米宽的内庭。内庭在三楼上有一条回廊环绕四周。穿过这条回廊，可以进入公事房，公事房的窗户俯视着那条巷子。这整个从外面看更像一座城市宫殿的建筑物由四个最多不过三米深、在中庭四周以致幻的风格建成的侧翼构成，在这些侧翼中没有走廊和过道，与人们所熟悉的资本主义时代的监狱建筑相似。在这种建筑物中，人们认为最实用的设计就是围绕一个矩形或圆形天井的两翼修建牢房，里面带有狭窄的过道。奥斯特利茨说，可是，在加尔默罗白衣修士隐修院里的这个档案馆内庭不仅使我回想起监狱，还使我想到修道院、骑术学校、歌剧院和疯人院。当我看到暮光从高处照下来时，所有这些想象便在我脑海里杂乱浮现，透过回廊上的光线，我以为自己看见了一个拥挤的人群。在这群人中，有些人就像当初旅客们在一艘正启程远航的轮船甲板上那样，在挥动着帽子或者手巾。这种情况至少持续了一会儿，然后我又稍微清醒过来，转过身往回走，向入口旁的窗口走去。在我跨

过门槛，受到内庭光线吸引，漫不经心地从门房身旁走过时，他就在窗口里观察着我。如果有人想要同这位在自己的棚屋里看样子是跪在地板上的守门人讲话，那他就得使劲向过于低矮的窗口弯下身子。虽然我自己也立即采用了同样的姿势，可是我没有能够让人明白我的意思，奥斯特利茨说，因此这个守门人也滔滔不绝地说了一长串话，我从中只听出被多次特别强调重复的“英语”[1]

1 原文为捷克语。

和“英国国教”[1]这些词。他打了一个电话要求一个档案馆女职员过来帮忙，当我还在门房旁边的桌子上填写一张来访者登记表时，这位女职员的确就像人们所说的那样，从地里冒出来了，奥斯特利茨说，旋即站在我的身旁。特丽莎·安布罗索娃——她向我这样自我介绍道。与此

1 原文为捷克语。

同时，她又用她那并不怎么流畅，却绝对正确的英语询问我的请求。特丽莎·安布罗索娃是一个四十岁左右的女人，脸色苍白得近乎透明。我们挤在一个刮擦着升降机井道一侧的十分狭小的电梯升上三楼时，都默不作声，而且由于人们在这样一个轿厢里，被迫将身子很不自然地相互靠得很近，弄得很尴尬。这时，我看见她右边太阳穴皮肤下面略带蓝色的血管弯曲处在轻轻跳动，跳动得那么急促，恰似太阳下一动不动地待在一块石头上的壁虎那跳动的喉咙。我们沿着环绕庭院四周的一条回廊，到达安布罗索娃夫人的办公室。我几乎不敢越过栏杆往下看。那下面停着两三部汽车。从上面往下看，这些汽车显得特别长，至少比它们在大街上给人的感觉要长得多。在我们直接从回廊进入的办公室里，到处都堆着很高的一垛垛用绳子捆扎的卷宗，由于光线照射，不少卷宗被弄黑，边缘变脆。一些文件挤满卷帘门文件柜，一些存放在弯曲的架子上，一些堆在一个似乎是专门用来运送这些文件的小推车上，一些置于一个背靠墙壁的老式靠背椅里，还有一些在房内面对面放着的两张桌子上。在这些堆积如山的公文堆之间，有整整一打装在普通陶土花盆或马约里卡彩釉陶器里的盆栽——含羞草和桃金娘、厚叶芦荟、栀子，以及一个巨大的、弯弯曲曲绕在爬藤网架四周的球兰。安布罗索娃夫人格外客气地把她那办公用写字柜旁的一张沙发椅给我挪正，把头稍微侧向一旁，全神贯注地倾听我的讲述。这时，我第一次开始给某一个人解释，说由于各种情况人们对我隐瞒了我的身世，而我出于别的原因，从未进行调查。可是现在一系列重要事件使我确信，或者说至少是猜想，我在四岁半大，在战争即将爆发的前几个月，乘坐过一趟当时从这里出发的所谓的儿童专列，离开了布拉格这座城市。因此，我也就来到档案馆，希望能够从人名目录中找出一九三四至一九三九年间在布拉格居住、与我同名的人——肯定不会太多——和他们的地址。这些不仅十分粗略，而且让我突然感到简直是荒唐可笑的说明，让我陷入了如此尴尬的境地，我开始结结巴巴，几乎说不出话来。我突然感觉到从洞开的窗户下面厚厚的、用劣质油漆颜料刷过几次的暖气片里发出来的热气，只能听到从加尔默罗白衣修士隐修院在上传来的嘈杂声、有轨电车沉闷的隆隆声，以及在远处某个地方响起的警笛和警铃的鸣叫。当特丽莎·安布罗索娃用她那双凹得很深的青紫色眼睛担心地看着我，递给我一杯水时，我才又平静下来。当我慢慢喝完我必须用双手拿着的这杯水时，她说，我所提及的那个时候的居民登记册完好无缺地保留了下来，奥斯特利茨确实是一个异乎寻常的名字，因此她认为第二天下午为我提取相应条目时应该不会特别困难。她告诉我说，她会亲自处理此事。奥斯特利茨说，我不记得我是怎么同安布罗索娃告别的，我是怎样走出档案馆的，或者说在那以后我去了何处；我只知道，我在离加尔默罗白衣修士隐修院不远处，在康帕岛上的一家小旅馆里要了一个房间，我坐在那里的窗边直至暮色降临，眺望伏尔塔瓦河那缓缓流去的灰褐色河水，眺望我现在所害怕的，河对岸那座我十分陌生、与我毫不相干的城市。我脑海里以令人痛苦的缓慢速度，闪过一个又一个模模糊糊、不可思议的念头。我整个晚上有时失眠，有时又受到可怕噩梦的折磨。在梦中，我沿着楼梯跑上跑下，不得不徒劳无益地在几百道门前按门铃，最后在一个距离最远的、已经完全不属于城市的郊区走上一个黑暗中若隐若现的建筑，从一个地牢般的地下室里出现一个名叫巴托洛梅·斯梅契卡的看门人——此人似乎是一个久远战役中的老兵，穿着一件弄皱了的外衣，一件有花朵图案装饰的精致背心，背心上横搭着金灿灿的怀表链。他在仔细看过我递给他的纸条之后，抱歉地耸起肩膀说，很可惜，阿兹特克人这个部族在多年前已经死绝，充其量偶尔还会有一只老鹦鹉幸存下来，记得一点他们的语言。第二天，奥斯特利茨继续往下说，我又走进加尔默罗白衣修士隐修院内的国家档案馆。在那里，为了稍微集中一下我的精神，我首先拍了几张有关这个巨大的内庭和那个往上通向回廊的楼梯间的照片。这个楼梯间以其不对称的造型，使我想起许多英国贵族让人在自己的花园和园子里建造的那些没有特定用途的塔式建筑物。不管怎样，我穿过这个楼梯间，终于走了上去。在往上走时，我在每个平台上都透过各不相同的墙缝俯视了一会儿空荡荡的庭院，看到只有一个着白色实验室工作服的档案馆勤杂工从中穿过几次，他的右腿在走路时稍微向里弯。当我走进特丽莎·安布罗索娃的办公室时，她正在忙着给放在内外窗户之间那块木板上的各种陶土花盆里的天竺葵插枝浇水。安布罗索娃夫人说，这种天竺葵在这种过热的环境中，比在家里春寒的气温中长得更好。暖气装置早已无法调节，因此在这里，尤其是在这个季节，常常就像在暖房里似的。她说，很可能昨天也因此使您感到不舒服。我已经把所有名叫奥斯特利茨的登记者们的地址从人名目录中抄了下来。按照我的估计,不会超过半打。安布罗索娃夫人将绿色喷壶放到一旁，从她办公桌上拿起一张纸递给我。奥斯特利茨·莱奥波德、奥斯特利茨·维克托、奥斯特利茨·托马斯、奥斯特利茨·耶罗尼姆、奥斯特利茨·爱德华和奥斯特利茨·弗兰蒂泽克在上面都被一一列出，末尾是一个看似孤零零的奥斯特利索娃·阿加塔。在每个名字后面都注明了职业——布料批发[1]商、犹太教拉比、绷带厂厂主、办公室主任、银匠、印刷厂厂主、女歌手——以及居住区和通信地址：七号公路，伯利恒二号[2]，等等。安布罗索娃夫人认为，在我渡过这条河之前，我应当在小城区开始我的调查。她说，离这里不到十分钟的路程，在斯波科瓦街，在申博恩宫稍微往上走一点的一个小巷里，按照一九三八年居民登记册的记载，阿加塔·奥斯特利索娃在门牌为12号那栋房里有自己的住所。这么说来，奥斯特利茨说，我刚一到布拉格，就找到我幼年时代待过的地方了。在我记忆中关于此地的任何痕迹都已消失殆尽。当我在大街小巷的各个角落走来走去，穿过弗拉斯卡街和涅鲁多瓦街之间的房屋和庭院，一步一步往上爬，在自己双脚下面感觉到斯波科瓦街那崎岖不平的铺路石块时，我完全觉得，仿佛我过去已经在这些路上走过，仿佛不是由于极力思索，而是由于我那麻木得如此之久、而现在已苏醒过来的意识，勾起了我的回忆。虽然我肯定什么也认不出，可我还是不由得一次又一次得停下步来，因为我的目光落在了一个锻造得十分漂亮的窗户格栅上，落在了门铃拉线的铁拉手上，或者是落在了一棵

1 原文为法语。

2 原文为捷克语。

长得高出花园院墙的小巴旦杏树的枝杈上。奥斯特利茨说，有一次，我在一家大门前待了好一会儿，我抬头仰望，望见在门拱冠石上平滑的粗灰泥中，有一幅尺寸不超过一平方英尺的半浮雕。这幅半浮雕在繁星密布的海绿色背景前，展现的是一条嘴里含着一根树枝的蓝颜色的狗。我头皮发麻地感觉到，它来自我的过去。然后是我走进斯波科瓦街12号大厅时感到的一阵清凉的空气，入口旁是嵌进墙里、标有闪电标志的金属配电箱，在前厅的斑纹人造石当中，是那鸽灰色和雪白的八瓣马赛克花形图案，接着是潮湿的石灰气味，平缓向上伸展的楼梯，栏杆扶手上每隔一段距离就有的榛子形铁把手——我想，这些都是来自被遗忘之事物的盒子里的一些符号吧。当时，我陷入一种既感到十分幸运，同时又恐惧万分的迷惘状态，所以我不得不在静悄悄的楼梯间的台阶上，不止一次地坐下身来，把头靠在墙上。直到我终于在最上面那层楼上，按下右边那套住房的门铃时，很可能已经过去了一个钟头。然后，我感到过了半个永恒才听到里面的动静，门打开了，薇拉·里尚诺娃就站在我面前。她之后很快就告诉我，二十世纪三十年代，当她在布拉格大学攻读罗马语族语言文学时，她就是我母亲阿加塔的邻居，兼做照料我的小保姆。奥斯特利茨说，尽管她身体虚弱，但看起来基本上毫无变化，我没有立刻认出

她来，我想这是因为我激动得没法相信自己的眼睛。所以我只好结结巴巴地说出我在前一天十分辛苦地练好的那句话：打扰了，我找一位名叫阿加塔·奥斯特利索娃的夫人，她很可能一九三八年还在这儿住过。[1]薇拉做出一种可怕的姿势，用她那双在我脑中突然闪过的极其熟悉的手遮住自己的脸，透过那叉开的手指尖盯着我，只说了一句非常低声，却让我感到无比奇妙地清晰的法语：雅科，她这样说着，难道这真的是你吗[2]？我们拥抱，相互抓着对方的手，又再次拥抱。我不知道拥抱了多少次，直到薇拉领着我穿过光线昏暗的门厅，走进房间。屋里的一切同六十年前差不多一模一样。一九三三年五月薇拉从她叔祖母那里随着公寓一同继承过来了家具，有上面左边放着一个戴着假面的梅森瓷器制作的普尔奇内洛，右边放着他那心爱的科隆比纳[3]的小装饰柜，有装上玻璃、里面放着五十五本朱红色小开本《人间喜剧》的书柜，有折叠式写字柜，有长长的无靠背矮沙发，在沙发底部有折叠起来的驼绒毛套子，有波希米亚山峦的蓝色水彩画——所有这一切如今在我脑海中仓促浮现。——

1　原文为捷克语。

2　原文为法语。主人公的名字在英语中是“Jacques”（雅克），在法语中是“Jacquot”（雅科）。

3　科隆比纳是意大利假面喜剧中活泼愉快的农村姑娘或女仆形象。前面的普尔奇内洛也是意大利假面喜剧中的滑稽人。

它们在我的整个人生中原封不动，奥斯特利茨说，因为就像薇拉告诉我的那样，自从她失去了我和我那个与她亲如姐妹的母亲以后，就再也经受不起任何变故。奥斯特利茨说，我不记得薇拉和我在三月末那天的傍晚和夜晚，彼此是按照何种顺序讲述我们的故事的。但是我想，在我省略了时间进程中使我沮丧的一切，轻描淡写地讲述了我的情况之后，首先就谈到了我下落不明的父母阿加塔和马克西米利安。薇拉说，马克西米利安·阿伊兴瓦尔德出身圣彼得堡——他父亲在（十月）革命之前一直在那里经营调味品生意——是捷克斯洛伐克社会民主党内的一名十分积极的干部，他遇见了我那个比他小十五岁的母亲——她当时刚开始自己的演员生涯，在这个省的各个城市登台演出——他们是在尼科尔斯堡他为公开集会和工人会议进行演讲的一次旅途中结识的。薇拉说，一九三三年五月，我刚搬到斯波科瓦街这里，他们正从一次充满美好经历——他们不厌其烦地复述道——的巴黎之旅返回，一回来就决定一起搬进这栋房子的公寓里，尽管之后他们一直都没有结婚。薇拉说，阿加塔和马克西米利安两人都特别偏爱所有来自法国的事物。马克西米利安是地地道道的共和主义者，他梦想把处于欧洲无情泛滥的法西斯洪流中心的捷克斯洛伐克变成第二个瑞士，一个自由之岛。而阿加塔对于理想世界有着更加多彩的概念，是她推崇备至的雅克·奥芬巴赫给了她启发。薇拉说，我也是由于这种原因，获得了这个通常在捷克人当中并不常用的名字。所有的形式都表达了对法兰西文明的兴趣。我作为热心的罗马语族语言文学研究者，同阿加塔以及马克西米利安一起，分享着这同样的兴趣。他们迁入当天，在我们初次交谈之后，我们之间的友谊便立即开始建立起来。由于这种友谊，之后出现的情况几乎可以说是顺理成章。奥斯特利茨说，薇拉这样对我讲，说她同阿加塔和马克西米利安相比，能够十分自由地支配自己的时间，所以在我出生之后，她主动提出承担几年照料孩子的保姆任务，一直到我进入小学学前班为止。薇拉说，这是个她从未后悔过的提议，因为还在我会说话之前，她就已经总是感觉到，仿佛没有人比我更能理解她了。尽管我还不满三岁，就已经用我的会话天赋让她得到了极其愉快的消遣。每当我们在梨树和樱桃树中漫步于神学院园圃长有青草的山坡时，或者是在温暖的日子，穿越申博恩宫公园绿树成荫的草地时，我们就按照与阿加塔作的约定，用法语交谈。只有在傍晚时分回到家，她为我们准备晚餐时，我们才又用捷克语谈论那些更为具体的家庭琐事和孩子气的事情。奥斯特利茨说，在这个说明的过程中，薇拉本人不自觉地从一种语言转到了另一种语言。我从来没想过捷克语会对我有什么意义，在机场时没有想过，在国家档案馆里没有想过，甚至在我背熟那个如果地址错误也肯定帮不上很多忙的问题时也没有想过。然而现在我就像一个由于奇迹重新恢复了听力的聋子，差不多听懂了薇拉所说的一切，我闭上眼睛，一直不停地仔细倾听她那些多音节的、匆匆而去的词语。薇拉说，特别是在温暖的季节，在每天散步归来时，她要做的第一件事就是将外窗台上的天竺葵挪到一边去，好让我能够从窗台上我最喜爱的那个位置往下望，望见丁香花圃，望见对面那座低矮的房屋。在那座房里，驼背裁缝莫拉韦茨有自己的工场。当她切面包片和煮茶水时，我会用连续不断的解说向她报告，莫拉韦茨正在忙着干什么，他是否修好比方说一件上衣已经磨坏的贴边，他是在自己的纽扣盆里找来找去呢，还是在把绗缝在一起的衬里缝进一件双排扣男大衣里。奥斯特利茨讲道，薇拉说，我最不能错过的时刻，就是莫拉韦茨放下针线、大剪刀和别的工具，收拾好铺着毡子的案子，摊开一份双层的报纸，摆好他必定是盼望已久的晚餐。这顿晚餐花样繁多，按照时令的不同，有可能是一些香葱白干酪、一个萝卜、几个夹洋葱的番茄、一条熏鲱鱼或者是几个煮熟的马铃薯。现在他把衣袖烫板放到箱子上了，现在他走进厨房了，现在他把啤酒拿进来了，现在他在磨刀，切下一小圈硬香肠，从玻璃杯里喝了一大口啤酒，用手背擦去嘴上的泡沫——我总是用这样或类似的大同小异的方式，向她描述那个裁缝的晚餐。薇拉说，这当儿，她还不得不经常提醒我，别忘了我自己那块切成条状的黄油面包片。薇拉在讲到我那异乎寻常的观察技巧时，站起身来，打开内窗和外窗，好让我能够往下看，看到邻家花园。在邻家花园里，丁香花正在开放，花朵那么洁白，那么稠密，在正在降临的暮色中看起来，就仿佛是在仲春天气下了一场大雪。那从砌上围墙的花园里飘来的带有甜味的芳香，那已经升在房顶上、逐渐变圆的月亮，那下面城市中教堂当当的钟声，裁缝那个有绿色阳台的黄色房屋正面——据薇拉说，当时在阳台上经常见到这个早就不在人世的莫拉韦茨的身影，看见他抓着装炭火的熨斗舞来舞去——奥斯特利茨说，这些以及其他那些情景如今一个接一个地浮现在眼前，它们如此深刻地印在我的脑海里，隐藏在我的内心深处。就在我向窗外望去时，甚至就在后来，当薇拉一言不发地打开那道通向那个房间的门时，这些情景又如此清晰地浮现在我眼前。在那个房间里，在从叔祖母那里继承下来、有螺旋圆柱和高高凸起的枕头的篷盖床旁边，还放着那张小小的长沙发。每当父母不在家时，我就老在那上面睡觉。那弯蛾眉月照进黑魆魆的屋子，一件白色女衬衣还像我记忆中一直以来的那样挂在半开着的窗户把手上——现在我记起来了，奥斯特利茨说。我看见薇拉就像当时那样坐在我旁边，在家里的卧式长沙发上，给我讲关于硕大无朋的山脉和波希米亚森林的故事。每当故事圆满结束，她摘下自己那副深度眼镜向我弯下腰来时，我就看见她那双十分漂亮、在昏暗中变得模模糊糊的眼睛。之后，我现在想起来了，当她在旁边研读她那些书时，我喜欢醒着在床上躺一会儿。我知道，在这个对我关怀备至的守护者的照看下，在她坐着阅读的白色灯光下，我是无比安全的。我能轻易地想象这一切，想象现在肯定也躺在自家房里的那个驼背裁缝，想象在这栋房屋四周快速移动的月亮，想象地毯和台毯上的图案，甚至还能想象高炉的瓷砖里那些极细的裂纹的走向。可是，如果我玩累了想睡觉的话，那我只需要侧耳倾听薇拉在另一边翻书的声音，现在我还能感觉到，或者说我才又感觉到，我的意识在捕捉到书页翻动的轻微沙沙声之前，就消融于蚀刻在门上乳白色玻璃上的罂粟花与藤蔓植物之中了。当我们又坐在起居室里，她用她那双变得拿不稳东西的手递给我一杯薄荷茶时，薇拉继续说道，我们散步时很少走到比神学院园圃、霍特克花园和小城区的其他绿地更远的地方。只是有时候，在夏天，我们才会推着小车，正如我也许还记得的那样，车上缚着一个彩色玩具小风车，做一些路程更远一点的郊游，一直走上索菲岛，走进伏尔塔瓦河岸的游泳学校，或者走到彼得林山上的观景平台。在那个观景平台，我们可能会花上一个钟头或更久的时间从上面极目远眺，心情愉快地鸟瞰着展现在我们面前的整个城市，以及它那数量众多的高塔。就像我记得横跨这条波光粼粼的大河的那七座桥梁的名字一样，我对所有这些高塔也都了如指掌。薇拉说，自从我健康状况不好，再也无法外出以来，就见不到什么新鲜事了，这些使我们当时如此兴奋不已的情景，越来越清晰地，就像是幻想似的又浮现在我脑海里。薇拉说，这时我常常感到，仿佛我又像在赖兴贝格[1]的童年时那样看西洋景，透过一个充满了奇特流体的盒子看着那些在动作中定格、一动不动的人影，难以理解的是，那极度缩小的身体尺寸却使得他们栩栩如生。我后来再未见过比这更令人着迷的景象：叙利亚的黄色沙漠，高高耸立在黑魆魆的冷杉树林上空、白光闪耀的齐勒塔尔山峰，或者是在时光中定格的一个瞬间——诗人歌德在魏玛，穿着随风飘动的咖啡色小外套，正登上捆着行李箱的驿马车。薇拉接着说，那些日子里，我们一起从斯波科瓦街出发，在小城区旅行的画面，与我自己的童年记忆连在了一起。当回忆重又涌来，你

1　位于捷克，又译利贝雷茨。

有时会觉得自己好像是在透过一座玻璃山看着那些往事。薇拉说，现在，当我告诉你这些事的时候，只要我闭上眼睛，就会看见我们缩减为自己那被放大得不正常的瞳孔，从彼得林山上的观景塔俯视着郁郁葱葱的山岗。在那里，地面缆车就像一条粗壮的毛虫一样，正往山上蠕动，而这时在远处，在河对岸的城区，在高堡下的那些房屋之间，是你总热切盼望看到的火车，火车后面拖着一道白色蒸汽，缓缓穿过河上那座桥梁。薇拉说，如果天气不好，我们就去塞里科瓦街我婶婶奥蒂利厄的手套商店里看望她。我婶婶在大战前就已经开始经营这家店铺。店铺像是一座圣殿或者寺庙，笼罩着一种自我抑制、祛除一切世俗杂念的气氛。奥蒂利厄婶婶是一个独身老姑娘，身材娇小得可怕。她总穿一件黑丝绸打褶外衣，外衣上有一个可以取下的白花边领子，在一股铃兰的芳香气味中忙碌着。她要么就像她总说的那样，正好在为她所尊敬的一位女顾客服务，要么就是不停地忙于整理她那些如果不是几千副也是几百副、花色品种迥然各异的手套，其中既有用棉线织成的日常款式，也有用丝绒或者麂皮做成的极其高贵的巴黎和米兰时装的式样——全都以她在几十年中坚持下来，而且只有她才真正清楚的等级制度进行归类。薇拉说，可是每当我们去看望她时，她所关心的就只有你了，她给你看这个，看那个，让你拉开极其容易拉动的低矮的抽屉，让你把手套一只又一只地拿出来，甚至还让你试戴。与此同时，她极其耐心地给你讲解各种式样，简直就好像她已经把你视为她商店里假定的接班人了似的。奥斯特利茨说，我还记得，薇拉这样给我讲，是奥蒂利厄婶婶在我三岁半时教会了我数数，数缝在我特别喜欢的一只半长丝绒手套上的一行黑光闪闪的小孔雀石纽扣——一、二、三[1]，奥斯特利茨说，薇拉数着，然后我就接着数下去——四、五、六、七[2]。这时，我感到自己犹如一个迟疑地走在冰上的人。奥斯特利茨说，我第一次去斯波科瓦街时非常激动，如今我无法再详细地回忆起薇拉讲的所有故事了。但是我想，我们的对话从奥蒂利厄的手套商店转移到了艾斯特剧院，那儿是阿加塔于一九三八年秋天第一次在布拉格登台演出的地方，那次她扮演了从艺术生涯开始以来就梦寐以求的奥林匹亚的角色。薇拉说，十月中旬，演出彩排结束后，我们一道去看了这部轻歌剧的正式预演。尽管之前我在穿城而过的路上一直讲个不停，但一走进剧院的后台入口，我就陷入了一种虔诚的静默之中。甚至在演出那几场多少是随心所欲地串在一起的戏时，以

1　原文为捷克语。

2　原文为捷克语。

及后来在坐电车回家的途中，我都异乎寻常地安静，沉浸在沉思默想之中。奥斯特利茨说，由于薇拉的这个多少挺偶然的评论，我第二天早上走进了艾斯特剧院，独自一人待在正好位于穹顶顶点下面的座位上。在此之前，我花了一笔颇为可观的小费，从看门人那里得到许可，能够在当时正在修缮的观众大厅里拍几张照片。楼厅从我的四周升向高处，金灿灿的装饰物在暮色中闪闪发光。在我前面，阿加塔曾站过的舞台犹如一只黯淡无光的眼睛。我越是使劲试图搜寻一些有关她模样的模糊记忆，就越是觉得好像剧院在缩小，我自己在收缩，就像变成了大拇指汤姆一样，被关在盒子里，或是一个里面铺上了丝绒的首饰盒中。奥斯特利茨说，过了好一会儿，有一个人在拉上的帷幕后面很快地从舞台上一闪而过，他的急促奔跑使沉重的帷幕织物产生了一阵波浪式摆动。在这之后，那些人影才开始活动起来。我看到下面乐池里那个身穿燕尾服、酷似甲虫的乐队指挥和其他那些带着各种乐器的黑色人群，听到他们互相重叠的声部演奏，突然之间，我觉得在其中一个乐手的脑袋和一把低音提琴琴颈之间的缝隙里，在木地板和帷幕贴边之间那条明亮的光带中，我发现了一只天蓝色、绣着银质闪光饰物的鞋。当天傍晚时分，我第二次去薇拉位于斯波科瓦街的住所造访她。对于我的问题，她证实说，阿加塔穿着扮演奥林匹亚的戏服时，确实穿过这样一双天蓝色、闪闪发光的鞋。这时，我觉得自己大脑里好像有某种东西炸开了。薇拉说我显然是对艾斯特剧院里的那套彩排服装留下了极其深刻的印象，而首先以及最重要的是，她推测道，因为我害怕阿加塔会真的变成一个虽然令人陶醉，但对我来说却完全陌生的人物。奥斯特利茨接着说，我现在又想起，在我上床之后过了许久，我依然在黑暗中圆睁着双眼，躺在薇拉床脚旁的长沙发上，心中充满了一种自己不曾了解的忧伤。那时，我听着钟楼上那每过一刻钟就打一次的钟声，一直等到阿加塔回家来，等到我听见那辆把她从另一个世界带回来的车停在家门口，等到她终于走进房间，朝着我坐下来，她的四周弥漫着一种奇特的、由正在消散的香水和尘土混合而成的剧院气味。她穿着一件在前面系上的灰色丝质紧身胸衣，可是我却看不清楚她的脸，而只能看到一层呈彩虹色、低低地飘在皮肤上面、混浊得泛白的乳色面纱。奥斯特利茨说，后来我看到，当她用右手抚摩我的额头时，围巾从她右肩上滑了下来。在我待在布拉格的第三天，奥斯特利茨稍微集中了一下精神之后，继续这样往下讲道，我一大清早就往上走进神学院园圃。薇拉讲到的那些樱桃树和梨树已经被砍伐一空，取而代之的是新栽的小树苗，那些细小的树枝还要等好久才能挂果。这条路呈之字形穿过露水湿透的草地，通向山上。在半山腰，我遇到一位牵着一条肥胖的红棕色猎獾狗的老太太。这条狗的四条腿不太听使唤，它时不时地停下来，皱眉望着地面独自出神，那副样子使我想起在同薇拉散步时，经常看见的一些由老太太牵着的爱发脾气的小狗。这些狗差不多全都戴着用金属丝做的口套，也许正因为如此，才默不作声，脾气暴躁。之后，直到接近中午时我都坐在太阳下的一张长椅上。我越过小城区的房屋和伏尔塔瓦河，眺望城市的全景。我感到这景象简直就像一幅颜料画上的清漆般，交织着过去那个时代的弯曲缝隙和裂痕。奥斯特利茨说，没过多久，我在一棵扎根于陡峭山坡上的栗树的根部，找到另一个像这样依照无人能辨识的规律产生的图案。奥斯特利茨说，我从薇拉那儿得知，我还是孩子时喜欢在这里爬上爬下。就连生长在高大树林

下面的那些深绿色紫杉，我也很熟悉，同样地，还有那来自山谷底的、包裹着我的清凉空气，与覆盖于林地上数不尽的银莲花——此时，在这个四月天里已经凋谢。我现在明白了，为什么几年前我同希拉里探访格洛斯特郡的一个乡村住宅时，我突然说不出话来，在那个与申博恩花园十分相似的公园里，出人意料地突然露出一个朝向北方的山坡，山坡上覆盖着一层形状精致的叶片和盛放于三月的雪白银莲花。——在一九九七年那个冬末的夜晚，我们坐在奥尔德尼大街的那栋房里，好像被一种深不可测的寂静包围着。在那天晚上，奥斯特利茨就这样，用这个喜阴的银莲花的植物学名称，结束了他那个故事的另一部分。一刻钟，或许是半个小时，就在煤气火舌那均匀跳动的蓝色火焰中过去了。这时，奥斯特利茨站起来说，如果我能在他家度过这个夜晚，那就最好不过了。说完，他已经在我前面走上楼去，把我领进一个房间。就像底楼的那些房间一样，那里面几乎什么家具都没有，只在一面墙边放着一张打开的行军床，床的两端有把手，所以看起来就像一副担架。床边有一个运输用木头酒箱，烙着金玫瑰城堡的黑色纹章。在罩灯柔和的灯光下，小木箱上放着一个玻璃杯、一个玻璃水瓶和一台装在深褐色胶木盒里的旧式收音机。奥斯特利茨向我道了晚安，然后便小心翼翼地关上了房门。我走到窗前，眺望这荒凉的奥尔德尼大街，然后又转身回到房间里，坐到床上，解开鞋带，思考着奥斯特利茨这个人——我听见他现在就在旁边的房间里走来走去——后来，当我抬起头，我在壁炉台上的朦胧光线中，看见七个形状各异、充其量两三英寸高的胶木盒。我把这些盒子一个接一个地打开来，放到灯光下，发现每个盒子都装着一只在这幢房子里一直待到生命结束的飞蛾的遗骸——正如奥斯特利茨告诉我的那样。我把其中的一只翻过来—— 一个没有重量、合着双翅的象牙色生物，那双翅是某种材料以人们无法理解的方式编织而成——让它跌出胶木容器，落到我的右手掌心。它的腿在被银色鳞状物覆盖的躯干下弯了起来，仿佛正准备跨越最后一道障碍。那些腿如此纤细，我几乎看不清。就连那弯弯曲曲、远远高过整个身躯的触须，也在难以察觉地颤抖着。与此相反，从头上稍微凸出来的那只呆板的黑眼睛却十分清晰。尽管它可能在多年前就已死亡，却毫无腐朽的迹象，我专心地研究了一会儿，才把这个“夜游神”重新放进它那狭窄的墓地里。在躺下休息时，我打开了放在床边的波尔多小木箱上的收音机，在发光的圆盘上出现了那些小时候常让我联想到异国风情的城市和电台的名称：蒙特切内里、罗马、卢布尔雅那、斯德哥尔摩、贝罗明斯特、希尔弗瑟姆、布拉格和其他一些城市。我把声音调得很低，聆听着一种从十分遥远的地方散播到太空的、我听不懂的语言，一个女人的声音有时淹没在各种声波之间，然后又重新出现，与两只小心翼翼的手在移动的声音相混合。这两只手在某个我不知道的地方，在一台贝森朵夫牌钢琴或者一台普莱耶尔牌钢琴的键盘上弹奏着，奏出一些我想是来自《平均律钢琴曲集》里的段落，伴随着我进入梦乡。我早上醒来时，扬声器那孔眼紧密的黄铜细网里只传来一阵微弱的沙沙声和嚓嚓声。紧接着，在早餐时，当我谈到那个神秘莫测的收音机时，奥斯特利茨说，他总是在夜幕降临时觉得这些声音在空中游荡，我们能从中捕捉到的声音只是极少数，它们就像蝙蝠一样有着自己的生活，而且会避开白昼。在前几年那些我彻夜不眠的漫漫长夜里，每当我聆听布达佩斯、赫尔辛基或者拉科鲁尼亚电台女广播员的广播时，我总是看见她们在遥远的空中，拖着锯齿形的轨迹，说希望我已经拥有她们的陪伴。不过下面还是回到我的故事上来吧……那是在从申博恩花园回来之后，当我们又一起坐在薇拉的住所里时，她第一次更为详细地讲述我的父母，尽其所能地讲述他们的身世、人生道路和他们的生活在寥寥几年里的毁灭。你母亲阿加塔——奥斯特利茨说，我想，她是这样开始的——虽然她外表显得深沉，有点忧郁，却是一个信心百倍，有时甚至可以说是无忧无虑的女人。她在这方面同她父亲老奥斯特利茨一模一样。她父亲在施滕贝格拥有一家在奥地利时期就由他建立的非斯帽[1]和拖鞋工厂，而且他能够对任何厄运都置之不顾。有一次，当他在这个屋里做客时，我听他谈到，自从墨索里尼的追随者戴上了这些半东方的非斯帽，他的生意相当兴旺，几乎没法生产足够的帽子送往意大利。而此时的阿加塔在其作为歌剧和轻歌剧演员的生涯中以超出想象的速度获得了认可，她因此感到安心，认为一切迟早都会好起来。而马克西米利安则相反，尽管他同阿加塔一样天性乐观。奥斯特利茨说，薇拉是这样讲的，从我认识他以来他就深信，那些在德国攫取政

1　非斯帽是一种圆锥形、顶上有缨的帽，流行于北非和近东，因摩洛哥非斯城得名。

权的暴发户和在他们的领导下迅速滋长，数量难以估计的社团和人群——正如他常说的那样，他真的怕这些人——从一开始就把自己交给了盲目的掠夺欲和破坏欲。这种欲望的焦点就是“千”这个诱人的词。就像人们在无线电广播里能够听到的那样，帝国总理[1]在他的演讲中连续不断地重复这个词。千，十千，二十千[2]，千乘以千，数千——这些词被用沙哑的声音说出来，灌进德国人耳里，与他们自身的伟大和迫近的结局押韵。奥斯特利茨继续往下讲道，薇拉说，尽管如此，马克西米利安绝不相信，德国人民会被推向灾难之中；据他看来，其实是德国人民用这种反常的形式，从他们每个人的理想，从他们在家庭中所怀有的那些情感中，彻头彻尾地重新塑造自己。然后，德国人民中就产生了作为其内心欲望象征的代表人物，那就是被马克西米利安无一例外地视为糊涂虫和懒汉的那些纳粹名人。马克西米利安时不时地会讲这么一个故事，奥斯特利茨说，薇拉回忆道，有一次，他于一九三三年孟夏，在特普利茨参加了一次工会集会之后，又往上走了一段路，进入厄尔士山脉，在那里的客栈遇到了几个郊游者。这些人在德国境内的一个村庄

1 这里指德国法西斯首脑希特勒。

2 此处按德语说法译出。

里购买各式各样的东西，其中有一种新品种糖果，在糖块中嵌着一个可以在舌头上溶化的深红色纳粹十字。马克西米利安说，在看到这种纳粹甜食时，他一下子明白过来了，德国人现在重新组织了他们全部的生产活动，从重工业一直到生产这类庸俗无聊的产品的制造业，并不是因为有人命令他们这样做，而是出于他们每个人自己的意愿，出自振奋民族的热情。奥斯特利茨说，薇拉继续往下讲道，马克西米利安在二十世纪三十年代多次前往奥地利和德国旅行，以便能够更准确地估计这种普遍形势的发展。薇拉清楚地记得，他刚从纽伦堡回来，就描述了人们在那里对前来参加帝国党代会的元首所准备的非同寻常的接待活动。在他到达前几个小时，全体纽伦堡人和那些来自各地的人们——不仅仅有来自弗兰肯和巴伐利亚地区，还有来自国内偏远地区，来自荷尔斯泰因和波美拉尼亚，来自西里西亚和黑林山的人们——已经比肩接踵，在满怀期望的激动情绪中，沿着预先确定的路线站立等候着，直到最后，在震耳欲聋的欢呼声中，那些重型奔驰汽车的机动车队出现了。车队以步行速度，从向上仰望的、喜气洋洋的面孔和充满渴望地伸出的双臂的海洋中取窄道而行。薇拉说，马克西米利安告诉她，他在这个融为一体、一阵阵奇特地抽搐和收缩着的人群中，确实感觉到自己是将要被碾碎和排斥出去的一个异类。他站在洛伦兹教堂前的广场上旁观，看到车队从潮涌般的人群中取道穿行，往下面的老城缓缓驶去。老城那些有尖顶山墙和弯曲山墙的房屋连同一群群犹如葡萄般伸出窗外的居民，活像一个毫无希望、拥挤不堪的犹太人居住区，而现在，人们期待已久的这个救世主就要进来了——马克西米利安如是说。薇拉说，同样地，马克西米利安后来也一再讲起那部引起轰动的帝国党代会电影。他在慕尼黑的一家电影院看过这部影片，证实了他的怀疑。他怀疑德国人出于他们受到的无法克服的屈辱，现在正为自己塑造一种新的形象，他们想象自己是一个被挑选出来的拯救世界的民族。这些满怀敬畏之情的观众见证了元首的专机穿过云雾笼罩的崇山峻岭，逐渐下降到地面；他们共享的悲剧性历史在悼念战场死者的仪式中被唤起——正如马克西米利安给我们描述的那样，在悼念仪式中，希特勒、赫斯[1]和希姆莱[2]伴着一首使整个民族的灵魂都从内心深处激动不已的丧礼进行曲，迈步穿过宽阔的大道，两边站着那些排得笔直、由新国家政权制造出来的、由一动不动的德国人体组成的行列

1　鲁道夫·赫斯（1894—1987），曾任希特勒私人秘书，纳粹党副首脑，希特勒的第二接班人。

2　海因里希·希姆莱（1900—1945），德国纳粹政客，党卫军首脑，陆军司令，纳粹德国第二号权势人物。

和队伍；人们看到那些为祖国奉献了一生的士兵，看到旗帜组成的巨大森林在照进黑夜的手电筒光下神秘地飘动着——不，不仅仅是这样，薇拉说，马克西米利安这样告诉她，你还可以鸟瞰一个由白色帐篷组成的城市一直延伸到黎明时分的天际，天色微明时，那些德国人就零零星星、成双成对或三五成群地从那些帐篷里走出来，所有的人都排成默然不语、越来越窄的行列，往同一个方向移动，仿佛他们是在听从一种崇高的召唤，在荒漠中待过多年之后，现在终于踏上了通往应许之地的道路。薇拉说，马克西米利安在慕尼黑看过这部电影之后，只过了几个月，人们就从收音机里听到几十万奥地利人汇聚在维也纳英雄广场上，向我们发出如潮水般的铺天盖地的叫喊，持续几个小时之久。她说，在马克西米利安看来，维也纳群众的这种集体性发作，标志着一个分水岭。当它还毛骨悚然、嗡嗡作响地留在我们耳里时，夏天刚过不久，在布拉格就出现了第一批难民，他们从所谓的东部边境地区被驱逐出来，而且在被驱逐之前还被他们昔日的同胞抢得精光。他们也许知道，在异国他乡就能幸免于难的想法只是种错误的希望，于是他们作为流动商贩，挨门挨户兜售发叉和辫子发夹、铅笔和信笺、领带和其他那些缝纫用小商品，就像他们的祖先过去背着背篓在加利西亚、匈牙利和蒂罗尔走村串乡时那样。奥斯特利茨补充道，薇拉说，我想起了一个兜售小贩，名叫萨利·布莱贝格，此人在生活艰难的大战期间，在普拉特施滕不远处的利奥波德施塔特建立了一家车库企业。在阿加塔请他进屋喝咖啡时，他给我们讲了那些关于维也纳人的卑鄙无耻、极其可怕的故事——人们使用何种手段强迫他将自己的商店过户到一个名叫哈泽尔贝格的先生名下，然后他又被人以何种方式骗走了这笔反正是十分荒唐的出售款，有人怎样使他失去了自己的银行存款和有价证券，没收了他的全部家具和他的施泰尔汽车。最后，他们——这个萨利·布莱贝格和他的家人在走廊里，坐在自己的箱子上，不得不听着那个喝得酩酊大醉的房东和那对来这里看空闲住房、显然是刚结婚的年轻夫妇讨价还价。薇拉说，这个可怜的布莱贝格一直带着无能为力的怒火揉着手帕，他诉说的故事已远远超出我们所能想象的最糟糕的状况。形势在《慕尼黑协定》之后差不多已经变得毫无希望，马克西米利安整个冬天却还待在布拉格，可能是由于正好有特别紧急的党务工作，也可能是因为不管发生什么事情，他都不想放弃公理会保护每一个人的这样一种信念。虽然马克西米利安一再建议阿加塔到法国去，她却不打算在马克西米利安之前动身。奥斯特利茨说，薇拉对我讲道，你那个当时处境极其危险的父亲在三月十四日下午才从鲁济涅独自飞往巴黎，差一点就太迟了。薇拉说，我还记得，在他告别时，他身上穿着一件上好的李子色双排扣套装，头上戴着一顶有绿带的宽边黑帽。第二天早上，天刚亮，德国人就已经在大雪暴中进入了布拉格，像是凭空出现一般。当他们过了桥，坦克车隆隆开上纳罗德尼街时，整个城市笼罩着死一般的寂静。人们在回避，他们从这一刻起走得更加缓慢了，就如梦游症患者一般，好像他们再也弄不清该去往何处。特别让我们心烦意乱的是——奥斯特利茨说，薇拉这样评论道——我们必须马上适应靠右行驶的规则。她说，每当我看见一辆汽车在行车道右边疾驶而去时，我的心跳往往会突然漏掉一拍，因为这时不可避免地会使我产生这种想法：今后我们不得不在一个黑白颠倒的世界里生活下去。薇拉继续往下说道，当然，要在新的政权中找到自己的定位，对于阿加塔来说，远比我困难得多。自从德国宣布他们那些与犹太居民有关的规定以来，她只能在规定的那几个钟头买东西。她被禁止坐出租车，在电车里，她也只能坐在最后一节车厢，既不能去咖啡馆，也不能上电影院，不能去听音乐会或参加聚会。她自己也不能再登台演出，不能进入伏尔塔瓦河岸以及她钟爱的花园和公园。有一次她说，凡是绿色的地方，我都去不了了。接着，她补充道，她现在才真正明白，能无忧无虑地站在一条江轮上的船舷栏杆旁，是多么美好啊。阿加塔很快就被日渐变长的限制自由的清单——犹太人被禁止走公园一侧的人行道，禁止进洗衣店或清洁公司，禁用公用电话——带到绝望的边缘，所有这些都是薇拉告诉我的，奥斯特利茨说。薇拉说，我现在还能看见她在这屋内走来走去，用手掌拍打自己的额头，用朗诵般的语调，抑扬顿挫地大声叫出每一个音节：我——不——明——白！我——不——明——白！我——永——远——也——不——会——明——白！尽管如此，只要有可能，她都要进城，向那些我不知道有多少或什么样的机构申请，为了发一封电报，在那个唯一允许四万名布拉格犹太人进入的邮局里排好几个钟头的队。她四处打听，找关系，交保证金，提供证明文件和担保金，每次回来后，她就在那里绞尽脑汁，直至夜阑人静。可是她努力的时间越长，所费的劲越大，得到出国许可的希望就越是渺茫。所以到了夏天，当人们已经在谈论即将到来的战争，以及随之而来无疑将变得更加严苛的限制措施时，她最后下定决心，至少把我——奥斯特利茨说，薇拉告诉我——送往英国。在此之前，她通过在剧院的一位朋友的介绍，得以让人把我的名字列进那几个月由布拉格开往伦敦、为数不多的儿童专列之中。奥斯特利茨说，薇拉记得，当阿加塔想到，我这样一个甚至还不满五岁、过去总是受到精心照料的男孩，在漫长的火车旅途中，又是在一个陌生的国家、在陌生的人们当中，心情会是怎样时，她从自己第一次取得成功的努力中所感到的兴奋和激动，顿时就被担心和忧虑淹没了。薇拉说，另一方面，阿加塔谈到，在已经迈出第一步后，肯定很快也能找到让她离开的出路，然后你们大家就可以在巴黎团聚了。她被希望与恐惧撕扯，害怕自己正在做的事情是不负责任和不可原谅的。薇拉对我说，尽管离你从布拉格出发的日子只剩下几天了，谁知道她是否会把你留下来呢。我脑海里只留下在威尔逊火车站告别时的一幅难以辨认、模糊不清的画面。她在沉思片刻之后又补充说道，我的行李放在一个小皮箱里，路上的食物装在一个旅行背包里。一个小背包和一些旅行干粮[1]——奥斯特利茨说，这时候他想到，薇拉的这几个词语准确地概括了他之后的整个人生。薇拉也记得那个拉班多钮琴的十二岁女孩，她们就把我托付给她了。薇拉还想起了那本在最后一刻买到的卓别林小册子，想起留下的父母向他们的孩子挥舞着白手绢，就像一群展翅飞翔的鸽群扑扑振翅，想起自己对列车留下的奇怪印象：在十分缓慢地向前推进之后，它并没有真正开走，而只是像一场骗局般从盖有玻璃屋顶的大厅里驶出一段

1　原文为法语。

路，还未到远处就沉入了大地。奥斯特利茨说，薇拉接着讲道，可是从这一天起，阿加塔就变了样。她不顾一切困难始终保持的那种快乐和信心，被一种她再也无能为力的忧郁所遮蔽。薇拉说，我想，她又做了一次用钱来换取自由的努力，可是从那之后，她差不多就再也没有出过门。她怕打开窗户，在客厅最暗角的蓝色天鹅绒靠背椅上一坐就是几个钟头，一动不动，或者双手掩面，躺在沙发上。她只是等着，看下一步会发生什么，而首先就是等着来自英国和巴黎的邮件。她有马克西米利安的好几个通讯地址——奥德翁剧院旁的一家旅店，冰窖地铁站附近的一家小租用住宅，还有第三个，薇拉说，在一个我也记不起的地区。她折磨着自己，猜想是否在关键时刻弄错了地址，由于她的过错导致了通信的中断。与此同时，她又担心，马克西米利安给她寄来的书信会在到达布拉格时被安全部门扣留。实际上，那个信箱直至一九四一年冬天，在阿加塔仍然住在斯波科瓦街时，一直都是空的，所以她有一次很奇怪地对我说，好像充斥我们周围空气中的恶灵误导或者吞噬了那些被我们寄予了最后希望的消息。直到后来，我了解到德国统治之下的法律扭曲到了何种程度，德国人每天在佩切克宫的地下室里，在潘克拉克监狱里和在科比利西外面的刑场上所干出的种种暴行时，才意识到，阿加塔的这一评语多么准确地一语道破了笼罩在蜷缩的布拉格之城上方的那些看不见的恐怖。因为一项轻罪，仅仅只是违反了现行规章，你在法官面前进行九十秒钟的自我辩护后，就被判处死刑，而且就在紧靠审判厅的行刑室立即被绞死。行刑室里有一条从天花板上延伸下来的铁制滑轨，他们需要的时候就将那些死尸稍微往前推上一段距离。这种草率的诉讼程序的账单会被交付给被绞死或是在断头台上被斩决的人们的家属，账单上的附注是：他们可以采取按月付款的方式清偿这笔账目。尽管那时这方面的事情很少能传到外面，但是，对德国人的恐惧却像漫溢的瘴气般在全城蔓延开来。阿加塔断言，这种恐惧甚至在门窗紧闭的情况下也会钻进屋里，使人透不过气来。薇拉说，回想战争爆发后接踵而来的那两年，我就会感到，好像一切都在漩涡中越来越快地往下旋转。从收音机里，那些由电台播音员用一种特别刺耳、仿佛从喉头逼出来的声音念出的关于德国国防军不断获得成功的消息铺天盖地地传来，德国国防军很快就会占领整个欧洲，它一次又一次连续不断地出征，用一种看起来很有说服力的逻辑，给德国人展现出一个广阔的世界帝国的前景，而他们所有人，因为属于这个被选中的民族，就会开始极其辉煌的生涯。奥斯特利茨说，薇拉对我讲，我相信，就连德国人当中那些最后的怀疑者，在这些捷报频传的年月里，也会被欢欣的情绪所支配，犹如身处高纬度地区。而这时，我们这些被打倒在地的人，则几乎是生活在海平面下，不得不眼睁睁地看着全国的经济被党卫军渗透，一个接一个的商业企业被过户到德国托管者的名下。他们甚至使在施滕贝格的那家生产非斯帽和拖鞋的工厂也雅利安化[1]了。阿加塔还拥有的钱财只够勉强支付最急需的开销。自从她必须提交一份长达八页、要填几十个栏目的财产说明以来，她的银行存款就已经被冻结了。他们还严格禁止她变卖诸如绘画或者古董之类的任何实物资产。薇拉说，我记得，她有一次在占领国的公告中找出一段给我看，上面写着：如若违反（规定），有关的犹太人及购买者必将受到最严厉的国家警察措施的制裁。有关的犹太人！阿加塔叫了起来，她接着又说：就像他们写的那样！这足以让人晕过去。薇拉说，我想，那是一九四一年深秋，阿加塔不得不把收音机、留声机连同她十分钟爱的唱片、望远镜和观剧镜、乐器、首饰、毛皮衣物和马克西米利安留下的所有衣物带到所谓的义务上交站去。由于她那时出了个差错，她在一个冰冷彻骨的日子里——薇拉说，在那一年，冬天很早就已到来——

1　“雅利安化”为纳粹用语，指将犹太人的财产转变为雅利安人即德国人的财产。

被派去鲁济涅机场铲雪。第二天早上三点钟，在万籁俱寂的深夜，正如她早就料到的那样，两个犹太教堂区的送信人带来消息，说阿加塔必须准备好在六天的期限内被送走。奥斯特利茨说，薇拉是这样描述的，她说这些送信人显得极其相似，不知怎么的，都有着模糊不清、时隐时现的面孔，他们穿着配有各种皱褶、口袋、纽扣边和一根皮带的上装，显得特别适合，却没有人明白它们是用来干什么的。他们轻声规劝了阿加塔一会儿，一面交给她一捆印刷好的文件，上面将一切都规定得极其详细：被传讯者必须何时到达，到达何处，可以携带什么衣服——女裙、雨衣、暖和的头巾、护耳、连指手套、长睡衣、内衣裤等等；哪些日用品合适，譬如说缝纫用品、皮革油、酒精炉和蜡烛；主要行李的总重量不许超过五十公斤；可以随身携带其他哪些手提行李和干粮；箱子必须标上名字、运送目的地和行李发放号码；必须填写附上的所有表格并署上名字；不准携带长沙发坐垫或其他装饰品，不准用狭长的小波斯地毯、冬大衣或是其他贵重织物的边角料做成的旅行背包和旅行手提包；禁止携带火柴、打火机，在载运地禁止吸烟，而且从那时起一概禁止吸烟；在任何情况下都必须严格遵守官方机构的任何规定。薇拉说，阿加塔无法遵照这些用这门我如今看来令人恶心的语言写就的命令行事；更确切地说，她就像某个要去周末郊游的人一样，只是不加选择地往一个包里扔一些毫不实用的东西。所以，我帮她收拾了行李，虽然这对我来说十分艰难，让我感到如此愧疚，而她只是背过身去，靠在窗边，眺望空寂无人的街道。在规定的那天清晨，我们天还未亮就出发了，把行李在平底雪橇上捆得牢牢实实，彼此之间一声不吭，穿过在我们四周纷纷扬扬旋转着的雪花，沿着伏尔塔瓦河左岸往下走，走了好长的路，经过果树林，直至通往霍莱绍维采的博览会宫。我们越接近这个地点，就越频繁地看到从昏暗中冒出的一批批背着沉重行李的人群。这些人穿过此刻更为猛烈的暴风雪，向同一个目的地移动，逐渐形成一条拉得很长的人流。我们随着这条人流，在七点左右到达了那个只有一盏电灯照着的昏暗入口。我们站在这个被召集来的人群中等候着，安静的人群里时不时传过一阵充满恐惧的喃喃低语。在这些人当中，有老人，有小孩，有庶民百姓，也有那些一直过着优渥生活的人，所有人都按照规定，在脖子上套着一条绳子，上面写着自己的运送号码。阿加塔立即就请求我离开她。告别时，她拥抱着我说，在那对面就是斯特罗摩夫卡公园，你能为我偶尔去那儿散散步吗？过去我十分喜欢这个地区。要是你往那池塘黑乎乎的水里瞧，天气好时可能就会看见我的脸。薇拉说，是啊，我后来就回家去了。我用了两个多小时才回到斯波科瓦街。我试图想象现在阿加塔在哪里，她是仍然在入口处的门前等候呢，还是已经在样品厅里了？我是在多年之后，才从一个幸存者那里了解到那儿的情况。那些被点名送走的人被带进一个没有供暖的木板棚屋里。寒冬天气，这个木板房里冰冷彻骨。那是一个被废弃的地方，在昏暗的电灯下，一切混乱不堪。不少刚到达的人员必须被搜遍行李，将钱、表和其他贵重物品交给一个名叫菲德勒的大队长，此人的残忍令人胆战心惊。桌子上，狐皮大衣和波斯羔羊皮披肩的旁边是堆积如山的银块。他收去履历，分发调查表格，给所谓的公民身份证盖上“业已疏散”或者“业已隔离”的图章。德国官方管理人员以及他们的捷克和犹太助手在忙忙碌碌地跑来跑去，不少人遭到大声呵斥、咒骂甚至殴打。那些要出发的人必须待在指定的位置。大多数人都默不作声，有些人则在暗自哭泣，绝望的号哭、大声的喊叫和躁狂症的发作也屡见不鲜。他们在博览会宫的棚屋里一直待了好几天，最后在一个大清早，道路四周几乎不见一个人影时，他们由卫队监护，向附近的霍莱绍维采火车站进发。然后在那里，卫队又花了将近三个小时才把他们——正如人们称呼的那样——装上火车。薇拉说，我后来还经常走路去霍莱绍维莱，去斯特罗摩夫卡公园和样品展厅。那些时候我大多会去参观二十世纪六十年代在那里建立的石雕馆，花好几个钟头观看陈列柜里的岩石样品——黄铁矿晶体、深绿色西伯利亚孔雀石、波希米亚云母、花岗石和水晶、乌黑的玄武岩和灰黄色的石灰岩——我在考虑，建立起我们世界的基础究竟是什么。奥斯特利茨说，薇拉给我讲，在阿加塔不得不离开自己住所的当天，一个托管部门派来没收物品的人到了斯波科瓦街，在门上贴了一张封条。然后，在圣诞节与新年之间，又来了一群极其可疑的年轻人。他们把遗留下来的所有东西搬得精光，包括家具、灯具和烛台、地毯和窗帘、书籍和乐谱、箱子和抽屉里的衣物、床上用品、软垫、羽绒被、羊毛毯、洗好的衣物、餐具和厨房用具、盆栽植物和雨伞、尚未吃完的食物，甚至不知不觉密封在地下室里好几年的梨和樱桃，以及剩下的马铃薯，连一把勺也不落下，全部搬进了五十多个仓库中的某一个。在那里，这些无主物品按照德国人特有的细致缜密的做法，一件一件地被登记造册，估计价值，按照具体情况进行洗涤、清洗或者修补，末了放上架子。薇拉说，最后，在斯波科瓦街还冒出一个消灭室内害虫的人。这个人使我感到特别恐惧，会用一种邪恶的目光彻底打量我。时至今日，他偶尔还在我的梦中阴魂不散，我梦见他在熏这些房间时，成团的白色毒烟弥漫其间。——当薇拉即将结束她的讲述时，奥斯特利茨在奥尔德尼大街的那个早上如此继续道，她停了好一会儿，此时在斯波科瓦街上的这间公寓，伴随着我们的每一次呼吸，显得越来越静了。她从自己坐的那张沙发椅旁的小组合桌上，拿起两张小尺寸、可能是九乘六厘米的照片递给我。这些照片是前一夜她在那套朱红色、五十五卷本的巴尔扎克作品中偶然发现的，她也不知道这本书是如何落入自己手中的。薇拉说，她不记得自己是怎么打开玻璃门，把这本书从那套书中拿出来的，而只是感到自己就坐在这儿，在这张靠背椅上，翻着那些书页——自那时以来的第一次，她特别强调道——众所周知，这本书讲的是夏倍上校蒙受极大冤屈的故事。薇拉说，至于这两张照片是怎么被夹在书页中的，对她来说是一个谜。很可能是在德国人进驻布拉格的前几个星期，当阿

加塔还在斯波科瓦街时，曾经借过这本书。不论如何，其中一张照片展现的是一个地方剧院的舞台，也许是在赖谢瑙或者奥尔米茨，要不就是在另一些地方，阿加塔在她首次受聘于布拉格之前，偶尔也在这些地方登台演出。奥斯特利茨说，薇拉说，她看第一眼时以为左下角的那两个人影就是阿加塔和马克西米利安——他们小到无法辨认——不过随后她当然就看出这是别的人，可能是剧团经理，或者是一个魔术师和他的女助手。薇拉说，她思忖着，当时在这个令人望而生畏的布景前曾上演过什么样的戏剧或歌剧。她想，由于背景是崇山峻岭和荒凉的森林地区，演出的不是《威廉·退尔》[1]，就是《梦游女》[2]了，要不就是易卜生那部最后的话剧[3]。我的脑海里出现了那个头上放着苹果的瑞士男孩；我经历了那个恐怖的瞬间，在一刹那，梦游女脚下的木板小桥陷了下去，我可以想象，在那高高的悬岩峭壁之上，雪崩已在松脱，就要将那些可怜的迷路者（他们到底是怎样来到这个荒凉地带的呢？）卷进万丈深渊。奥斯特利茨说，过了几

1　德国诗人、剧作家席勒于 1803 年完成的最后一部剧作。总督要猎人退尔用箭射放在自己儿子头上的苹果这一幕就出自该剧。

2　意大利作曲家贝利尼作于 1831 年的二幕歌剧。脚本作者为意大利诗人、歌剧台本作家罗马尼。

3　指易卜生于 1899 年出版的最后一个剧本《当我们死而复醒时》。

分钟——这时就连我都以为自己看到了滑向山谷的雪云——我才听到薇拉继续在讲述这些从遗忘中冒出来的照片所特有的那种神秘。她说，人们会有这样的印象，仿佛这些照片里有某种东西在躁动，人们好像听到一声声低沉、绝望的叹息，绝望的呻吟[1]——奥斯特利茨说，她这样说道——仿佛这些照片本身就有记忆，它们会想起我们，想起我们这些幸存者和那些已经离开我们的人过去的样子。对，另一张照片中的这个男孩子——薇拉

1 原文为法语。

过了一会儿说道——这就是你，雅科，在一九三九年二月份，大致是在你离开布拉格的半年之前。你当时要陪阿加塔去她的一位很有影响力的崇拜者的家里参加一场假面舞会，为出席这个场合她特意为你量身定做了这套雪白的服装。照片背面写着“雅科·奥斯特利茨，玫瑰女王的侍童”[1]，是你祖父的笔迹，他那时正好前来做客。奥斯特利茨说，这张照片放在我面前，可是我不敢去摸它。“玫瑰女王的侍童，玫瑰女王的侍童”[2]这句话一直萦回于我的脑际，直到它的意义从远处而来，抵达我的内心，我又看见了那个活生生的画面，有玫瑰女王和在她身旁托着裙裾的少年。那天晚上和之后我又努力地尝试过，但就是想不起来我曾经扮演过这个角色。我倒是认出了那道异乎寻常地斜过额上的发际线。但除此之外，我脑海中的一切都被逝去的那些年岁所带来的一种排山倒海的情感所淹没。从那时起，我多次研究过这张照片，研究我站着的那片光秃秃的平坦原野，尽管我想不起来是在何处；地平线上那个昏暗、模糊的区域，男孩那一头在边缘处如幽灵般苍白的淡黄色鬈发，还有那似乎以某种角度撑在他胳膊上的披肩——我曾经想过，奥斯特利

1 原文为捷克语。

2 原文为捷克语。

茨说，也许是他当时骨折了，上了夹板；那六颗很大的珠母纽扣，那顶插着鹭鸶羽毛的奢侈帽子，甚至齐膝长袜上的那些褶裥，每个细节我都用放大镜检视过，却没有找到哪怕是一丁点儿线索。我这么做的时候，总感觉自己被来这里索要其应得之物的侍童用尖锐、审视的目光盯着，而他站在空旷的原野上，在黎明时的灰白光线中等待，等着我接受挑战，然后扭转他未来即将面临的不幸。奥斯特利茨说，在斯波科瓦街的那天晚上，当薇拉把那张侍童的照片放到我面前时，我没有像人们可能以为的那样感动，或是震惊，我只是默然不语、茫然不解，没法清楚地思考任何事情。甚至我在之后想到那个五岁的侍童时，心中就会充满一种盲目的惊慌之感。有一次，我梦见自己在长期外出之后又回到了布拉格的住处，所有家具都摆放在正确的位置。我知道，父母亲很快就会休完假回到家里，我有一样重要的东西要给他们。我没有意识到他们早已去世。我只是在想，他们应该年事已高，大概有九十岁或者一百岁了吧，如果他们还活着的话，也确实如此。可是当他们后来终于出现在门口时，至多也就是三十五岁左右。他们走进来，在各个房间里走来走去，随手拿起这样和那样东西，在客厅里坐上一会儿，彼此用聋哑人那神秘莫测的语言交谈。他们对我毫不理会。我怀疑他们很快就要出发，去他们现在当作住所的山里的某个地方。奥斯特利茨说，我觉得我们并不了解如何回到过去的法则，但我却越来越觉得，时间好像并不存在，而只有各种空间按照一种高等立体几何学原理互相交错在一起，在这些空间之间，生者与死者可以随心所欲地走来走去。我越是思考这一点，就越发觉得我们这些还活着的人在死者眼里都是不真实的，只是偶然在某种光线和气氛条件下，我们才会出现在他们的视野里。奥斯特利茨说，就我回忆所及，我总是感到自己在现实中没有立足之地，仿佛自己根本就不存在。对此，没有什么比在斯波科瓦街那个晚上，当玫瑰女王的侍童用眼睛盯着我时更让我感觉强烈了。甚至在次日，在前往泰雷津的路途上，我都无法想象我是谁，以及我是干什么的。我记得，我神思恍惚地站在满目荒凉的霍莱绍维采火车站的月台上，两边的轨道伸向望不到尽头的远处，一切只是依稀可见。然后我靠在列车过道上的一个车窗旁，凭窗远眺，望见外面从旁经过的北部郊区，望见伏尔塔瓦河谷的草地，以及彼岸的别墅和夏日小屋。有一次，我看见河对岸有一个业已关闭的大采石场，接下来是许许多多鲜花盛开的樱桃树，几个相距很远的村落，然后，除空旷的波希米亚田野之外，别无他物。过了差不多一个钟头，当我在洛沃西采下车时，我感觉自己好像已经在路途上待了几个星期之久，一直不停地往

东驶去，一直不停地向着过去倒退。火车站前面的那个广场空荡荡的，只有一个身穿好几层外套的农妇。她站在一个凑合搭成的货摊后面，等着也许会有人想起来买一棵她在自己面前堆成一座坚固堡垒状的卷心菜。到处都看不到出租车，所以我就从洛沃西采出发，步行前往泰雷津。奥斯特利茨说，当人们离开这个我再也记不起其模样的镇子时，一幅广阔环景画就会向北面展开：前景是胆汁绿的田野，后面是一个一半已被锈蚀所吞噬的石油化工联合企业，其冷却塔和烟囱里升起一团团白色烟云，应该已经这样不间断地持续许多年了。我看见在更远处是圆锥形的波希米亚群山，这些山呈半圆形环绕着博胡索维采盆地。在这个冷灰色的早晨，最高的山顶消失在低低下垂的天空中。我沿着笔直的公路往下走，不断往前看，看要塞的轮廓是否已经出现——应该不会

超过一个半小时的步行距离。我脑海中所想象的要塞是一座规模宏伟、居高临下地俯视周遭的建筑物。可事实上，泰雷津却深深地缩进埃格尔河与易北河汇合处的潮湿的洼地里，就像我后来读到的那样，既看不见利托梅日采四周的山岗，也看不见附近的城市，只看得见啤酒厂的烟囱和教堂的尖塔。那些在十八世纪以星状平面图的形状砌起的砖墙，毫无疑问动用过繁重的劳力，从一道很宽的沟里拔地而起，但并未比前沿阵地高出多少。随着时间的推移，各式各样的灌木覆盖了昔日的斜坡和长满青草的防御土墙，给人的印象是，泰雷津并不是一个要塞城镇，而是被掩藏起来，大部分都已陷入洪水泛滥区的泥泞土地之中了。当我在那个潮湿又寒冷的早晨，沿着主干道从洛沃西采向泰雷津走去时，直到最后一刻我才意识到自己离目的地已经很近了。当我已站在昔日卫戍部队营房的立面前，视野仍被几棵因被雨淋湿而发黑的槭树和栗树遮挡着，再往前走几步，我就走到那个由双排树木环绕的阅兵场了。奥斯特利茨说，从一开始我就感觉到这个地方最显著的特点是空旷，它有某些直到今天我仍难以理解的东西。我从薇拉那儿得知，好些年来，泰雷津又成为一个普通的城镇了。尽管如此，差不多过了一刻钟，我就在广场的另一侧看到了第一个人影，他弯着身子，倚着一根拐杖，无比缓慢地往前挪动，可是在我转移视线的一刹那，他又一下子就消失不见了。整个早上，在泰雷津这些笔直荒凉的街道上，除了一个衣衫褴褛的疯子，我没有碰见任何人。这个精神病患者在泉水公园的青柠树之间穿过一条路，向我跑来，操着一口结结巴巴的德语，疯狂地挥舞着双手，讲着我也听不懂的事情。在他跑开时——他手中还紧紧攥着我给他的那张一百克朗[1]钞票——他就像人们说的那样，也被地面吞噬了。这个要塞之城的荒凉感就如康帕内拉[2]理想中严格按照几何学设计的太阳国度，使人感到极其压抑，更不用说那些从正面望去哑然不语的房屋了，带着一种

1　捷克纸币。

2　康帕内拉（1568—1639），柏拉图派哲学家、诗人和作家，在监狱中写出的著名作品《太阳城》宣扬他理想的共和国要由受过理性教育的人来治理，每人工作的目的都在于增进整个社会的福利。

将人拒之门外的表情。无论我抬眼多少次，也没见到前面那些紧闭的窗户后面的窗帘有任何动静。奥斯特利茨说，我无法想象有谁会生活在这些荒凉的房屋里，甚至可能从来都没有人在这里生活过，尽管我也注意到后院沿着墙壁排列着许多用红漆粗略编号的垃圾桶。不过，最让我感到阴森恐怖的，是泰雷津所有的房门和大门。我觉得它们封存了那些从未被穿透的黑暗。奥斯特利茨说，我想，在这种黑暗中，只有从墙壁上剥落的石灰和正在结网的蜘蛛有动静，后者弓着腿急匆匆地从地板上跑过，或满怀期待地悬在网上。不久前，我在半梦半醒之间发现自己正往这样一座泰雷津兵营里望去，那里面从地板直至天花板，一层又一层，全是这些心灵手巧的生物们所结成的蛛网。我还记得，我在意识朦胧的状态下想要赶紧留住梦中那个有时在一阵微风中颤动着的、颗粒状的灰色图像，试图认清其中隐含的东西。可它就这么全都溶解了，又越来越与同时浮现在我脑中的回忆重叠在一起，那是城市广场西侧的安蒂科斯商场闪闪发光的橱窗玻璃。我曾在中午时分长时间地站在这些橱窗玻璃前，希望有人会来打开这个罕见的储藏室，最后却是徒然。奥斯特利茨说，就我所知，除了一家小型杂货店，安蒂科斯商场几乎是泰雷津唯一的一家商店。它占据了最大的那栋房子的整个正面，我想，它还远远延伸

IDEAL

258
258
258
214

到了后边。当然，我只能看到在那些陈列橱窗里展出的东西，而这只是店里堆积如山的旧货中很小的一部分罢了。但是就连这四幅显然完全是随心所欲地拼凑在一起的静物画——仿佛以一种自然而然的方式与环绕城市广场四周、倒映在橱窗玻璃中的黑色青柠树枝融为一体——也对我有一种吸引力，使我好久都无法离开。我把额头紧紧地贴在冰凉的橱窗玻璃上，仔细观看形形色色的上百种物品，仿佛这些东西或它们之间的关系可以为我脑海中无法说出的那许多使我动摇的问题提供明确无误的

答案。铺在土耳其式长沙发靠背上面的白花边节日桌布、起居室沙发椅连同它那褪了色的织锦椅套意味着什么？那三个大小各异、包含某种神谕的黄铜研钵，那些水晶玻璃碗、陶瓷花瓶和陶罐，那块刻有“特雷西亚施塔特[1]水”标签字样的白铁广告牌，那个海贝壳小盒，那架袖珍手摇风琴，那个在其玻璃球体内有奇妙的海洋花朵漂浮的球状镇纸，那个帆船模型—— 一种胀满了帆的武装帆船，那件用轻型浅色亚麻布夏季衣料做成的职业装

1　特雷西亚施塔特（又译特莱西恩施塔特）即泰雷津（又译特雷津），捷克境内波希米亚北部市镇，1941—1945年纳粹德国用作关押犹太人的隔离区。

外套，那些鹿角纽扣，那顶非常巨大的俄国军官便帽和配成一套、带有金色肩章的橄榄绿军服，那根钓竿，那

个猎物袋，那把日本扇，那描绘在灯罩上的一圈笔画细腻、无穷无尽的风景画，展示着一条静静地流过也许是波希米亚地区，也许是巴西的河流……其中隐藏着何种秘密？然后还有一个松鼠标本，有多处已被虫蛀，蹲在一个鞋盒大的玻璃柜里的树桩上，用它那玻璃制成的乌黑圆眼目不转睛地盯着我。就像想起了一个已经忘记多时的朋友的名字，现在我记起了“松鼠”的捷克语名称——薇薇尔卡[1]。奥斯特利茨说，我这样问着自己，这条不发源于任何地方，不流入任何地方，总是不断流回自身的大河，这只总是坚持同一姿势的松鼠薇微尔卡，或者是那件表现一位骑马英雄的象牙色瓷器的构图会有什么含义呢？这位英雄骑在他那匹正以后躯立起的白马上，向后转过

1 原文为捷克语。

身去，用左臂将一位无辜的、失去最后一线希望的妇女拉上马，把她从一种并未向观看者透露但无疑十分残酷的命运中拯救出来。和这个永恒的、始终正在发生的营救瞬间一样，这些搁浅于泰雷津商场里的摆设、器皿和纪念品不受时间影响，出于难以了解的原因，它们从之前的主人那里、从被毁灭的经历中幸存下来，所以现在我才能认出在它们当中自己模糊不清的影子。奥斯特利茨过了一会儿又开始讲道，在我还站在商场前等候时，天空开始下起了毛毛细雨。因为没有看到那位名叫奥古斯廷·涅梅切克的店铺老板或其他任何人，最终我继续往前走去，上上下下，走过几条街道，直到我突然在城市广场的东北角，在先前被我所忽略了的那个所谓的犹太人隔离区博物馆前停下步来。我拾级而上，走进前厅。在前厅里，有一位说不上有多大年纪的女士，穿着一件淡紫色衬衣，梳着一头过时的波浪式发型，坐在一张售票处式的桌子后面。她将手里正忙着的钩织活儿放到一旁，微微欠了欠身子，把入场券递给我。对于我是不是今天唯一的参观者这个问题，她回答道，这个博物馆不久前才开放，因此只有寥寥无几的参观者从外地来到这里，尤其是在这个季节，这种天气。她说，反正没有特雷西亚施塔特的人过来，说完，便又拿起她那张正在做花瓣状镶边的白手巾。奥斯特利茨说，所以接下来，我就独自穿过夹层楼里和楼上的那些展室，站在展示牌前，时而极其匆忙，时而一字一句地读着那些传说，凝视那些照片的影印件。我无法相信自己的眼睛，有好几次不得不转过头去，通过其中的一扇窗户俯视后花园，第一次去想象那段被迫害的历史，而我曾用自己的逃避系统如此长时间地与之隔绝。现在，在这栋房子里，这段历史就环绕在我的四周。我仔细观看大德意志帝国及其被保护国的地图——在我那通常十分机敏的地形学意识中，这些被保护国却愈发显得只像是一些空白的空间而已——我顺着穿越这些国家的铁路线寻找着，被国社党[1]党员的那些人口政策文件，被他们以部分即兴、部分极其精细的巨大努力投入到实践中的那种对于秩序和纯洁的狂热弄得眼花缭乱。我了解到他们在整个中欧地区构建的奴隶经济，了解到他们对这些奴隶的蓄意损耗，那些受害者的身世和死亡的地点；我得知那些受害者在哪条路线上被运往何处，他们在生活中用的是什么名字，他们和他们的那些看守是什么样子。对所有这一切，我现在是既明白了，又仍然不明白，因为在我穿过博物馆，从一个展室走到下一个展室，然后又倒回来的路上，那

1　国社党是“德国国家社会主义工人党”的简称，被贬称为纳粹党，是希特勒一手控制的法西斯政党。

对我吐露真情的每一处细节——我担心由于个人过错，自己是个无知的人——它们远远超过了我的理解能力。我看到了被隔离者从布拉格和比尔森，从维尔茨堡和维也纳，从库夫施泰因和卡尔斯巴德，以及从无数其他地方来到泰雷津时所带的一件件行李；看到了那些被隔离者在各种手工工场中制作的诸如手提包、皮带扣、衣刷和梳子之类的物品；看到德国人制定得极其精确的生产计划，以及在壕沟里和在外面的开阔地带将绿色地区用于农业的计划——将土地分成精确的小块，分别在上面种植燕麦和大麻、啤酒花、南瓜和玉米。我见到了资产负债表、死者登记册，总而言之各种只要能想象得到的目录，以及一行行无穷无尽的数字和号码——应当是用来让官方管理者们安心地相信没有什么可以逃过他们的眼睛的东西。奥斯特利茨说，现在只要我回想起泰雷津的那个博物馆，我就会看到那个星形要塞的基本框架结构——为了维也纳王室里那个交代这项工程的委托人，人们用水彩颜料将这个要塞画成柔和的褐绿色调，适应周边向外形成褶皱的地形——一个由理性造就、在任何细微之处都井井有条的世界的典范。这个无法攻破的要塞从未遭遇围困，甚至在一八六六年也未被普鲁士人攻克，但在整个十九世纪——如果撇开在那些外围工事中的一个炮台里，有不少哈布斯堡帝国的政治犯曾受到折磨的事实——它仍然是一个驻扎着两三个团，住着约两千平民的安静偏僻的驻防地，一个有刷成黄色的城墙、内院、林荫小道、修剪过的树木、面包房、啤酒馆、赌场、军队营房、军械库、有乐队演奏台的音乐会、出于军事演习的目的而偶尔发起的突袭、穷极无聊的军官太太们，以及那些人们相信永远都不会有什么变化的服役制度的城市。奥斯特利茨说，最后，当这个做着手工活儿的女士走到我身边，向我暗示她现在马上就得关门时，我正好在读着我看了不知好几遍的一块展示牌上的说明："一九四二年十二月中旬"，也就是在阿加塔来到泰雷津的那个时候，那时在隔离区里，在最多一平方公里的一个建成区里，总共关着大概六万人。过了没多久，当我再一次站在外面，站在这个荒凉的城市广场上时，一切对我来说突然清楚无比，好像他们并没有被带走，而且一如既往，密密麻麻、拥挤不堪地住在这些房屋里，住在房屋的地下室和阁楼上，好像他们在永无休止地沿着楼梯走上走下，在窗户旁向外张望，成群结队地穿过大街小巷，甚至在默默无声的集会上，挤满了因雨水而变得灰蒙蒙的整个空间。我带着眼前的这种景象，登上了一辆不知从哪儿冒出来的老式公共汽车，它直接停在我面前，在人行道的镶边石旁、离博物馆入口处只有几步路的地方。这是一辆从内地驶往首都的汽车。司机一声不吭地把一百克朗钞票找出的零钱交给我。然后，我还记得，一直到布拉格，我都把这些零钱紧紧地攥在手里。在外面，从旁边闪过的是变得越来越昏暗的波希米亚原野，啤酒花的支杆，以及平坦空旷、一望无际的深褐色田地。汽车里的暖气热得要命。我感到额上冒出了汗珠，胸部憋得难受。有一次，当我转过身来时，我看见那些乘客都已堕入梦乡。他们扭歪了身体靠着，瘫在自己的座位上。这一个的头往前低着，另一个则往一侧或者是向后倾斜。有好几个人在轻声打着呼噜。只有司机直溜溜地盯着前面那条在雨中闪烁发光、如长带般的公路。每当我乘车去南方时，我总有这样的印象，好像老在不断地走下坡路，尤其是当我们到达布拉格郊区时，我觉得我们仿佛翻过了一个斜坡驶入了一个迷宫，在里面我们只能缓慢行进，忽而这样，忽而那样，直到我失去了所有的方向感。所以在我们到达布拉格汽车站时——这个汽车站在这个临近傍晚的时候是一个人满为患的转运中心——我从在那里等车和上下车的几千人之间穿过，动身朝着错误的方向走去。奥斯特利茨说，在外面的大街上向我蜂拥而来的人有如此之多。大多数人都拎着巨大的手提包，脸色苍白，愁容满面，我想他们只能是从市中心出来的人。可是后来我在市区地图上看到，我并不是像自己先前所认为的那样，沿着一条大体上是笔直的路线到达了市中心，而是绕了一个几乎将我带到高堡的大弯，先是绕着高堡走，然后又穿过新城，沿着伏尔塔瓦河岸，一直走到我在康帕岛上入住的那家旅馆。当我由于长时间走路被弄得精疲力竭而躺下睡觉时，已经很晚了。我试图听着外面从我窗户前往下流到堤坝上的流水声进入梦乡。然而无论我睁大双眼还是闭着眼睛，整个晚上我都看见泰雷津和犹太人隔离区博物馆里的那些情景，看见要塞墙上的砖，商场的橱窗，无穷无尽的名单，在萨尔茨堡和维也纳布里斯托尔饭店里的一只贴有双层标签的旅行皮箱，我拍下来的那些锁上的大门，在铺路石块之间生长的青草，在一个地下室入口前的一堆煤砖，松鼠的玻璃眼以及阿加塔和薇拉的影子；我看见他们拉着一只装满行李的平底雪橇，穿过飘舞的雪花，向霍莱绍维采的博览会宫走去。只有将近天亮时我才睡了一会儿，然而即便如此，在我潜意识的最深处中，那一系列影像非但没有中断,反而变本加厉,变成一场噩梦。奥斯特利茨说，我不知道这场噩梦源自何处，我似乎是在那个位于满目疮痍的波希米亚北部地区的城市杜赫佐夫，关于这个地方，我之前知道的一切，就是卡萨诺瓦在瓦尔德施泰因伯爵位于此处的宫殿里度过了他一生中最后的几年，写下了他的回忆录、为数众多的数学论文和秘传论文，还有五卷集的科幻小说《伊柯萨梅隆》。我在梦中看见这个已经上了年纪、个子缩成孩子般大小的花花公子，在一个糟糕透顶的十一月下午，被收藏有四万多册图书的瓦尔德施泰因伯爵图书馆的镏金楼厅包围，独自一人弯下身子，俯向他的写字台。他将扑上粉的假发放到一边，他那几根稀稀落落的头发飘落下来，恰似头上的一朵小小的白云，这是他的躯体几乎就要死亡的象征。他微微耸着左肩，马不停蹄地奋笔疾书。人们只听见笔尖发出的沙沙声。只有当作者抬头仰望几秒钟，用那双水汪汪、已几乎看不见远处的眼睛搜寻着外面杜赫佐夫公园上空那微乎其微的一点光亮时，这种沙沙声才停止一下。在用篱笆围起来的土地的另一边，从特普利采往下延伸，直至莫斯特和霍穆托夫的整个地区，都淹没在深沉的黑暗中。在北边，从地平线尽头的这一边到另一边，边界山脉如一堵黑墙般耸立。而在它前面，沿着山脉边缘，则是那片惨遭蹂躏的土地，上面的斜坡和梯地又往远处延伸，直到那昔日曾是陆地的地方。在道路于坚实的土地上四处延伸、人们曾经住过的地方，在曾经有狐狸越过田野、各种鸟儿从一丛灌木飞向另一丛灌木的地方，现在空空荡荡，除地上的石块、碎石和甚至连微风都没有触动过的死水之外，什么都没有。燃烧着褐煤的发电厂的模糊轮廓如船只般漂浮在昏暗的空中——石灰色立方体建筑，带有锯齿状顶冠的冷却塔，高耸入云的烟囱上方拖着一动不动的煤烟，在泛着病态色彩的条纹状西边天空的映衬下，呈现白色。只有在天空夜色暗淡的那一边才露出几颗星星，几盏被熏黑了、冒着烟的灯一盏接一盏地熄灭，将痂一般的痕迹留在它们总在穿行的轨迹里。在南方，一个宽广的半圆中，耸立着已经沉寂的波希米亚火山的圆锥形山峰。在这场噩梦中，我希望这些火山会爆发，用黑色尘埃罩上周围的一切。——奥斯特利茨接着说，第二天将近两点半时，我稍微集中了一下精神，便从康帕岛往上走，走到斯波科瓦街，去做暂且是最后一次的拜访。我已经给薇拉讲过，我首先得再次穿越我并不熟悉的德国，从布拉格乘火车前往伦敦，但是在此之后，我很快就会回来，也许会比较长时间地在她附近找一套住所。这是一个阳光灿烂、清朗透明的春日。薇拉抱怨她的眼睛后面从清晨起就一直隐隐作痛，请我把向阳一边的窗帘拉开。当我讲述我在泰雷津看到了什么时，她在曙光中背靠红天鹅绒沙发椅，垂下疲惫的眼睑，侧耳倾听。我也向薇拉询问“松鼠”的捷克语名称，过了一会儿，她那漂亮的脸上慢慢露出一丝笑容，回答道，叫薇薇尔卡。奥斯特利茨说，然后，薇拉给我讲，我们在秋天经常从申博恩花园的界墙上观看松鼠如何掩埋它们的宝藏。在这之后，每当我们又回到家时，我都必须给你朗读你最喜爱的那本关于季节流转的书，尽管你从第一行到最末一行都能够倒背如流。薇拉说着，然后又补上一句，说我尤其对冬天的场景，对那些望着刚积上新雪的地面而呆若木鸡的兔子、牡狍和山鹑的景象百看不厌。奥斯特利茨说，薇拉讲道，每当我们读到雪从树枝上纷纷扬扬地落下来，很快就盖满整个树林的地面的这一页时，我往往都会仰起头来望着她，然后问她：可是如果白茫茫一片，那么松鼠又怎么知道它们把自己的存货藏在什么地方了呢？[1]薇拉说，这就是你当时一直重复的话，这个问题总是困扰着你。是啊，那些松鼠是怎么知道的，我们到底知道什么，我们是怎么记住的，我们最后没能发现什么呢？薇拉接着说，我们在霍莱绍维采博览会宫大门前告别之后过了六年，她听说，阿加塔于一九四四年九月同泰雷津另外的一千五百名被隔离者一道被遣送到了东部。薇拉说，从此以后很长时间，她几乎再也无法去想阿加塔，想象她会变成什么样子，而她自己的生活也只能朝着毫无意义的未来持续前行。整整有好几个星期她都没缓过来，感到有种力量把她硬拉出体外，她在寻找断掉的线索，却又无法相信一切都已成定局。后来她持续不断、没完没了地查询我在英国的下落和父亲在法国的下落，所有这

1　原文为捷克语。

些努力都尽付东流。无论怎么做，情况总是如此，仿佛所有线索都消逝在沙里，因为在当时，一大群检查员把来往邮件弄得乱七八糟，往往要等上几个月，人们才能得到来自国外的回复。奥斯特利茨说，薇拉讲道，如果她自己能够向合适的主管部门求助，情况也许会有改观，可是她既没有机会，也没有途径。这些年不知不觉地就这样过去了，回首往事，仅如铅灰色的沉重一天。虽然她一直在从事教员工作，并为生计奔波，可是从那时起她的知觉几乎都已泯灭，她再也没有呼吸过。只有从上世纪和上上世纪的书本中，她才能偶尔找到一些关于活着应该是什么感觉的模糊概念。奥斯特利茨说，在薇拉说完这样的话后，我们俩好像都不知道该说什么，往往会出现一阵较长时间的沉默。在斯波科瓦街这套变得昏暗的屋子里，时光就在不知不觉中流逝了。当我向薇拉告辞，将她那双轻飘飘的手握在我手里时，已经接近傍晚。这时，她突然又想到，在我离开威尔逊火车站，列车在她们眼里消失时，阿加塔向她转过身去，说道：去年夏天我们曾经从这儿出发前往马林巴德。而现在，现在我们去往何处？这段回忆，我开始并未完全领会，但它很快就占据了我的脑海，以至于我当晚就从海岛饭店给薇拉打了电话，尽管通常我根本就不用电话。是啊，她用因疲惫而极轻的嗓音对我说，一九三八年夏天，当时，阿加塔、马克西米利安、她自己和我，所有的人都待在马林巴德。那真是妙不可言、快乐之极的三个星期。那些或是超重，或是瘦骨嶙峋的温泉疗养者们端着酒杯，特别缓慢地穿过绿草地，显得容光焕发，格外平和——就像阿加塔漫不经心地评论的那样。我们住在皇宫饭店后面的奥斯本－巴尔摩拉尔双人公寓里。早上我们一般会去浴场，下午则在马林巴德四周散步。奥斯特利茨说，那时我刚满四岁，我对这个夏季假期一点也记不得了。或许正因为如此，后来我于一九七二年八月底恰好在那里的时候，面对自己的人生即将到来的更好的转机，我感到一阵无名的恐惧。我受到从我待在巴黎时起就与之有通信往来的玛丽·德·韦纳伊的邀请，陪她去波希米亚旅行，她想要为欧洲疗养浴场建筑史的研究做一些不同的调查。奥斯特利茨说，如今我可以说，她也是想试图让我脱离那种自我隔绝的境地。她将一切都做得尽善尽美。她的兄弟弗雷德里克·费利克斯是法国驻布拉格大使馆的专员，他派了一辆极好的塔特拉大型轿车到机场来，然后又用这辆车将我们直接送往马林巴德。我们在装着厚厚软垫的后座上坐了两三个小时，汽车在一条长长的笔直延伸的公路上向西驶去，穿过空旷的土地，时而进入波浪状的山谷，然后又往上，驶到开阔的高原上。玛丽说，越过高原，人们可以极目远望，一直到波希米亚地区同波罗的海的交界处。有时候，我们沿着覆盖着蓝色森林的低矮山脉行驶。这些山脉犹如锯条般，在色调和谐的灰色天空前清晰地显现出来。几乎没有其他车辆。偶尔有一辆小客车向我们迎面驶来，我们时不时地超越一辆在那距离很长的陡坡上爬着、后面拖着浓烟的载重汽车。不过，从我们离开布拉格机场起，总有两位身穿制服的摩托车骑手保持着均匀的距离在后面跟着我们。他们戴着皮质防撞头盔和黑色防护眼镜，卡宾枪的枪管斜过右肩。奥斯特利茨说，我感到这两位不请自来的护卫十分可怕，尤其是当我们越过一个山头往下行驶时，有一段时间他们从后面的视野中消失不见了，紧接着又立即出现，轮廓在灯光的映衬下显得更加咄咄逼人。不那么容易被吓住的玛丽只是淡然一笑，说道，这两个影子骑手看来就是捷克斯洛伐克社会主义共和国专门为来自法国的参观者提供的荣誉骑兵队伍吧。当我们驶过一条在林木繁茂的山岗之间一直不断往下伸延的公路，接近马林巴德时，天色已经变得昏暗。我记得，奥斯特利茨如是说，当我们从密密麻麻、接近房屋的冷杉树下驶出，悄然无声地驶进一个只亮着几盏街灯、光线暗淡的小镇时，我感到有点心神不定。汽车停在皇宫饭店前。司机把我们的行李卸下来时，玛丽还同他说了一些事情，然后我们就进入了那个由于有一排高高的壁镜而使空间几乎扩大了一倍的门厅。门厅如此冷清、安静，让人觉得午夜已经过去很久了。过了很长一段时间，那位在一个狭窄的传达室里、站在一张斜面桌旁的接待门房才放下读物，抬起头来，朝着这些晚到的客人，用一种几乎难以听到的声音咕哝着晚上好[1]。这个不同寻常地骨瘦如柴的人让你第一眼就注意到的是，尽管他也许不会超过四十岁，他那鼻根附近的额头却显现出扇形皱纹。他极其缓慢、一言不发地办理着必要的手续，仿佛是在一种比我们周围更加浓密的空气中活动一般。他要求看我们的签证，浏览护照和他的登记簿，用潦草的字迹将一长串东西写入一个方格学生练习本中，还让我们填一张调查表。他在一个抽屉里找到一把钥匙，最后按铃叫来一个弯腰曲背的差役。此人穿着长及膝盖的鼠灰色尼龙罩衫，就像接待处的门房一样，他好像也被病态的昏睡所困扰而四肢麻痹。当他在我们前面拎着我们的两件轻便行李爬上四楼时——玛丽一进入大厅时就指出，自动电梯显然早已停止使用——他最后就像登顶前正攻克最后一个难以攀登的山脊的登山者一样，几乎再难以前进，不得不多次休息。这时，我们同样也在他下面几级的楼梯上等待。我们在往上走的路上没有碰到别的人，

1　原文为捷克语。

只碰到第二个仆役，此人就像他的同事一样，穿着同样的灰色工作服。奥斯特利茨说，我想，他也许就像所有国家管理的浴场饭店的职员那样，头往前垂下，睡眼惺忪地坐在最高的楼梯平台上的一张椅子里，在他旁边的地板上有一个装着碎玻璃的锡制托盘。这个为我们打开的房间的房号为38，是一个巨大的客厅式的房间。墙壁上覆盖着勃艮第葡萄酒色的织锦缎墙纸，好些地方已经严重褪色了。就连门帘和放在凹室里的床——床上的白枕头翘得很高——都很有些年头了。玛丽立即就开始布置。她打开所有的抽屉，走进浴室，试探性地拧开水龙头和巨大的旧式淋浴设备，极其仔细地四处查看。很奇怪的是，她最后说，她感觉尽管一切都井井有条，可是那个写字台却有好多年没有人掸过灰尘了。奥斯特利茨说，她问道，这个引人注目的现象该怎么解释呢？或许这个写字台就是幽灵的位置吧？奥斯特利茨说，我是如何回答她的，我已经想不起来了，可我却记得，我们在夜里很晚的时候还在敞开的窗户旁坐了几个小时，玛丽给我讲了浴场历史上许许多多的事情，讲到在十九世纪初温泉四周那个山谷凹地的树木被砍伐一光，讲到第一批在山坡上横七竖八地修建起来的古典主义住宅和客栈，讲到这个度假胜地随后的蓬勃发展。建筑师、泥瓦匠、涂料粉刷工、锁匠和石膏技工从布拉格、维也纳和各地来到这里，有不少人甚至从威尼托跑来。洛布科维茨侯爵的一个宫廷园艺师开始把那片林地转变成一个英国式的自然风景公园，栽种本地的和稀有的树木，开辟灌木丛生的草坪，建造林荫大道、绿廊和观景亭。越来越多愈加宏伟的饭店拔地而起，还有娱乐厅、浴场、阅览室、一个音乐厅和一个剧院。在那个剧院里，很快就有各式各样的著名艺术家登台演出。一八七三年，规模巨大的铸铁柱廊建成了。现在，马林巴德是欧洲浴场当中格调极其高雅的一个了。玛丽声称——这时，奥斯特利茨说，她用特有的夸大一切事物的诙谐感，冒出一串极其生动的、用正规医学诊断术语构成的花腔——矿泉水，尤其是所谓的奥朔维茨温泉，在治疗当时广泛蔓延于中产阶级的肥胖症上取得了巨大的声誉，此外还有消化不良、肠道蠕动缓慢和种种别的下腹郁积症状、月经不规律、肝脏硬化、胆汁分泌失调、痛风病、脾脏疑病、肾脏、膀胱和排尿器官疾病、腺溃疡和淋巴结核类变形，更不用说神经系统和肌肉系统衰弱、疲乏、四肢颤抖、瘫痪、脓性黏液溢出和出血、慢性皮疹，以及实际上任何其他人类能想得到的疾患。玛丽说，我想象着这样的画面：一群肥胖的人，无视医生的劝告，沉醉于摆满菜肴的盛宴的乐趣——当时甚至在疗养地也是如此，用严重的肥胖来压制总在他们心中躁动的、对于确保其社会地位的焦虑。我也能看见浴场里其他的疗养者，其中大多数是女士。他们没有血色，气色发黄，陷入沉思默想之中，穿过弯弯曲曲的小路，从一个温泉殿漫步走向下一个温泉殿，或者怀着忧郁伤感的心情，从阿马林高地或米拉蒙城堡的观景点观看缓缓在狭窄山谷上空移动着的浮云。奥斯特利茨说，当我听着她的讲述时，心中激起一种罕见的幸福感，我由此矛盾地想到，我自己也无异于一百年前在马林巴德停留的那些疗养者，感染了一种潜伏的疾病，同时又感觉到一种我现在就会开始痊愈的希望。确实，在和玛丽共同度过的这第一个夜晚，我比一生中的任何时候都睡得更加安宁。我听着她那规律的呼吸声，在闪电偶尔划过天空的刹那，看到在我身边的她那漂亮的脸庞。在外面，雨水均匀地往下哗哗倾泻，白色窗帘吹进屋内。入睡时我感到我的前额后面的压迫感稍微缓解，生出一种最后将得到拯救的信念或希望。但事实上，一切都与此截然相反。在黎明之前，我又带着这样一种极深的悲痛感醒来，甚至都没法朝玛丽看上一眼，就像一个晕船的人那样，不得不直起身，坐在床边上。我梦见一个杂役，早餐时在一个锡制托盘里给我端来一种胆绿色的饮料和一张法文报纸。报纸第一版的一篇文章讨论了浴场管理改革的必要性，多次谈到饭店职员的悲惨命运。奥斯特利茨说，梦中的报纸上是这样写的："他们穿这种灰色长工作服，就像五金制品商一样。”[1]报纸里剩下的地方差不多全是邮票大小的讣告，我要费好大的劲才能勉强认清讣告上那些极小的字母。这些讣告不仅仅有法语的，也有德语、波兰语和荷兰语的。奥斯特利茨说，我如今还能记起弗雷德里克·范·温克尔曼。关于此人，报纸上是这样说的：她平静而安详地离我们而去了[2]。我还能想起“哀悼的房间”[3]这个奇怪的词和那个附注：“火葬后，鲜花摆放在海牙印度纪念碑前。”[4]我走到窗边，往下沿着被雨水淋湿的主街望去，望见形成半圆的大饭店群从山丘升起，太平洋饭店、大西洋饭店、大都会饭店、波洛尼亚饭店和波希米亚饭店以及它们的一层层阳台、角楼和屋顶建筑——一切宛若在昏暗海上的远洋轮船般从晨雾中浮现出来。我想，我肯定是在过去的某个时候犯了一个错误，所以现在置身于一种错误的生活中。后来，在我穿过荒无人烟的小镇，往浴场柱廊上面走去的途中，我总感到，仿佛有另一个人在我身边走着，要不就是有某种东西从我身边擦过。每当我在一个拐角处拐弯时，面前展现出的城市图景，那每一个房屋正面，每一座楼梯，

1 原文为法语。

2 原文为荷兰语。

3 原文为荷兰语。

4 原文为荷兰语。

都让我感到既熟悉又十分陌生。我觉察到昔日那些豪华建筑物的破败状况，觉察到毁坏的檐沟、被雨水浸染得发黑的墙壁、裂开的粗灰泥、在那下面显露出来的粗糙的墙砌体，还有一部分用木板、一部分用波纹白铁皮钉起来的那些窗户——就是我这种精神状态的一种准确表征。关于这种精神状态，我既无法对我自己，也无法对玛丽说清楚，无论是在这次，在我们第一次穿过荒凉的公园散步的时候，还是在傍晚，当我们在灯光朦胧的莫斯科市[1]的卡瓦尔纳，坐在一幅至少有四平方米大、画着粉红睡莲的图画下面的时候。奥斯特利茨说，我记得，我们要了一份冰激凌，或者说，其实是一份类似冰激凌的点心，一种用石膏制作、有土豆淀粉味的糊状物。这种糊状物最突出的特性是，即使过了一个多小时，它都没有融化。莫斯科市的顾客，除了我们，只有在后面的一张桌旁下西洋棋的两位老先生。就连那个侍者也年事已高，他站在被烟雾笼罩的网状窗帘旁，双手背在身后，正出神地往外看，看着街道另一侧长满西伯利亚巨型峨参的垃圾场。他那头银发和髭须经过仔细修剪，虽说他也穿着这样一件鼠灰色工作服，但是人们很容易就能想象他身穿一套极其合身的深黑色燕尾服的样子，在上浆

1 原文为捷克语，餐厅名。

的、闪烁着超凡脱俗的光辉的衬衫前胸上打一个天鹅绒蝴蝶结，脚上穿着闪闪发亮的漆皮皮鞋，皮鞋上映现出巨大的饭店大厅的灯光。当他用一只小盘给玛丽端来一盒平装的四十支古巴香烟——这个香烟盒用漂亮的棕榈素材来装饰——然后又举止优雅地把火递给她时，我可以看出，她对他十分欣赏。古巴烟的烟雾像蓝色纹影般飘浮在我们之间的空气中。过了一会儿，玛丽问我在想什么，为什么我这样心不在焉，这样沉思默想，我怎么会突然从她昨天在我身上感觉到的幸福中一下子一落千丈了呢。而我的回答只是，我不知道。奥斯特利茨说，我想，我曾经试图解释，说在这里，在马林巴德，有某种不可名状的东西使我心如刀绞，那东西十分明显，像一个简单的名字，或一个人们想不起来的指称，它不指向世界上的任何人和物。奥斯特利茨说，如今我无法唤起我们在马林巴德的那几天的详细回忆。我时常花好几个钟头待在冒着泡的温泉浴池中，躺在休息用的小房间里。这样做一方面会使我感到舒适，另一方面或许也会削弱我这么多年来所坚持的对于恢复记忆的抵抗。有一次，我们在果戈理剧院听一场音乐会。一位名叫布洛赫的俄国钢琴家在那里为六名听众演奏《蝴蝶》和《童年情景》。奥斯特利茨说，在返回饭店的途中，我感到玛丽稍微有点告诫性地讲到舒曼内心的阴暗和精神失常，讲到他最后在杜塞尔多夫狂欢节拥挤的人群中，一步跨过桥栏杆，跳入冰冷的莱茵河中，致使两个渔夫不得不把他从河里捞上来。玛丽说，后来他还活了几年，住在波恩或者巴特戈德斯贝格的一家私人精神病院里。克拉拉[1]同年轻的勃拉姆斯一道定期去探视他，因为人们同这个完全与世隔绝、不成调地独自哼唱着的人再也无法进行任何交谈，多数情况下只能透过门上的一道活门往室内稍微看看他。我侧耳倾听玛丽的讲述，试图想象可怜的舒曼在他那巴特戈德斯贝格的房间里的情景。这时，我眼前总是浮现出另一幅景象，那是我们在游览金日瓦特矿泉镇时经过的一个鸽棚。就像它所属的那个庄园一样，这个很可能是出自梅特涅[2]时期的鸽棚，也处于摇摇欲坠的状态。那砖墙内的地面被因自身重量而压紧的鸽粪所覆盖，但已超过两英尺高了，变成了一团坚硬、干燥的物体，上面躺着几只病死的、从凹室里摔下来的鸟儿，而它们那些还活着的同类，却像老年痴呆一般，在人们几乎看不见的棚顶下的昏暗中低声悲鸣着，彼此咕咕咕咕乱叫一气，有几片绒毛在它们周围旋转着，慢慢地从空中飘下来。在马林巴德，精神失常的舒曼与被监禁在

1　克拉拉·舒曼（1819—1896），德国钢琴家、作曲家，罗伯特·舒曼的妻子。

2　梅特涅（1773—1859），奥地利政治家。曾任奥地利首相。

这种恐怖地方的鸽子，这些景象中所固有的痛苦使我在自我认知的路上无法踏出哪怕是最微小的一步。在那里的最后一天，奥斯特利茨最终继续说道，在将近傍晚时分，好像是为了告别似的，我们穿过公园往下面所谓的奥朔维茨温泉走去，那里有一个四周装上玻璃、内部刷成白色的小巧玲珑的泵房。在这个被落日余辉照亮的小屋里，除规律的潺潺流水声之外，万籁俱寂，玛丽走到我面前，问我是否知道明天是我的生日。她说，明天我们一醒来，我就会祝你一切幸福，那会像是祝福一台我不知道是怎么运行的机器，希望它会运转正常一样。奥斯特利茨说，她说道，难道你就不能给我讲讲，你叫人难以接近的原因是什么吗？她说，为什么自从我们来到这儿，你就像

是一个结上了冰的池塘？为什么我看见你想要张开嘴唇，说点什么，也许甚至还想要大声叫喊，可我后来却什么也没听见？为什么你在我们到达时不打开箱子取出你的东西，而总是靠旅行背包过活？我们隔着几步距离分开站着，犹如舞台上的两个演员。玛丽的双眼随着暗淡的光线变换着颜色。我再次试图对她、对我自己解释，在最近几天里困扰我的是一些什么样的不可思议的感情。我就像一个精神失常的人不断在想，在我的周围，到处都是神秘的迹象和征兆。我甚至感到，那些默然不语的房屋正面仿佛知道关于我的某些不祥之事，而我也一直认为，我必须孑然一身，尽管我渴望她，可是现在这种想法比以往任何时候都更为强烈。玛丽说，我们需要缺席和孤独的说法并不是真的。它不是真的。只有你在害怕，我不知道你在怕什么。你总是保持着一些距离，这一点我看得很清楚，可是现在，你仿佛站在你不敢跨越的门槛前。奥斯特利茨说，当初我不敢承认玛丽说的一切是多么正确，不过今天我明白，为什么有人向我靠得太近时我不得不回避，我以为采用这种回避的办法就拯救了自己，但与此同时，我也看到自己变成了一个担惊受怕、面目可憎、无法被碰触的人。当我们穿过公园往回走时，夜幕业已下垂。白色的沙路沿着弯弯曲曲的轨迹往前延伸，两侧是黑魆魆的树木和灌木。而玛丽——由于我自己的过失，不久之后我就彻底失去了她——在低声地自言自语，我现在只记得一些关于那些可怜情侣的只言片语："他们在公园里僻静的小道散步。"[1]奥斯特利茨说，我们差不多回到镇里了，这时，白雾已经从草地上升起，十到十二人组成的一个小团体突然冒了出来，在小路上与我们相遇。他们就是那种因每况愈下的健康状况而被某些波希米亚联合企业送到温泉来的访客，或许也可能是从周边的某个兄弟国家过来的吧。他们出奇地矮小，微有些驼背，一个接一个地成一列纵队向前走着，每一个人手里都拿着一个残破的塑料杯——人们那时就是用这种杯子喝玛丽亚温泉市的泉水。我还记得，奥斯特利茨又补充道，他们无一例外都穿着薄薄的蓝灰色贝纶雨披，这种雨披在二十世纪五十年代末的西方曾风行一时。迄今为止，我有时还能听到那种单调乏味的窸窣声，他们突然在路的这一侧冒了出来，又在对面一侧销声匿迹。——奥斯特利茨接着说，在我上次访问斯波科瓦街之后的那整个晚上，我都在回忆马林巴德的往事。外面的天色刚开始亮了一点，我就收拾好自己的行装，离开了康帕岛的那家饭店，走过四周晨雾缭绕的查理大桥，穿过旧城的大街小巷，横穿荒凉的瓦茨拉夫广场，直至

1 原文为法语。

威尔逊诺娃街的火车总站。事实证明，该火车站与我按照薇拉的讲述在脑海中想象出的样子毫不相符。那座昔日在布拉格遐迩闻名的青春艺术风格[1]的建筑物，看来在二十世纪六十年代就已经被丑陋的玻璃幕墙和一些混凝土外围建筑给包围了。我花了好一会才穿过一个往下通向底层的出租车站台，找到了进入这个要塞式设施的通道。我所进入的这个低矮的大厅里挤满了一群群游客。他们在这里成群结队，以家庭为单位，躺在他们的行李之间过夜，大部分人还在睡梦中。一种紫红色灯光笼罩着无法被尽收眼底的整个宿营地，简直如同地狱的光一般。这灯光来自一个略微突起、足足有十乘二十米宽的平台，上面有大概上百台老虎机，排成几排，漫无目的地空转着，发出空洞的声音。我从躺在地上一动不动的躯体之间穿过，顺着楼梯跑上跑下，在这个其实是由各式各样的售货摊构成的火车站迷宫里被弄得晕头转向。最终我向一个身穿制服、朝我迎面走来的人问道：火车总站？威尔逊的火车站？[2]我就像一个走丢了的孩子般，被他小心翼翼地拉着衣袖，领到一个偏僻的角落里，来到一块纪念牌前。在该纪念牌上写着：此火车站于

1　1900 年前后在西方流行的一种艺术创作方向。

2　原文为捷克语。

一九一九年举行落成典礼，以纪念热爱自由的美国总统威尔逊。我看懂了这块纪念牌，并向站在我身边的这位火车站工作人员点头致谢，他又带我转过几个角落，走上几层阶梯，来到一个夹层楼面。从该夹层楼面往外看，我可以仰视昔日威尔逊火车站宏伟的圆顶，或者更确切地说，只看到这个圆顶的一半，因为另一半可以说是被一座插进该圆顶的新建筑物拦腰切断了。沿着这个圆顶边缘的半圆，搭建了一条长廊，在长廊上摆放着一些咖啡店的小桌。我买了一张前往荷兰角港的火车票，直到我那趟车开出时，我还在那里坐了半个小时。我试图穿越这几十年的时光去回想，当阿加塔把我抱在怀里时是怎样的一种情景——奥斯特利茨说，薇拉曾经这样给我讲——我就这么伸着脖子，因为我不愿意把目光从在我们头上高高拱起的圆顶上移开。然而，无论是阿加塔，还是薇拉，还是我自己，都没有从过去中出现。有时候，这层迷雾仿佛就要消失；有时候我以为，或许是转瞬之间，我就会感觉到阿加塔的肩膀，或者会看到薇拉为我这次旅行买的卓别林小册子的扉页画。可是每当我想要赶紧抓住其中的一个片段，或者——如果可以这样说的话——想要把它调得更清晰时，它就在我头上旋转着的空间里消失不见了。奥斯特利茨说，真的，那使我愈加惊奇和害怕，没过多久，在七点十三分列车马上就要开

车前，我从车厢过道的窗户往外看时，我极其确定地发觉，我曾在同样的朦胧天色中，看见过站台的玻璃和钢条屋顶这种由三角形、圆弧、水平线条和垂直线条以及对角线组合而成的图案，看见过火车后来极其缓慢地驶出火车站，穿过多层住宅背面之间的一条通道，驶进穿过新城的那条黑洞洞的隧道，然后伴随着均匀的敲击声越过伏尔塔瓦河。奥斯特利茨说，那时我确实感觉到，从我第一次离开布拉格的那天起，好像时间都停滞了。那是一个阴暗、抑郁的早晨。为了获得更好的视野，我在捷克国家铁路餐车那铺着白色台布的小桌旁坐下，小桌上点着一只打着褶的粉色小灯笼，就是过去比利时妓院窗台上出现的那种。那位头上歪戴着帽子的厨师在厨房入口抽着烟，同服务员—— 一个头发鬈曲、身材瘦小，穿一件细方格花纹马甲，系着黄蝴蝶结的男人——聊天。在外面，在低垂的天空下，耕地和原野从车窗外一闪而过。从车窗外闪过的还有鲤鱼池、小树林、一处河流弯道、一处桤木树丛、一些高地和洼地。如果我没记错的话，在贝龙有一个面积超过一平方英里的石灰厂——有消失在低云层中的烟囱和高耸的筒仓，由变脆的混凝土组成的巨大方块建筑物，顶上盖着生锈波纹白铁皮、上下起伏的传送带，粉碎石灰石的碾磨机，堆积如山的圆锥形碎石堆，棚屋和货运车皮——所有这一切都毫无差别地被浅灰色熔渣和尘土所掩盖。然后又是一望无际的开阔地带，就我目光所及之处，公路上见不到一辆汽车，除了那些火车站站长，甚至连一个人也见不到。这些站长或许是出于无聊，或许是出于习惯，或许是由于他们必须遵照执行的某些规定，他们头上都戴着红帽子，亲自站在诸如霍卢贝科夫、赫拉斯特或者罗基察尼这些极小的火车站站台处。在我看来，他们当中的大多数人似乎都蓄着淡黄色的髭须，从站内走到月台上，即使在这个昏暗的四月天的早晨，也不能错过从旁隆隆开过的来自布拉格的特快列车。奥斯特利茨说，至于我曾待过一段时间的比尔森，我只记得，我在那里从车厢走到月台上，给一根铸铁立柱的柱头拍了照，因为它唤起了我内心中的某种认知。然而，在见到它时使我感到不安的，并不是一九三九年夏天，我坐儿童专列经过比尔森时，是否真的把这个被肝脏色痂皮覆盖的柱头上的复杂形状印在脑海里的这样一个疑问，而是一个本身就很荒唐的念头——我设想这根表面积满了尘垢、几乎算是一个活着的自然生物的铸铁立柱有可能会记得我，如果可以这样讲的话，而且它还见证了那个已被我忘却的自己。在比尔森的另一边，列车正向绵延在波希米亚与巴伐利亚之间的山脉驶去。很快，黑魆魆的森林就已来到铁路线旁，使列车的行驶速度减慢。成团的雾霭或是浮云在湿淋淋的冷杉树之间低低飘动。直到大致一个小时之后，这段路又往下延伸，山谷越来越开阔，我们来到一个令人心旷神怡的乡村地区。我不知道自己对德国有何期待，可是无论我往哪儿望去，奥斯特利茨说，我看见到处都是齐整的城镇和村庄，整洁的厂房和建筑场地，经过悉心心照料的园圃，在建筑物入口处的雨篷下堆放得整整齐齐的木柴，横穿低草地、铺着均匀焦油涂层的车行道——颜色鲜艳的汽车在其上疾驰而过，被精心照料的林地，规整的溪流和新的火车站建筑物——在这些建筑物前，显然再也不用站长露面了。有些地方的天空晴朗无云，太阳投下的令人愉快的光斑点亮了这个地区的各处，在捷克国境的那一边似乎只能艰难前行的列车，现在突然以几乎难以想象的轻松劲儿，风驰电掣般地驶过。将近中午时，我们到达了纽伦堡—— 看见一个信号塔上写着这个我不熟悉的德文地名时，我又想到了薇拉所讲的事情。她讲到我父亲对一九三六年国社党党员代表大会所作的描述，讲到聚集在一起的民众澎湃的热情。奥斯特利茨说，也许就出于这个原因，尽管我本来只打算查明接下来停靠的几个火车站，现在却在事先未作任何考虑的情况下走出了纽伦堡火车站，走进了这个我不熟悉的城市。在此之前，我从未踏上过德国的土地，我总在避免了解丝毫有关德国地形、历史或当今德国人生活的事情。因此对我而言，德国也许是所有国家当中我最不熟悉的了，甚至比阿富汗或者巴拉圭还要陌生。我一走出地下通道，出现在车站前面，就遇到一大群人，他们如河床里的水般漫过整条街道，同时往上下两个方向涌流而去。奥斯特利茨说，我想那是一个星期六，人们乘车去城里购物，挤满了这些步道，就如之后我听说过的那样，差不多在德国的所有城市都是如此。这次旅途中我注意到的第一件事就是大量灰色、褐色和绿色的猎装大衣和帽子，所有人的衣着显得如此合适得体，这些纽伦堡步行者们的鞋子也是显而易见地结实耐穿。我不敢长时间地正眼看那些向我迎面走来的人。这些人穿过城里时如此悄然无声，我周围的声音是如此少，这让我感到有些奇怪。每当我抬头仰视街道两旁的房屋正面时，甚至在那些就其风格来判断应该是比较古老的、可以追溯到十六或者十五世纪的建筑物上，我也找不到任何一条曲线或任何来自过去那个时代的蛛丝马迹，无论是在转角或山墙，还是在窗框或者飞檐，这使我不安。奥斯特利茨说，我还记得，我脚下的铺石路面稍微向下倾斜；有一次，我的目光越过一座桥的边缘，看见深色的水面上有两只雪白的天鹅，然后又越过屋顶之上，看见城堡仿佛以某种方式缩小成了邮票般的大小。我无法走进餐馆，或哪怕只是在无数货摊和售货亭中买一点东西。当我在大致一个钟头之后沿着去火车站的路往回走时，我感到自己不得不同一道变得越来越汹涌的人流搏斗，这一方面是因为我现在要走上坡路，或许也是由于往这个方向来的人确实比朝着反方向走的人更多。奥斯特利茨说，无论如何，随着一分钟又一分钟过去，我变得越来越惶恐不安，以至于虽然我离火车站已经很近了，最后还是不得不停下来，站在纽伦堡报社旁那用红色砂石砌成的窗拱下。我在那里一直等到购物的人群稍微散去。奥斯特利茨说，我如今已不记得自己在毫不间断地从我身旁走过的这群德国人旁边站了多久，我感觉神情恍惚，不过我想那时已经是四点或者是五点钟了吧。这时，有一位年纪不轻、头上戴着一顶插上鸡毛的蒂罗尔帽的妇女，很可能由于我那个旧式旅行背包而把我视为无家可归者了，在我身旁停下步来，用患痛风病的手指从她钱包里掏出一马克硬币，作为施舍小心翼翼地递给我。奥斯特利茨说，当我最后在傍晚继续乘朝着科隆方向驶去的火车时，我手里还拿着这枚于一九五六年发行的、铸有阿登纳总理头像的硬币。几乎整个行程中，我都站在过道上凭窗远眺。我猜想，维尔茨堡与法兰克福之间的路段要穿越一个林木繁茂的地区，穿越光秃秃的橡树和山毛榉树林，还有绵延一英里又一英里的针叶林。当我这样向外望去时，我想起在巴拉的传教士家里及之后常常梦到的遥远回忆，那是关于一个一望无际、没有名字，完全被黑魆魆的森林所覆盖的国家，我必须穿越这个国家，却不知道去往何处。现在我看见这个国家从外面闪过。这样一来我总算明白了，奥斯特利茨说，它就是这么多年来一直困扰我的那些图像的源头。我现在又想起另一个长期纠缠我的念头——我看见自己有一个孪生兄弟。这个孪生兄弟同我一道踏上了没有尽头的旅途，他一动不动地坐在火车车厢的窗角，凝望着外面的黑暗。我对他一无所知，甚至连他的姓名都不知道，而且从来没有同他讲过哪怕是一句话。可是，每当我想到他时，那种想法就在持续不断地折磨我——他在旅行快结束时死于肺痨，同我们的其他东西一起，躺在行李网架里。奥斯特利茨继续讲道，确实在后来，当我在此生中第二次拐进莱茵河谷，来到法兰克福后的某个地方，看到所谓的宾格洞里的鼠塔时，我彻底地明白过来，为什么弗努伊水库中的那座塔楼总让我感到那么阴森恐怖。我无法将目光从这条在暮色中滞缓流过的大河上移开，还有那些在水中看似一动不动地停靠在人行道镶边石旁的运货驳船，河对岸的树木和灌木丛，葡萄园精致的网格线，扶墙上清晰的横线，蓝灰色的岩石和峡谷——这些峡谷向旁边延伸，仿佛延伸至一个在我想象中尚未被开发的史前王国。奥斯特利茨说，当我还在被这种对于我来说确

实是神话般的风景迷住时，落山的太阳穿过云层，把它的光辉洒满整个峡谷，照耀着对面的高处。在那里，在我们刚才经过的地方，有三座巨大的烟囱高耸云霄，这样一来，仿佛东边的河岸山脉全都是一些空壳，用来掩饰在地下纵横许多平方英里的生产场所罢了。奥斯特利茨说，当人们乘车穿过莱茵河谷时，确实很难弄清自己处于哪个时代。甚至那些高耸在这条大河之上的城堡，用上诸如赖兴施泰因、埃伦费尔斯或者施塔勒克这样一些奇怪、还有点像伪造的名字，当某人从火车里看到它们时，他也没法说它们是建于中世纪呢，还是在上世纪才由工业巨头们修建起来的。有一些城堡，譬如说卡茨城堡和毛斯城堡吧，似乎就来源于传说，就连那些废墟一眼看上去也都像富有浪漫色彩的剧院布景。不管怎样，在顺着莱茵河谷往下的旅途中，我再也弄不清楚自己现在处于生命中的哪个时期了。透过晚霞，我看到燃烧的朝霞的光辉在对岸扩展开来，很快就染红了整个天空。甚至每当我现在想起我的莱茵河之旅时——其中，第二次莱茵河之旅的可怕程度几乎与第一次不相上下——我感到脑海里一片混乱：我所经历的事情，我所读过的东西，那些浮现出来又沉没下去的往事，那些连续出现的情景，以及那些什么都没有留下的让人沮丧的盲点。奥斯特利茨说，我看见这些德国风光，就像从前那些旅游者所描写的那样，那条大河尚未整治，某些地方漫出了河岸，鲑鱼在水中嬉戏，小龙虾在细河沙上爬行；我看见维克多·雨果所作的关于莱茵河城堡的那幅阴暗的钢笔画，而约瑟夫·马洛德·透纳坐在小折叠椅上，离谋杀案高发的巴哈拉赫城不远，快速地画着他的水彩画。我看见弗努伊那很深的水，看见沉没在水中的拉努辛居民。我看见一大群老鼠，据说那熙来攘往的灰色鼠群在德国乡村地区成了大面积的灾害。我看见它们跳进河水，在波涛中只露出一点咽喉，绝望地划动着，以便到达那个救命的岛屿。

奥斯特利茨讲述时，不知不觉已时近黄昏。我们一道离开奥尔德尼大街的那座房子，以便在麦尔安德大道上漫步一段路出城去，当我们一直走到陶尔哈姆莱茨的巨大坟场时，光线已经开始暗淡下来。这个坟场和与其相邻的、被一道高大砖墙围绕着的圣克莱门医院的深色综合建筑一样，奥斯特利茨经过时评论说，也是他的往事中的一个场景的发生地。在伦敦上空缓慢下垂的暮色中，我们走在墓园中的小径上，路过那些过去维多利亚时代为纪念死者所修建的纪念碑、陵墓、大理石十字架、墓碑和方尖石碑、凸肚骨灰罐和众多天使雕像——很多已经没有翅膀或残缺不全了，在我看来它们仿佛是在飞离地面的那一瞬间变成了石头。大多数纪念碑早已被到处生长的槭树根弄得东倒西歪，或者已经完全被翻倒在地。那些上面长满了淡绿色、灰白色、赭色和橙色地衣的石棺已经破碎，一些坟墓一部分凸出地面、一部分埋进地里，以致人们可能会认为，一次地震动摇了这些死者的住处，要不就是这些死者被召集去进行末日审判了，当他们从住处腾空而起时，在惊慌中打乱了我们为他们制造的井然秩序。在他从波希米亚地区回来后的最初几个星期里，奥斯特利茨边走边继续他的讲述，他将那些死者的姓名和生卒日期都背得滚瓜烂熟，把卵石和常春藤叶带回家，有一次甚至还把一个石头玫瑰花饰和一只被打掉的天使之手带回家了。奥斯特利茨说，可是，不管白天在陶尔哈姆莱茨的散步能带给我多大的安慰，我在晚上仍然被极其可怕的焦虑所侵袭，有时候几个钟头

又几个钟头地持续不断，并愈加严重。我发现了自己惊慌失措的根源，当我回顾所有过去的岁月，能够极其清楚地看到自己就是那个一天天地从熟悉的生活中被连根拔起的孩子，而这对我也并没有多大帮助：理智斗不过历来被我压抑、现在又从我心中猛烈爆发出来的受排斥和遭摧毁的感情。在做最简单的日常工作时——系鞋带、洗涤茶具，或者等锅里的水煮开，这种可怕的恐惧便向我袭来。在极短的时间内，我的舌头和上腭就干得要命，仿佛我已经在沙漠里躺了几天似的，我不得不越来越快地拼命喘气，开始觉得心悸，心跳到嗓子眼，全身冒冷汗，甚至颤抖的手背上都在冒汗，我所看到的一切都蒙上了一层黑色的阴影。我想尖叫，唇边却发不出声音，我想上街去，却又止步不前。有一次，我确实在想象中看到自己在长时间令人痛苦的萎缩之后从内部爆裂开来，我的躯体散落在某个昏暗而遥远的地方。奥斯特利茨说，我现在已经说不出我那时这样发作过多少次了。可是有

"UNTIL THE DAY BREAK, AND
THE SHADOWS FLEE AWAY."
ALSO HENRY JAMES
WHO DEPARTED THIS LIFE
AGED 54 YEARS

一天，在去奥尔德尼大街尽头的一家小卖部的路上，我昏倒了，头撞在了人行道的镶边石上。在出入一连串各式各样的医院病房和检查室之后，我被送进了圣克莱门医院。当我终于回神，我发现自己在那里的一间男性病房里，有人告诉我，我差不多有三个星期一直神不守舍，尽管这没有伤害到我的身体机能，却使我所有的思维过程和情感都瘫痪了。我服用的药物使我的大脑处于一种异常疏离的状态，我在这个地方四处游荡——奥斯特利茨说着，还用左手指着高高耸立在围墙后的医院楼房的砖砌立面。整个冬季，我在那个长长的走廊上走来走去，既孤寂又有种满足感。有好几个钟头之久，我会透过一扇肮脏的窗户，俯视我们现在置身其中的这座公墓。在我脑海中，除大脑被火烧尽的四壁，我什么也感觉不到。后来，我的情况出现一定程度的好转时，我便用一位护士给我的望远镜，在灰暗的黎明观察那些在公墓的野地中游戏的狐狸。我看到松鼠在那里跳来跳去，而后又一动不动地坐着。我研究着那些偶尔造访墓地的孤独之人的面部表情，或者观察一只在夜幕降临时定期拐着大弯飞到墓碑上的猫头鹰那缓慢的摇摆动作。我偶尔也同医院里的这个或者那个病员交谈，譬如说，一个盖房顶的。此人声称，他清楚地记得，当他在工作时，他突然感到在额后某个特定位置有种绷得太紧的东西断裂了，他生

平第一次，从楔入他面前一个椽子里的晶体管收音机的沙沙声中，听到从此以后一直缠绕着他的灾祸报信者的声音。奥斯特利茨说，我在那里的时候，也常常想到传教士伊莱亚斯的精神失常，想到他死于其中的那栋位于登比的石头房子。但我无法去思考我自己、我自己的历史或者我现在的心境。直到四月初，在我从布拉格归来一年后，我才出院。那位同我进行最后一次问诊交谈的女医生建议我去找一份轻松的体力活儿，譬如说做做园艺。所以在之后两年里，每天清早，当办公室职员们蜂拥进城时，我就按照相反的方向从城里出来，前往罗姆福德，来到我的新工作场所。那是在一个面积宽广的公园边上由乡镇经营的一个观赏花卉园。在这个花卉园中，除了一些熟练的园丁，还有一定数量的残疾人或需要精神安定的人担任助手。奥斯特利茨说，我也说不出为什么在罗姆福德的那几个月里我多少开始康复了，不知道是不是因为我与之交往的那些人，尽管他们留有精神疾病所带来的伤痕，但部分人总是显得欢欣鼓舞；又或者是因为温室里总是同样潮湿温暖的气候，有弥漫在整个环境中的那股淡淡的长满苔藓的土壤的气味，还有映入眼帘的那些直纹。又也许只是因为这项工作本身的那种持续不变的特性：小心翼翼地间苗和换盆，给长大一些的植物移植，照料温床和用带有精致圆花饰的水壶浇水——这可能是所有工作当中我最喜欢的。奥斯特利茨说，当时，在我充当罗姆福德的助理园丁期间，我在晚上和周末开始仔细阅读一本将近八百页、印得密密麻麻的大部头著作。作者是H. G. 阿德勒，一个我之前闻所未闻的人，他于一九四五到一九四七年间，在极其困难的条件下完成了这本书，有时候在布拉格，有时候在伦敦，主题是关于特雷西亚施塔特犹太人隔离区的建立、发展和内部组织，直到它于一九五五年被一家德国出版社出版之前，阿德勒还进行过多次修改。一行行地读着这本读物，我了解到了我在参观那座要塞城市时还无法想象的事情，我当时几乎完全一无所知。奥斯特利茨说，由于我缺乏德语知识，阅读起来慢得要命。是啊，我也许会讲，对我来说，它简直就像要读懂埃及或者是巴比

伦的楔形文字或象形文字一样困难。我不得不按照音节去猜那些在我的词典中尚未提到的多重复合词。这些复合词明显是从那段时间在特雷西亚施塔特控制一切的德国人的专业用语和行政用语中不断产生出来的。当我终

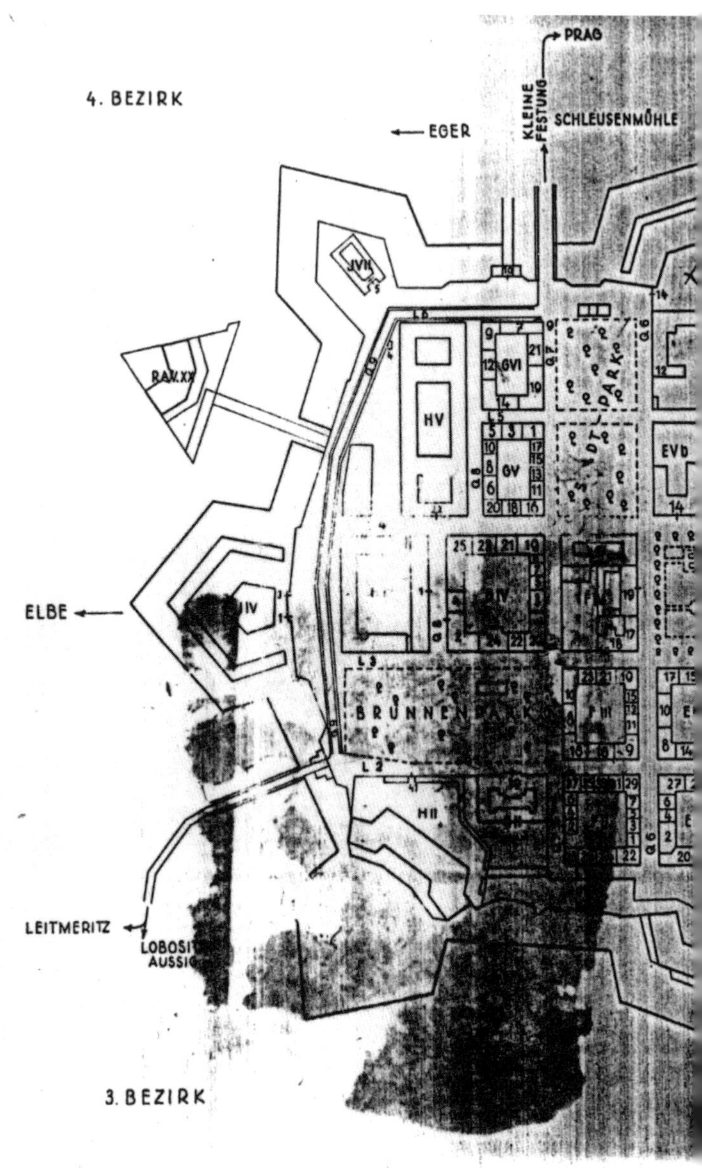
4. BEZIRK
PRAG
EGER
KLEINE FESTUNG
SCHLEUSENMÜHLE
RAV. XX
HV
GVI
GV
PARK
EVD
ELBE
BRUNNENPARK
HII
LEITMERITZ
3. BEZIRK

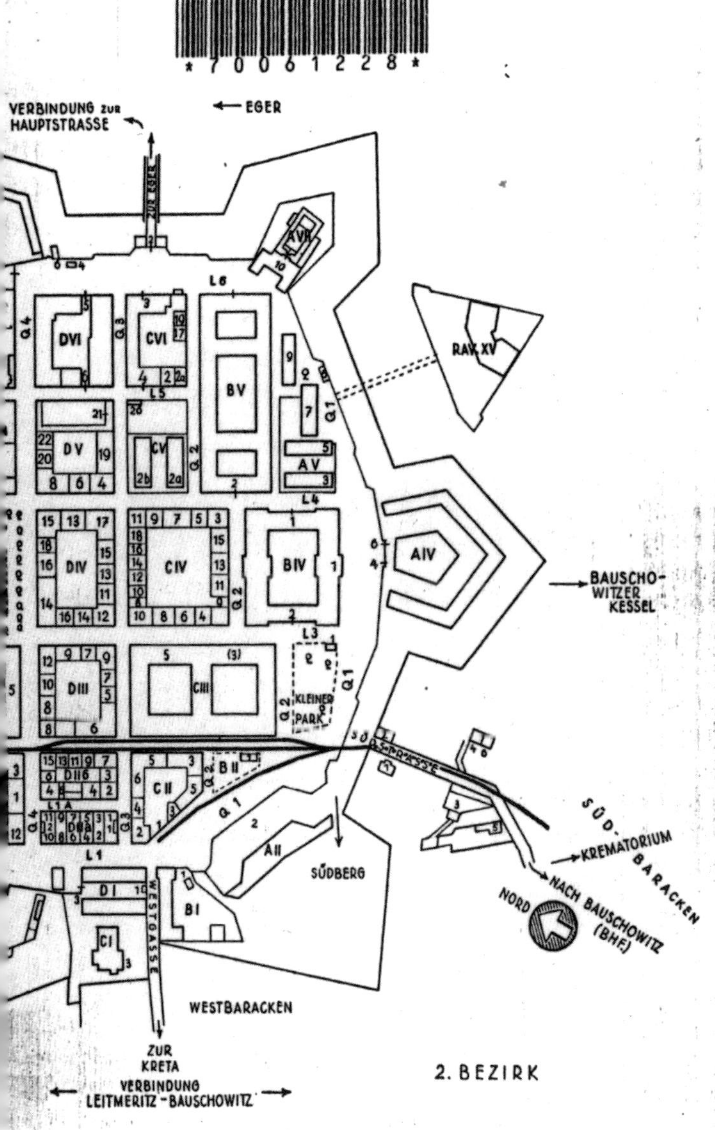

VERBINDUNG ZUR HAUPTSTRASSE
← EGER
ZUR EGER
BV
BIV
AIV
AV
AII
BI
CI
DI
CII
DII
BII
CIII
DIII
DIV
CIV
DV
CV
DVI
CVI
RAV XV
KLEINER PARK
BAUSCHOWITZER KESSEL
SÜDBERG
SÜD-BARACKEN
KREMATORIUM
NACH BAUSCHOWITZ (BHF.)
NORD
WESTGASSE
WESTBARACKEN
ZUR KRETA
VERBINDUNG LEITMERITZ - BAUSCHOWITZ

2. BEZIRK

于搞明白一堆术语和概念的含义时，诸如临时－组成部分－木建营房、附加费用－计算－单据、无价值物品－修理工场、膳食－运输队、厨房－申诉－机构、整洁－系列－调查，还有除去害虫－迁移——令我惊奇的是，奥斯特利茨没有任何犹豫、不带丝毫口音痕迹，就把这些德语复合词用清晰的发音说了出来——当我试图搞明白它们的意思，他继续说道，那我就不得不使出同样的劲，试图把我重建的假定意义编排到当时那些句子和上下文里，而它们的意思从我脑中一再溜掉，这一方面是因为我仅仅为了看懂一页书就总是需要弄到半夜，在这么长的一个过程里，很多东西就被遗忘了；另一方面是因为犹太人隔离区体制是一种对社会生活堪称是未来主义的变形，对我来说其中含有某种非现实的东西，尽管阿德勒对该体制确实描写得十分详尽、十分真实。如今看来，这么多年里我将对自己遥远过往的调查工作封禁起来，尽管并非故意，但确实是我的过错，这似乎不可原谅，而我现在要去探访直到一九八八年夏天去世时一直住在伦敦的阿德勒，同他谈论当时的这个特别领地，已经为时太晚。奥斯特利茨说，有一次我已经讲过，那里曾有六万人挤在一块面积几乎不到一平方公里的土地上。这些人里有实业家和工厂主、律师和医生、犹太教拉比和大学教授、女歌手和作曲家、银行经理、商人、女速记打字员、家庭主妇、农场主、工人和百万富翁。他们来自布拉格和其余的被保护国,来自斯洛伐克、丹麦和荷兰,来自维也纳和慕尼黑、科隆和柏林，来自普法尔茨地区、下弗兰肯地区和威斯特法伦地区。他们每个人只能在两平方米左右的空间中生存。假如他们能以某种方式适应这一切，或者在如人们所说的那样被装进车皮、遣送到东部之前，他们所有人都必须在一家由对外经济部门为赚取利润而建立的手工工场中，去义务从事没有丝毫报酬的劳动。他们被分配去编制绷带的工场，去皮包的装配生产线，去生产男子服饰用品的企业里，去制造木底鞋和牛皮套鞋,去炭窑里,去制作诸如直棋、十字戏和“抓帽子”之类的休闲游戏，去分离云母、剪家兔毛、灌装墨水粉末，去党卫军经营的养蚕站，或者被分配在多家对内经济企业中，在服装店，在地区缝补室，在零售点，在破烂衣服仓库，在书籍收购队，在厨工队，在削马铃薯皮小组，在碾磨骨头的磨坊，或者在床垫部门，在医疗看护辅助机构，在灭除害虫或防治鼠类的服务部门，在兵营，在中央登记办事处，在地址位于被称为“城堡”的联邦自治兵营里的自治中心，或者在货运部门——在墙内靠着各式各样的小车和大约四十八辆旧式灵车，这些灵车是人们从被保护国内如今已荒芜的乡下地区运到特雷西亚施塔特来的。在这里，两个人驾在车杠前，四

Verzeichnis der als Sonderweisungen bezeichneten Arbeiten.

1. Dienststelle
2. Kameradschaftsheim
3. SS-Garage
4. Kleine Festung
5. Deutsche Dienstpost
6. Reserve-Lazarett
7. Berliner Dienststelle
8. Gendarmerie
9. Reichssippenforschung
10. Landwirtschaft
11. Torfabladen
12. Schleusenmühle
13. Eisenbahnbau Ing. Figlovský
14. Eisenbahnbau eig. Rechnung
15. Feuerlöschteiche E I, H IV
16. Straßenbau Leitmeritz
17. Straßenbau f. Rechnung Ing. Figlovský (T 321)
18. Uhrenreparaturenwerkstätte
19. Zentralamt f. d. Regelung der Judenfrage in Prag
20. Bau des Wasserwerks (T 423)
    a) Ing. Figlovský　　b) Artesia, Prag
    c) Ing. C. Pštross, Prag　　d) sonstige Posten
21. Silagenbau Ing. Figlovský
    (Hilfsdienst 　„　)
22. Kanalisationsarbeiten (T 45)
23. Kanalisationsarbeiten für Rechnung Ing. Figlovský
24. Bau der Silagegrube Ing. Figlovský
25. Steinbruch Kamaik
26. Krematoriumbau
27. Hilfsarbeiten und Schießstätte Kamaik-Leitmeritz
28. Kreta-Bauten und deren Erhaltungskosten
29. Chemische Kontrollarbeiten
30. Gruppe Dr. Weidmann [s. 19. Kap.]
31. Bucherfassungsgruppe [s. 19. Kap.]
32. Schutzbrillenerzeugung
33. Uniformkonfektion
34. Rindsledergaloschen
35. Zentralbad (arische Abt.)
36. Glimmerspalten
37. Kaninchenhaarscheren
38. Tintenpulversäckchenfüllen
39. Elektrizitätswerk
40. Kartonagenwerkstätte
41. Lehrspiele
42. Marketenderwarenerzeugung (früher Galanterie)
43. Instandhaltung von Uniformen
44. Jutesäcke-Reparatur
45. Bijouterie
46. Straßenerhaltung und Straßenreinigung
47. Arbeitsgruppe Jungfern-Breschan
48. Projektierte Hydrozentrale
49. NSFK-Flugplatz
50. Schlachthof
51. Schieß-Stand
52. Holzkohleerzeugung

至八个人向前推着这些奇怪地摇晃着的运输工具的轮辐前进，就这样穿过拥挤不堪的小巷。车子上的银黑色油漆很快就剥落，那些破损的上部结构、高高的车厢和安装在可旋转的柱子上的顶篷被用粗劣的方式锯掉了，而底部被用石灰涂料粗糙地写上了字母和号码，几乎已看不出它们之前的功能。奥斯特利茨说，当然，就是现在它们这种功能也经常派得上用场，因为每天必须从特雷西亚施塔特运走的东西当中，大部分是死人。死者中多数是传染病患者，因为高人口密度和糟糕的饮食无法阻止诸如猩红热、肠炎、白喉、黄疸病和肺结核之类传染病的蔓延，也因为那些来自帝国本土、被送进犹太人隔离区的人的平均年龄已超过七十岁。这些人被遣送之前，人们欺骗他们去相信有一个名叫特雷西亚巴德的舒适惬意的波希米亚疗养地，有漂亮的花园、散步的道路、公寓和别墅，然后他们许多人被说服或者被强迫签下了票面价值高达八万帝国马克的所谓“住宅购买合同”。由于他们完全被植入脑中的错误幻想所误导，他们穿上自己最好的衣服，在行李中带着各种各样在营地中完全用不上的物品和纪念品，往往在肉体和心灵都已经惨遭摧残的情况下才到达特雷西亚施塔特。他们已经精神失常、神志错乱，常常连自己的名字都不记得。在十分虚弱的状态中，他们像通常所说的那样，被秘密运送至此地，或者完全无法生存下去，或者还能多活几天，而由于他们的性格发生了极端的精神病理学的变化，通常会出现一种将自我与现实隔离开来的幼稚症，几乎完全丧失语言能力和行为能力，然后他们就立即被塞进设在骑兵营炮台里的精神病病房，一两个星期之内就在极其可怕的条件下死去。尽管在特雷西亚施塔特并不缺少医生和专家，他们会尽其所能地照料自己的难友，尽管有昔日啤酒厂麦芽烘干室的蒸汽消毒锅炉和由司令部在大规模防虱行动中设立的氰化氢毒气室以及其他卫生措施，但死者的数字——奥斯特利茨说，从另一方面来说，这种情况确实也完全符合犹太人隔离区首脑的心愿——仅在一九四二年八月到一九四三年五月之间的十个月中，就远远超过了两万。这样一来，设在昔日骑术学校的细木工场再也没法制作足够的木板棺材，于是有时会有五百多具尸体，层层叠叠地堆在通往博胡索维采的公路口处骑兵营炮台里的中心停尸房。奥斯特利茨说，火葬场那四个石油脑火化炉日夜开工，每四十分钟循环一次，已经达到了它们能力的极限。奥斯特利茨继续往下说道，这个在特雷西亚施塔特的全面性的隔离和强迫劳动体系，最终指向的唯一目标就是扼杀生命，它那由阿德勒重建的计划大纲，以狂热的行政管理热情管控着所有的功能和职责——从利用整个劳动队伍修建从博胡索维采通往

要塞的铁路支线末段，到任命一个人专门维持已关闭的天主教教堂钟表的继续运转——这个体系必须得到持续监管并进行数据统计，特别是统计犹太人隔离区居民总数这一问题，这是一项极其费时间且远超民众需求的工作，如果人们考虑到新运来的人在不断到达，需要进行定期清除，以便让他们带着标记上“R.n.e”——意为“返回不受欢迎”——的文件被继续遣送到其他地方，而这就是党卫军存在的一个目的，他们把数字的准确性视为其最高原则之一，一次人口统计工作就要执行好几遍。奥斯特利茨说，有一次甚至出现过这种情况：一九四三年十一月十日，在博胡索维采盆地，在墙外空旷的原野上，

犹太人隔离区的全体居民——儿童、白发老人和还能行走的病人——于黎明在营地的院子里集合后，全部都走到野地里。然后在那里，人们在全副武装的宪兵的监视下排成方阵，站在写上号码的木牌后面，被迫在这又湿又冷的一整天里，在野地里成团雾霭的笼罩下等候党卫军人员，不允许有哪怕一分钟的时间站到行列之外。当这些党卫军成员终于在三点钟骑着摩托车来了，进行计数工作，之后又重复了两遍，直到他们确信计算出来的最后结果连同墙内剩下的少数人确实同他们所假定的四万零一百四十五人这一数字相符后——那时已是晚餐时间——他们便匆匆离去，完全忘记给犯人下达返回的命令，因此这个成千上万人的庞大人群便在十一月十日那个天色阴沉的日子里一直站在博胡索维采盆地里，站到浑身湿透，愈加痛苦，直到夜幕下垂之后许久。他们犹如现在席卷了整个乡村地区的狂风暴雨之下的芦苇丛，弯着腰，摇晃着，直到他们最终在一种恐惧浪潮的驱使下，像潮水般涌回这个镇子，大多数人自被遣送到这里只出来过这一次。奥斯特利茨说，在新的一年开始之后不久，由于红十字会于一九四四年初夏即将前来巡视——这一事件被帝国权威主管机构看作隐瞒其驱逐政策真相的大好时机，于是所谓的“美化”运动被启动，犹太人隔离区的居民在党卫军的命令下被组织起来，去完成一项宏伟的净化工程：铺设草坪、散步小道和一个安置有骨灰盆存放处的小树林，设置供休息用的长椅和具有德国风格、饰有赏心悦目的雕刻和花饰的路标，栽种上千株蔷薇灌木，建立一个托儿所和一个用绒毛装饰，配备着游戏沙箱、儿童戏水池和旋转木马的育婴所，以及昔日的奥雷尔电影院—— 一直用作犹太人隔离区里那些年纪最大的居民的简陋住所，天花板上还吊着巨大的枝状吊灯，悬在昏暗的空中——在几个星期内被改建成一个音乐厅和剧院大厅。而这时在别处，凭借从党卫军仓库里搬出来的东西，店铺对外开放了，店铺供应食品和家用物品、男式和女式服装、鞋、内衣裤、旅行用品和箱子；现在甚至还有一家疗养院、一座礼拜堂、一个图书出租处、一座体育馆、一个邮件和包裹收发室、一家经理室里配备了一张类似陆军元帅用的办公桌和全套软垫沙发的银行，以及一家咖啡店。在该咖啡店前，人们用摆在室外的一些阳伞和折叠椅，营造出一种邀请行人停下步来去休息一下的氛围。而这样一来，那些改善措施和美化措施也就没完没了，锯来锯去，敲敲打打，刷上涂层，又涂又画，一直搞到巡视的时刻临近。在这场喧闹中，又有七千五百名不太能上得了台面的人被遣送到东部去了，以在某种程度上减少人口数量，而特雷西亚施塔特就变成了一个伪造的理想家园，甚至迷惑了其中的某些居住者或给了他们某些希望。巡视到来的那天，两个来自丹麦和一个来自瑞士的官员按照一个由司令部详细制定的时间表和计划，由人带领着穿过大街小巷。他们走过那天清晨已用皂液刷过的干干净净的人行道，亲眼看见友善、快乐的人们免遭战乱之苦，从屋里凭窗眺望；看见他们所有的人衣着多么雅致；看见为数不多的病人受到多么无微不至的照料；看见用盘子盛着的体面食物，且面包是由戴着白色粗亚麻布手套的人们分发的；看见每个角落都有招贴邀请人们去从事体育活动，去看卡巴莱歌舞表演、剧院演出和音乐会；看见成千上万的居民在下班后成群结队地走出城，来到要塞的战壕和棱堡上，在那里呼吸新鲜空气，差不多就像一艘远洋轮船上的环球旅行者一般。这样一种从各个方面来看都抚慰人心的景象，无论是为了达到宣传目的，还是为了使他们的全部行动合法化，被德国人在红十字会的巡视结束后录制为一部电影。奥斯特利茨说，阿德勒的报道中讲，这部影片在一九四五年三月还被配上了犹太人的民间音乐，而那时出现在影片中的大部分人已经不在人世了。据阿德勒说，战后在英国占领区还找得到一部影片的拷贝，奥斯特利茨说，但阿德勒本人从未看到过这部拷贝，看来它现在应该已经彻底失踪了。有好几个月之久，奥斯特利茨如是说，我在帝国战争博物馆和其他机构的物品办公室里徒劳无益地寻找这部影片的下落，因为虽说我在离开布拉格之前还曾去过特雷西亚施塔特，尽管有阿德勒对当时情况的这么一丝不苟的记录，我也从头到尾仔细地阅读过，我仍然无法想象那个犹太人隔离区和我母亲阿加塔在那里时的情况。我老在想，要是能找到这部影片，我也许就可以看见或猜到它实际上是什么样。我一次又一次地想象自己能够认出阿加塔，毫无疑问，她是一个与我现在相比依然年轻的女人。也许当时她就在那个假冒的咖啡厅外的客人之中，或是作为一家男子服饰用品商店的女售货员，正小心翼翼地从一个抽屉里取出一副漂亮手套，要不就是在歌剧《霍夫曼的故事》[1]中扮演奥林匹亚——按照阿德勒的报道，该剧于美化行动期间曾在特雷西亚施塔特上演。奥斯特利茨说，我也想象在小巷里看见她身穿一套夏装和一件轻便的华达呢大衣：在一群闲逛的犹太人隔离区居民当中，只有她直接朝我走来，她一步一步走近，直到最后我觉得自己能感觉到她从电影中走出来，从我身上穿过。当帝国战争博物馆通过柏林联邦档案馆终于得到一盘我所寻找的特雷西亚施塔特影片的盒带复制品时，诸如此类的幻想使我陷入了一种万分激动的状态。奥斯特利茨说，我还清

1　《霍夫曼的故事》是原籍德国的法国作曲家奥芬巴赫的三幕歌剧。

楚地记得，我在博物馆的一间录像室里，怎样用颤抖的双手将盒带放进录像机那黑洞洞的磁带室入口。然后，尽管无法理解其中的任何内容，我看见里面放映着各种各样的工作过程：在有铁砧和熔炉的铁匠铺里，在陶器和雕刻工场里，在皮包制作间和鞋厂里——一种持续不断、毫无意义的击打、焊接、裁剪、胶合和缝合；我看到有好几秒钟，许多陌生的面孔连续不断地出现在我眼前；我看到这些男工和女工在一天结束时从棚屋里走出来，在布满一动不动的白云的天空下，穿过空旷的原野；我看到在营房内院正进行着一场足球赛，几百个观众挤在拱廊里和二、三层楼的走廊中；我看到那些男人在中央浴场洗浴，外表整洁的先生们从图书馆里借书；我看到一场完整阵容的管弦音乐会；而在外面要塞墙前的壕沟里，被夏光照耀的菜园整洁地铺展开来，几十个人在那里把苗床耙平，给一丛丛菜豆和番茄浇水，以及在植物叶片上寻找甘蓝菜白粉蝶的幼虫。下班后，人们心满意足地坐在他们房前的长椅上，让孩子们多玩一会；这个男人在读一本书，那个女人在同她的邻居交谈，而有些人则干脆只是双臂交叉，躺在窗台上放松，就像过去在暮色降临时人们常做的那样。最开始，这些画面无法进入我的脑海，它们只是以一种持续刺激的方式，在我眼前闪烁罢了。这种刺激还在增强，当我惊恐地发现，这盘写上原件标题“元首赐予犹太人一座城”的柏林盒带只不过是一部东拼西凑、长约十四分钟的作品而已，几乎只是刚开了个头。同我所希望的不同，我没有看到阿加塔，无论我看多少次，且每次都努力在匆匆闪过的面孔中找到她。最后我已经无法更仔细地观看影像中的任何东西了，画面似乎一出现就溶解了似的，奥斯特利茨说，于是我想到用慢动作的方式拷贝这部特雷西亚施塔特的影片。这部拷贝延长到整整一个小时。确实，当这部我自那以后总是一遍遍观看的影片文件被延长到原长的四倍时，之前隐藏起来的物和人都能被看见了。现在看来，好像这些男人和女人在车间干活时都困倦得沉入了梦乡：他们要花那么长的时间在缝纫时把穿上线的针拿到上空；他们的眼睑如此沉重地往下垂；他们移动嘴唇和抬眼看镜头时是如此缓慢。他们走起路来活像在飘荡，仿佛两只脚再也不接触地面。人们的轮廓变得模糊不清，尤其是在外面明亮的阳光下拍摄的那些场景，人们身体的边缘都溶解了似的，在我看来，像是巴黎的路易·德拉热在世纪之交所拍的那些流体照片和电子图像中人手的轮廓。影片中有不少损毁了的地方，之前我几乎没有觉察到，现在画面从中央变得模糊不清，把原来的盖住了，变成布满黑色斑点的亮白色图案。这些图案使我想起拍自北极的航摄照片，或者人们在显微镜下

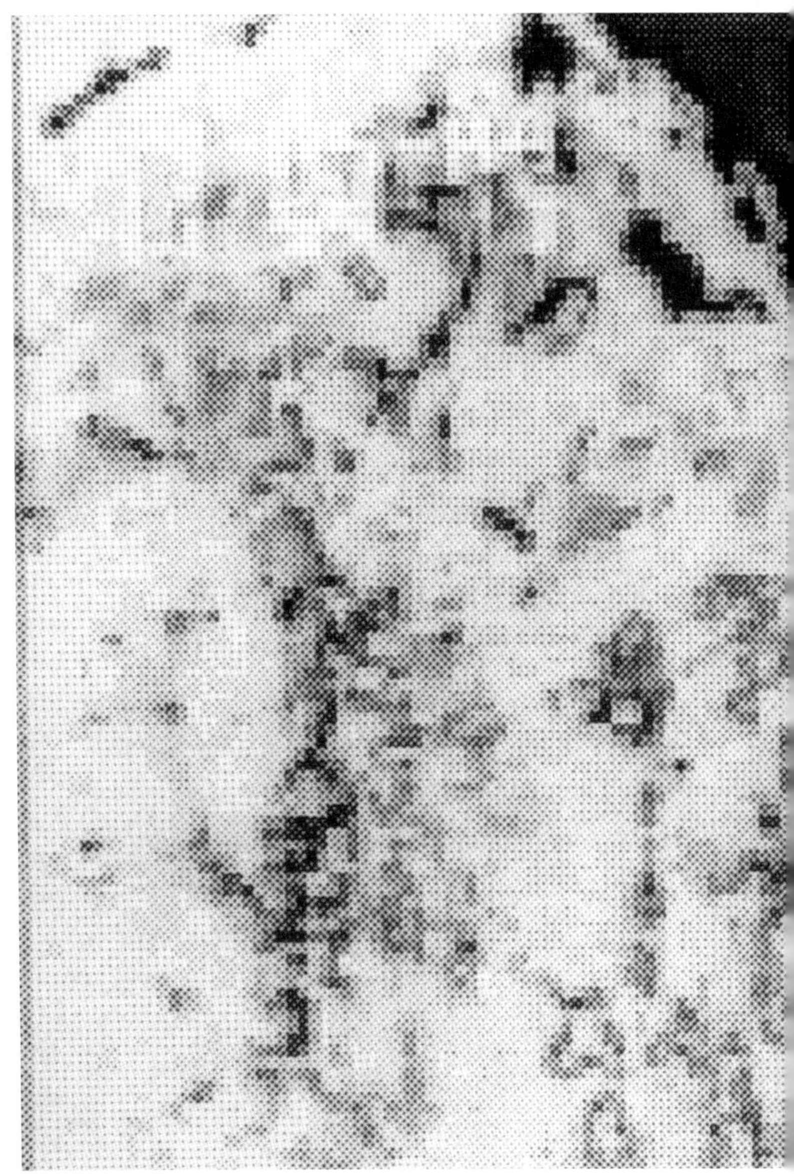

看到的一个水滴。奥斯特利茨说，最可怕的是放慢速度的版本中声音的变化。在刚开始时寥寥无几的连续镜头中，影片展示了一个铁匠铺里为给一头役用牛钉蹄铁而正在加工的烧红的铁，声带是来自柏林电影拷贝的某位奥地利轻歌剧作曲家轻松愉快的波尔卡舞曲，而这变成了一种用简直是滑稽可笑的缓慢速度拖着疲惫的脚步缓缓进行的丧礼进行曲。剩下的那些影片配乐中，我只听得出《巴黎人的生活》中的康康舞曲和门德尔松《仲夏夜之梦》中的谐谑曲，它们仿佛回荡在地下世界里的可怕深渊，那是人类声音无法抵达的地方。完全听不懂口述解说。柏林电影拷贝中的一处，有人用一种拼命从喉头挤压出来的仓促声调谈到工作组和百人队。这些队伍根据需要从事各种工作，必要时还会被培训改行。因此，每一个愿意工作的人都可以顺利地适应工作过程。奥斯特利茨说，我在影带中的这个部分里只听到一阵威胁的咆哮，这样的声音我只听到过一次，那是多年前一个十分炎热的五月假日，在巴黎植物园里。当时，我感到身体不舒服，就在离猛兽馆不远的一个鸟舍旁的一张长椅上坐了一会儿。奥斯特利茨说，在猛兽馆里，从那些我看不见的地方，传来当时我觉得在囚禁中被弄得发疯的狮子和老虎们悲叹般的沉闷吼叫，一个小时又一个小时地毫不间断。然后，奥斯特利茨继续说道，在影片快要结束时，还有一段相对长的连续画面展示了在特雷西亚施塔特谱写的一部音乐作品的首演情况，如果我没记错的话，是帕维尔·哈斯[1]的《弦乐队习作》。镜头首先从后面摄向大厅，大厅窗户洞开，里面坐着大量观众，但不是像在通常的音乐会中那样一排排列坐，而是像在酒馆或餐厅里那样，四个人围着一张桌子。那些椅子很可能是专门在犹太人隔离区家具作坊制作的，类似蒂罗尔风格，在椅背上挖出一个心形。在演出过程中，摄影机挑选听众进行特写，其中有一位老先生，剪短的灰白脑袋占据了这幅画面的右半边，而在左半边，稍微往后靠近上部边缘处，有一位年轻女士的脸。这张脸几乎无法同它四周的黑影区分开来，所以我在开始时甚至根本就没注意到。奥斯特利茨说，她脖子上戴着由三条链子组成、优美下垂的项链，在那深暗色高领衣服前几乎无法显现出来，头发的侧面还戴着一朵白花。我观看时想到，她正像我根据模糊的回忆和自己如今掌握的少许线索想象的女演员阿加塔。奥斯特利茨说，我一遍又一遍地凝视着这张既陌生又熟悉的面孔，一次又一次地倒带，看着荧光屏左上角的时间显示，那些数字遮住了她的一部分

1　帕维尔·哈斯（1899—1944），捷克作曲家。在1941年被送进特雷西亚施塔特集中营后还继续作曲，1944年死于奥斯维辛集中营毒气室。

前额，十分五十三秒到十分五十七秒，每个百分之一秒迅疾地闪过，让人来不及辨认和捕捉。——奥斯特利茨像发生过许多次的那样，在中途又陷入沉思，最后又接着讲述，年初，在我们上次会面之后不久，我第二次去布拉格，继续同薇拉交谈，在一家银行为她办理了一种养老基金。此外，我也尽其所能地努力改善她的生活。外面不是太冷时，我们就让一位我聘来偶尔为薇拉服务的出租车司机把我们带到她提到过的一些地方。她说，这些地方连她自己也好久没再来过了。我们又在彼得林山上的观景塔上俯视这城市，观看那些沿着伏尔塔瓦河两岸缓缓爬过桥梁的汽车和列车。在果树园里，我们在苍白的冬日下散了一会儿步。在霍莱绍维采展览场地的天文馆里，我们很可能坐了大约两个小时，我们重复着那些我们认识的星座的名字，而且交替使用法语和捷克语。有一次,我们坐车出城,到利博奇的野生动物保护区。在这个美丽地带的中央，有一座由蒂罗尔大公爵费迪南德建造的星状避暑行宫。关于这座行宫，薇拉曾经给我讲过，说它是阿加塔和马克西米利安最喜欢的郊游地。我还连续好几天在采莱特纳街的布拉格戏剧档案馆里搜寻一九三八年到一九三九年的档案资料。在那里的书信、人事档案、节目簿和发黄的剪报之间，我发现了一张未标注的女演员的照片。这张照片看来似乎同我对母亲的模糊印象相吻合。薇拉在此之前对我从特雷西亚施塔特

电影中复制出来的那位女听众的脸端详了好久，然后摇着头把它放到一边去。如薇拉所说，她在这张照片上立即就毫无疑问地认出了阿加塔，她当初就是这个样子。——在讲述这段故事期间，奥斯特利茨和我从圣克莱门医院后面的坟场一直走到了利物浦大街。当我们在火车站告别时，奥斯特利茨递给我用他随身携带的一个信封装着的布拉格戏剧档案馆的那张照片——作为纪念吧，他这么说，因为他现在马上要到巴黎去探寻父亲的下落，回到他自己在那里生活过的时代，这一方面是要摆脱他那虚幻的英国生活，另一方面将自己从压抑的情感中解放出来，因为他感觉到自己既不属于这个起初就是陌生的城市，也不属于世界上的任何地方。

※　※　※

那是在同年九月份，我收到一张写上奥斯特利茨的新地址的明信片（第十三区，第五钻石街六号）。据我所知，这就等于一封要我尽快去探望他的邀请函。当我到达巴黎火车北站时，在一场肆虐辽阔国土、已经持续两个多月的干旱之后，那里依旧是盛夏的高温天气。这种高温直到十月份仍不减退，还在清晨，温度计就已爬升到二十五度。将近中午时，这个城市简直就是在由汽油味和铅味组成、笼罩整个法兰西岛的巨型钟罩下呻吟。灰蓝色的空气凝固了，使人透不过气来。市内交通正一寸一寸地在林荫大道上往前挪动。房屋高高的石头正面在颤抖，恰似光芒闪烁的镜像。杜伊勒里宫和卢森堡花园里的那些树叶已经被晒焦。一阵沙漠般的热风掠过没有尽头的地下通道，在地铁列车和地下通道里的人们显得精疲力竭。我和奥斯特利茨按照约定，于到达当日在离冰窖地铁站不远的奥古斯特·布朗基林荫大道旁的哈瓦那酒吧碰面。当我跨进那家甚至在中午都相当昏暗的酒馆时，一台高高装在墙上、至少有两平米大的电视荧光屏上正播放着一团团烟云的画面。这些烟云已经连续好几个星期充斥于印度尼西亚的城市和乡村，不知为何胆敢外出的人们头上都散落着灰色的尘土，戴着面具以保护他们的脸部。我们一起观看了一会儿这发生在世界另一头的灾难场景，奥斯特利茨以他一贯的做法，不用任何开场白，就开始讲述，我第一次逗留巴黎时，是在二十世纪五十年代末，他向我转过头来，这样说道，我住在离米拉波桥只有几步之遥的埃米尔·左拉大街六号那栋房子里，房东是一个已经上了年纪、几乎毫无血色的名叫阿梅莉·塞尔夫的女士。就是现在我有时候还会在我的噩梦中看到那座不像样的混凝土堆。我本来是打算在同一条大街再租一套住房，可是后来我决定在第十三区租个地方。我的父亲马克西米利安·阿伊兴瓦尔德最后的地址就在巴罗街，在他最后销声匿迹之前，他想必有段时间常在这里出没。不管怎样，我在巴罗街那栋如今绝大部分都空着的房子里没有打听到什么线索，甚至在那些居民登记处的询问也一无成效，这既是由于巴黎官员那众所周知的不愿帮忙的态度，而且在今年炎热的夏季比往常还要更胜一筹，也因为我自己感到要去各种各样的机构提出我那必须说是毫无希望的请求变得愈加困难。因此，很快我就只是漫无目的地穿行于从奥古斯特·布朗基林荫大道延伸而出的大街小巷里，从这一侧往上走，直到意大利广场，又在另一侧往下走，直到冰窖地铁站，总是抱着违反一切常理的希望，希望父亲会意外地向我迎面走来，或者会从这道或是那道房门里走出来。我在这里几个小时又几个小时地坐在我的座位上，试图想象父亲穿着他那件这时也许已经磨得有点破的李子色双排扣套装，把身子俯向一张咖啡店小桌，写那些此后从未到达他在布拉格的家属手中的信。我总是一再考虑，他是不是在一九四一年八月巴黎警察第一次实施围捕之后，就被拘禁在这个位于德朗西的尚未全部完工的移民区建筑物中，要不就是在次年七月，当一群法国兵在所谓的大逮捕[1]行动中将一万三千名犹太同胞

1　原文为法语。

从他们住宅中带走时，和上百名被追捕者一样，由于绝望，从窗户里跳出来，或者采用其他方式自杀。有时候我以为自己看见没有窗户的警车飞快穿越因恐惧而凝固的城市，绝尘而去；看见那些一起被羁押的人群在冬赛馆里露天野宿，还有那些用来将他们迅速从德朗西和博比尼送走的火车；看见他们长途跋涉，穿过大德意志帝国的情景；看见父亲总是穿着他那身漂亮西服，头上戴着黑毡帽，在所有这些恐惧万分的人中腰板挺直，沉着冷静。然后我又想到，马克西米利安肯定已经及时离开了巴黎，他乘车往南方去，徒步越过比利牛斯山脉，在逃亡途中的某个地方失踪了。奥斯特利茨说，或者就像我已经说过的那样，我感到父亲好像仍然待在巴黎，只不过在等待一个能够露面的有利时机罢了。在那些与其说是属于现在，还不如说更多地是属于过去的地方，这样一些念头总是确凿无疑地在我脑中出现。譬如说，每当我从城市中走过，望向那些几十年来没有丝毫变化的宁静的庭院时，我几乎能在身体上感到，时间在被遗忘的事物的万有引力场中放慢了速度。然后我感觉到，仿佛我们生命的所有瞬间都聚集在一个绝无仅有的空间里，未来的事件业已存在，只是在等着我们最终找到它们，犹如我们接受了一个应当在特定时刻到达某个特定的房子的邀约一般。而也可能，奥斯特利茨接着往下说，我们在过去，

SUZE

在已逝去和大部分已经灰飞烟灭的事物中也有约定，我们必须在那里，在类似时间的另一头，去搜寻与我们有关联的一些人和地？比方说最近，在一个特别阴郁的早晨，我去了蒙帕纳斯公墓，这是十七世纪仁慈的天主教修士们在隶属于博讷主宫医院的一块地上修建的，如今被高高的办公楼环绕。我在墓碑之间漫步，其中有一个稍微隔离开来的区域，用来纪念韦尔夫林、沃姆泽、迈尔贝尔、金斯贝格、弗兰克和许许多多其他犹太家庭的成员。这时我感到，尽管这么长时间我对自己的身世一无所知，但我好像曾在他们之中逗留过，或者说仿佛他们还在陪伴我。我读着他们所有那些悦耳动听的德国名字，将其铭记在心——我想到我在埃米尔·左拉大街的那位女房东，还有一位名叫伊波利特·塞尔夫的人，此君于一八〇七年出生在新布里萨克，过去很可能名叫伊波利特·希尔施。按照墓志铭的说法，他在同 个出生于法兰克福的女子安托瓦妮特·富尔达结婚多年后，于一八九〇年三月八日——按照犹太历法是五六五〇年亚达月十六日——在巴黎去世。在这些祖辈从德国移居至法国首都的子女中，有阿道夫和阿方斯，以及让娜和波利娜，兰茨贝格先生和奥克斯先生作为上门女婿被纳入了这个家庭，在接下来的一代里，胡戈和卢齐厄·聚斯费尔德（婚前姓奥克斯）出生了。狭窄的陵墓里还有一

块纪念碑，被枯萎的天门冬主杆遮住了一半。纪念碑上写着：这两对夫妇于一九四四年被驱逐出境时罹难。奥斯特利茨说，我一边越过稀稀落落的天门冬细枝，试图辨认“在放逐时死亡”[1]这几个字，一边设想，当我于一九五八年十一月带着为数不多的几件行李搬进埃米尔·左拉大街的阿梅莉·塞尔夫家时，到现在可能还不到十二年，而从这家人罹难时到现在却过去了半个世纪的时光。我在考虑，这样的十二三年意味着什么？它们难道不只是一个处于无可改变的痛苦中的时刻吗？在我记忆中这个几乎就没有作为血肉之躯存在过的阿梅莉·塞尔夫，也许就是她那个家族最后的幸存者？后来就没有人为她在这个家族墓地中写上一句碑文吗？她究竟是来到这个墓地躺下了呢，还是像胡戈和卢齐厄那样灰飞烟灭了？就我本人而言——奥斯特利茨停了好一会儿之后，又这样继续他的讲述——在我第一次逗留巴黎期间，甚至在我之后的一生中也是如此，我一直都努力不让任何事情干扰我的研究工作。这个星期，我每天都会去位于黎塞留街的国家图书馆。在那里，我通常在自己的座位上一直待到傍晚，在寂静中，与为数众多的其他脑力劳动者一道，沉浸于我阅读的那些著作里印得很

1　原文为法语。

小的脚注中，沉浸于这些注释中所提及的那些书籍里，沉浸于那些书籍自己的注释中，就此从真实的、学究式的记述逃离到最离奇的细节里，陷入一种以我自己的注释的形式所表达出的持续回归之中，这种形式不久后变得十分混乱，这些评注愈加深入到最为多样且难以索解的岔路中。多数时候，我旁边坐着一位头发经过仔细修剪、戴着袖套的已经上了年纪的先生。这位先生几十年来都在编纂着一部有关教会历史的百科全书，这项工程他现在正进行到字母“K”部，因此，他无法完成全书了。他用一种细小的、简直就是刻出来的字迹填写着他的索引卡片，一张又一张，没有丝毫犹豫，也从不做任何更正，然后将它们井然有序地陈列在自己面前。奥斯特利茨说，后来，有一次我在一部关于国家图书馆内部机制的黑白短片中，看到消息通过气动邮政装置沿着那或许可以说是图书馆的神经系统的东西，从阅览室迅疾地传到书库；这让我想到那些学者们，连同图书馆里的所有设备一道，构成了一种极其复杂、持续进化着的有机体，它需要数不尽的词汇来作为养料，从而反过来创造出更多自己的词汇。我想，这部我只看过一次，可是在我想象中却变得愈加荒诞和奇妙的电影名叫《全世界的回忆》，由阿伦·雷乃制作。当时我老是在想一个问题：在那个充满轻微的嗡嗡声、唰唰声和咳嗽声的图书馆阅览室里时，我到底是身处极乐岛上，还是与此相反，待在一个罪犯流放地呢。这个问题于那个尤其记忆犹新的一天里一直在我脑海里转来转去。我在位于二楼手稿和文献收藏室里的临时座位上待了将近一个钟头，望见对面那组建筑物一排排高高的窗户。在这些窗户里映现出屋顶上昏暗的石板瓦，狭长的砖红色烟囱，明亮的冰蓝色的天空，雪白的金属风向标——上面切割出一只燕子，同天空本身一般湛蓝，向上飞翔着。旧窗玻璃中的影像有些变形或略呈波浪状。奥斯特利茨说，我还记得，一看见这种景象，我出于某种连自己都说不清道不明的原因，就会泪水盈眶。也是在那一天，奥斯特利茨补充道，和我一样也在文献收藏室里工作的玛丽·德·韦纳伊，应该是注意到了我奇怪的忧郁情绪，递过来一张小纸条，邀请我和她一起去喝杯咖啡。在当时的情况下，我对她那异乎寻常的举动没有多想，只是用默然不语的点头暗示我同意。奥斯特利茨说，然后我几乎就是乖乖地同她一道穿过楼梯间，经过内庭，走出图书馆，经过几条吹拂着怡人轻风的大街，在这个如此清新欢乐的早晨，一直往那边的皇宫走去。然后，我们在那里的拱廊下，紧靠一个橱窗陈列柜坐了很久。奥斯特利茨说，我记得，在那个橱窗里陈列着成百上千个排成行军队形和战斗阵形、身穿彩色军装的拿破仑军队锡制玩具兵。在我们这初次的见面中，以及后来，玛丽很少对我讲起有关她自己的事情和她的背景，很可能是因为她出身于一个十分高贵的家庭，而我，正像她可能料到的那样，几乎可以说不属于任何地方。在交谈过程中，玛丽交替点了胡椒薄荷茶和香草冰激凌。在我们发现了共同的兴趣之后，拱廊咖啡店里的这次谈话就转变了方向，主要围绕建筑史的话题了。奥斯特利茨说，其中，我还历历在目的是，谈话涉及夏朗德省的一家造纸厂。不久前，玛丽同她的一个堂兄弟参观过这家造纸厂。奥斯特利茨讲，她说该造纸厂是她去过的最奇怪的地方之一。玛丽说，那座巨大的建筑物，装上了橡木梁，有时候在它自身的重负下叹着气，掩映于树林和灌木丛中，位于一条深绿色河流的转弯处。造纸厂里的两兄弟都熟练掌握他们各自的操作技巧。在他们当中，其中一人有一只斜眼，另一人一个肩膀高，一个肩膀低。这两兄弟在里面负责将由纸和零碎布片组成的纸浆团变成干净的空白纸张。然后，这些纸张被放在楼上一个大打谷场的支架上晾干。玛丽说，当人们待在那里，在寂静薄暮的环绕中，透过百叶窗的缝隙，看见外面白天的光线，听见翻过堤坝的潺潺流水声和磨坊的水轮慢条斯理的转动声，他们只希望永远和平。奥斯特利茨说，从那时起，玛丽对我而言所意味的一切都已经在这个造纸厂的故事中确定下来了。她无须谈及自己，就对我揭示了自己的内心生活。在接踵而来的几个星期和几个月里，奥斯特利茨这样继续往下讲道，我们经常一道在卢森堡花园、杜伊勒里宫和巴黎植物园里散步，沿着修剪过的悬铃木之间的空地上上下下，在自然历史博物馆的西部正面左右来回，我们走进棕榈屋，然后又从棕榈屋出来，经过阿尔卑斯花园里曲里拐弯的小路，要不就是穿过那个荒凉的动物园地区。在这个动物园里，曾经展出过从非洲殖民地运来的巨兽：大象、长颈鹿、犀牛、单峰骆驼和鳄鱼，大多数兽苑用可怜的自然的残存物——树墩、假山和小水池——布置起来，如今都空空如也，破败荒凉。在散步途中，我们多次听见一个依旧被成年人带进动物园的孩子恼怒地大声嚷嚷着：但是它到底在哪儿？它干吗要藏起来？为什么它不动？它是死了吗？[1]我记得，在一个没有青草、布满灰尘的围栅里，有一个黇鹿家族既相亲相爱又胆战心惊地偎依着，待在一个干草架下，玛丽专门请我将这群漂亮的动物拍下来，而且她说了一些让我永远难忘的话。奥斯特利茨说，她说，这些被关在里面的动物和我们——它们的人类观众，透过一个不可理解的缺口[2]，互相注视着。

1　原文为法语。

2　原文为法语。

奥斯特利茨换了个话题，接着说，每隔两三个周末，玛丽都与她的父母或者大家族一起度过，他们在贡比涅周围的森林地区或皮卡第北部拥有好几座庄园。而每当她不在巴黎时，我总感到心神不安，于是我就定期动身去这个城市的边缘地区转转，坐地铁出城，前往蒙特勒伊、马拉科夫、夏朗德、博比尼、巴尼奥莱、圣热尔曼牧场、圣但尼、圣芒德和其他地方，漫步穿过星期日里行人稀少的大街小巷，拍了几百张被我称作郊区风景[1]的照片。之后我才意识到，这些显得空空荡荡的照片正反映出我那孤苦伶仃的心境。在九月份的一个特别令人窒息的星期天，灰色的暴风雨从西南方翻滚而来，掠过天空。我

1 原文为法语。

L754115	Reçu de M.	ECOLE VETERINAIRE D'... REGIE DU MUSEE	20	ECOLE VETERINAIRE D'... REGI...	
DATE	NOM de la partie versante	DÉSIGNATION DES PRODUITS	VERSEMENT en numéraire	CHÈQUES bancaires	CHÈQUE postaux

又在进行这样的一次郊区旅行，出城去了迈松阿尔福，在那里发现了一座兽医学博物馆。它就在建于两百年前的兽医学校外的宽广空地上。到那时为止，对于它的存在，我还一无所知。一个年老的摩洛哥人坐在博物馆的入口处，此人身披带帽斗篷，头戴一顶非斯帽。奥斯特利茨说，我还在自己的皮夹子里保存着他以二十法郎卖给我的那张入场券。他先把入场券取出来，然后在我们坐着的餐馆小桌上递给我，仿佛这件事非同小可。在博物馆内部，奥斯特利茨继续讲述，无论是在比例得当的楼梯间里，还是在二楼那三个展览室里，我没有遇到任何人，因此，在寂静中——它被我脚下的镶木地板发出的嘎吱声放大——那些几乎堆到了天花板、集合于玻璃橱柜中的标本在我看来就显得更加阴森恐怖。这些标本清一色出自十八世纪末或者十九世纪初，其中有各式各样的反刍动物和啮齿动物的牙齿石膏模型，还有人们在马戏团骆驼身上发现的、尺寸和形状完美得如保龄球瓶一般的肾结石；有一只生下来只有几个钟头的仔猪的横截面，其器官经过化学处理而变得透明，如今这只仔猪如同从来就不会见到自然光线的一条深海鱼在环绕其四

周的液体中浮动；有一个淡蓝色的马胎儿，在它薄薄的皮肤下面，为了突出对比效果而注入的水银在血管网状结构中渗漏出来，形成冰花状图案；有各种动物的头颅和骨骼，泡在甲醛中的整个内脏系统，病态变形的器官，萎缩的心脏和肿胀的肝脏，树状的支气管结构——其中一些高达三英尺，其石化的铁锈色枝杈如同珊瑚一般；在畸形学亚门中，有各种你能想象得到的和超越想象之外的畸形种类，有长了两张脸和两个头的牛犊，有额骨巨大的独眼畸形人，有一个于皇帝[1]被流放到圣赫勒拿岛的当日出生在迈松阿尔福的人类婴儿，它的腿连生在一起，状似美人鱼，有一只长了十条腿的绵羊，还有一个实在可怕的生物，差不多只由一些皮肤碎片、蜷曲的翅膀和半个爪子组成。然而最最恐怖的却是博物馆最后一个展室后头一个玻璃柜里的、真人大小的一个骑兵。那位大革命之后处于其荣誉顶峰的解剖学家和标本制作者奥诺雷·弗拉戈纳尔，极其巧妙地把这位骑兵的皮剥下来，因此，在那凝固的血液的颜色中，骑士和他那带着惊慌失措的表情向前冲去的马绷紧的每一绺肌肉，连同蓝色血管系统以及赭黄色肌腱和韧带都十分清晰地显露了出来。奥斯特利茨讲，据说，弗拉戈纳尔，这个出身

1　此处的皇帝指拿破仑。

于普罗旺斯香水商名家的人，在其从业期间曾将三千多具尸体和身体部位制成标本，所以他这个不相信灵魂不朽的不可知论者，想必是日日夜夜地致力于死亡之事，在腐烂甜味的包围中，显然是被一种欲望所驱使：用玻璃化的处理方法，也就是通过将在极短期限内可能腐蚀的物体转变成一种用玻璃制作的奇迹，来至少确保衰弱的躯体在永生中占有的份额。在参观过兽医学博物馆之后的那几个星期里——奥斯特利茨继续说着，目光凝视着外面的林荫大道——我无法回忆起自己刚讲过的任何东西，因为在从迈松阿尔福往回走的途中，我在地铁上第一次遭遇了自那之后发生过多次的昏厥，伴有暂时性的彻底失忆，我记得，奥斯特利茨补充道，这在精神病学教科书中被描述为癔症性癫痫。直到我冲洗着九月份在迈松阿尔福的那个星期天所拍摄的照片时，借助它们的帮助和玛丽耐心提问的引导，我才得以重建我那些已被掩埋的经历。我又想起来了，当我离开博物馆时，午后的炎热滞留在兽医学校的庭院中，呈现白色；我在沿着围墙往前走时，感到自己来到了一个陡峭难走的地区，我觉得需要坐下来，可后来却又继续朝着明亮的阳光走去，直到我到达地铁站。在地铁隧道里笼罩着的昏暗中等着下一班列车开进时，我感到自己好像要没完没了地等下去。奥斯特利茨说，我所坐的那节往巴士底狱驶去

的车厢只有稀稀落落的几个人。我记得后来有一个拉手风琴的吉卜赛人和一个来自印度支那半岛的女人，她皮肤黝黑，脸瘦得吓人，两眼深深陷入眼窝。至于其他那些寥寥无几的乘客，我只记得他们所有人都在一旁望着窗外的黑暗。在黑暗中，除了他们所坐的车厢里昏暗的倒影，什么也看不见。渐渐地，我还想起，在旅途上我突然感到不舒服，一种幻肢痛[1]在我胸中蔓延，我在想，自己就要因为不知从谁那里遗传给我的这颗衰弱的心脏而死去。直到我被送到硝石库医院，发现自己正躺在一个男性病房里，我的意识才恢复过来。病房通常能容纳四十多个病人，位于一个硕大无朋的综合建筑中。在这个建筑物里，医院和监狱之间的界限一直都很模糊，而它在几个世纪中，似乎以自己的意志不断发展、扩张，如今已在位于巴黎植物园和奥斯特利茨火车站之间的地方形成了一个独特的世界。我在那里有好几天都还处于半昏迷状态，看见自己在一个由一些几英里长的过道、拱门、长廊和人造山洞组成的迷宫里四处找路。在那些山洞里，各种各样的地铁站站名——坎波福米奥、克里米亚、爱丽舍宫、耶拿、荣军院、奥伯坎普夫、辛普朗、索尔费里诺、斯大林格勒——以及变了色和带有污斑的

1　幻肢痛是感到已被截去的肢体还在疼痛的幻觉。

天空好像在向我暗示，这儿就是那些在战场上阵亡或惨遭非命之人的流放地。我看见这些未获拯救的魂魄组成的行军队伍在远处挤上通往彼岸之桥，或者是朝着我的方向往隧道走去，目光呆滞冷漠、毫无生气。有时候，他们从某个稍远的地下墓穴中露面，身着业已穿破、布满灰尘的羽毛，默默无言，面面相觑地蹲在石地上，用双手做着一些刨地动作。当我终于开始好转的时候，奥斯特利茨说，我还记得有一次，我在意识仍然不太清醒的状况中，看见自己站在一幅贴在隧道壁上、用轻快的笔触画就的广告招贴画前。招贴上描摹的是一个在沙莫尼进行冬日休假的幸福家庭。我感到心中充满痛苦，某种东西正试图从遗忘中浮出水面。广告背景是高高耸立、白雪皑皑的山峰。在山峰上面是一片妙不可言的蔚蓝天空。蓝天最上面的边缘后面，露出巴黎市政当局于一九四三年七月贴出的一则业已发黄的布告。奥斯特利茨说，在硝石库医院那时，我既无法想起自己是谁，也无法想起我的来历，或是任何其他事情。后来人们告诉我，我总是用各种不同的语言讲着毫无关联的胡话。要不是一个头发火红、眼神闪烁，名叫康坦·基尼亚尔的男护士，他在我的笔记本中那几乎无法辨认的首字母缩写“M. de V.”下发现了“孚日广场七号”这个地址，谁知道我会变成什么样呢。这个地址是玛丽在我们第一次于皇宫拱廊咖啡店里闲聊之后写下的，写在我那些笔记之间的一个空白处。当他们把她接过来之后，她在我床边坐了几个小时，然后是好几天，心平气和地同我这个一开始甚至连她是谁都不知道的人谈话。奥斯特利茨说，尽管我感到心中对她有种深深的渴望，尤其是当我陷入沉重地压迫着我的疲劳之中时，我试图用最后一点朦胧的意识将我的手从被子下面伸出来，对她做出一个既是告别，又是希望她再来的手势。在玛丽定期来硝石库医院探望我时，有一次她从祖父的图书馆里给我带来一本于一七五五年在第戎出版的小药典，名叫《治愈各种内科病和外科病、沉疴痼疾和疑难病症》。正如书的扉页上所说的那样，这本书印刷精美，堪称典范。其中一个名叫让·雷斯萨伊雷的印刷工在处方汇编前的一封请愿书中，提醒上层社会那些心地善良、乐善好施的女士们，她们被掌握我们命运的上帝选中，作为执行其慈悲之心的代理人，如果她们将自己的心灵转向那些被抛弃和被痛苦折磨的人们，她们就能给自己和家人带来恩典、富足、幸福等这些神圣的回报。奥斯特利茨说，我逐句读着这篇令人愉快的前言，读了好几遍，又研究着里面配制芳香油、药粉、香精的配方，以及为使患者的神经镇静下来、使黑色胆汁中的血液得到净化和驱走忧郁情绪的注射药物配方。在这些配方中提到诸如浅色和深色的蔷薇花瓣、香堇菜、桃花、藏红花、滇荆芥和小米草之类的配料。确实，通过这本我今天仍能整段背诵的小书，奥斯特利茨说，我失去的自我意识和记忆重又回来了，我也逐渐克服了在参观兽医学博物馆后遭遇的瘫痪性身体虚弱，因此我很快就能在玛丽的搀扶下，走上硝石库医院那条灰尘弥漫、光线昏暗的走廊。奥斯特利茨接着说，这个堡垒般的医院占地三十公顷，连同它的四千名患者，代表着人类在任何时代都可能遭遇的几乎所有的病痛。在我离开这个堡垒般的医院之后，我们又开始在城中漫步。我记得一些来自这些短途步行中的画面：一个小女孩，有着满头蓬乱的头发和一双如冰水般发绿的眼睛。这个女孩在卢森堡花园的一个铺设有石灰砾石的广场上跳绳时，被过长的雨衣绊倒，碰伤了右膝。这个场景让玛丽感到似曾相识[1]，她说，因为二十多年前，她也在同一地点遭遇了同样的不幸，这对当时的她来说似乎是丢尽了脸面，而且第一次唤起了她心中关于死亡的预感。那之后不久，在一个雾蒙蒙的星期六下午，我们走过一个差不多已被废弃的地区。这个地区在奥斯特利茨火车站的铁轨和塞纳河左岸的奥斯特利茨码头之间。在这个地区，有转运中心、仓库、货物库房、海关大厅以及一些车库

1 原文为法语。

和汽车修理店。在离车站地区不远处的一个空地里，巴斯蒂亚尼巡回演出马戏团搭起了它那缝补过多次、被橘红色白炽灯泡环绕装饰起来的小帐篷。我们不约而同地走进帐篷，这时演出正接近尾声。有几十个妇女和儿童坐在马戏演出场四周低矮的小椅子上。奥斯特利茨说，其实这根本就不是一个马戏演出场，而只不过是一个被第一排观众围起来、撒上几铲锯末的圆形广场罢了，它那么狭小，甚至连一匹小马在里面小跑上一圈都不可能。我们正好赶上的最后这个节目由一个身披一件深蓝色披风的魔术师演出。该魔术师从他的大礼帽中取出一只羽毛颜色极其漂亮、比一只喜鹊或者乌鸦大不了多少的矮脚公鸡来。这只五彩缤纷的家禽显然非常听话地越过一种它必须跳过的由各式各样的台阶、小楼梯和其他障碍物组成的微型障碍物跑道。魔术师用写上字的纸板卡片给它看一些数字，然后，它用喙发出相应的敲击声，给出诸如二乘三或者四减一这些算术测验的正确结果。按照魔术师低声耳语的一个指令，它就躺到地上睡觉，很奇怪地往旁边一躺，而且还伸开翅膀，最后又在大礼帽里面消失不见。在那位魔术师下场后，灯光慢慢熄灭。而当我们的眼睛习惯了黑暗之后，我们看见头上的帐篷天盖上有为数众多用荧光油漆画在平纹亚麻布上的星星，仿佛人们正置身于外面空旷的原野上。奥斯特利茨说，我还记得，当我们还怀着某种激动的心情抬头仰望，望着这个下部边缘几乎用手就可以摸到的人造天空时，全团演员鱼贯而入，有魔术师和他那十分漂亮的妻子，以及三个同样漂亮、有着黑色鬈发的孩子。最后一个孩子提着一个灯笼，由一只雪白的鹅陪伴。马戏团的每个成员都带着一样乐器。奥斯特利茨说，如果我没有记错的话，他们演奏的是一支横笛、一把已经碰得有点凹的大号、一面鼓、一架班多钮琴和一把小提琴。他们所有人的衣着全都是东方打扮，穿着皮子镶边的大衣，男人头上裹着一块浅绿色缠头巾。他们互相给了一个暗示，就开始以一种克制而又具有穿透力的方式演奏起来。尽管或许我一辈子差不多就没有被任何种类的音乐打动过，但是这乐声从第一拍起就使我深受感动。奥斯特利茨说，那五个杂耍艺人于那个星期六下午在奥斯特利茨火车站后面的马戏团帐篷里，为他们那寥寥无几、天知道从何处来的观众演奏的是什么，也许我说不出来，可是我却感到，他说，好像那是从一个遥远的地方，我想是从东方，从高加索或者土耳其飘来的。我也不知道，那些乐师共同奏出来的乐音使我回想起什么，他们当中，我敢肯定，是没有人识得乐谱的。有时候我感到，我好像从他们的演奏中听出了一首早已被遗忘的威尔士圣歌，然后又听出一首轻柔但令人眩晕的、带着旋转动感的华尔兹舞曲，一首兰德勒舞曲，或者是一首丧礼进行曲的缓慢曲调——走在最后的仪仗队每次抬起脚迈出下一步时，一只脚都要在地面上短暂悬停。奥斯特利茨说，当我侧耳倾听由马戏团演员用他们那有点走调的乐器，演奏几乎可以说是凭空召唤出来的地地道道的外国夜曲时，我仍旧不知道自己身上发生了什么，我也说不出我的心脏到底是在痛苦地收缩呢，还是头一次由于幸福而得以舒张。为什么某些音色、微妙的音调和切分音能够如此攫住我的思绪，奥斯特利茨说，这是一个像我这样从根本上讲对音乐一窍不通的人绝不会懂得的，可是如今，在回首往事时，我却觉得，当时那个使我感动的秘密就凝聚在那只雪白的鹅的形象之中。在他们演奏期间，它就一动不动、坚定不移地站在那些合奏的马戏团演员之间。它稍微往前伸长脖子，眼皮略略下垂，在这个被画出来的帐篷天幕跨越的空间里谛听音乐，直到最后一个音符消逝，仿佛它了知自己的未来和当前这些同伴们的命运。——当我们之后又在哈瓦那啤酒馆见面时，奥斯特利茨继续讲述他的故事，就我所知，以法国总统命名的新国家图书馆就耸立在过去这些年里日渐荒废的塞纳河左岸区域，那里就是他当时同玛丽·德·韦纳伊一起观看那场令他永志难忘的马戏团演出的地方。奥斯特利茨说，人们已经关闭了黎塞留街的那个老图书馆，我不久前还亲自去看

了；那个光线柔和舒适、带有绿瓷器灯罩的圆顶大厅已经无人问津，书籍已经从围成圆形的书架上被搬走了，而曾经的读者都已化为冰凉的空气。这些读者当初就坐在那些用珐琅小牌编号的桌子旁，与他们的邻座关系密切，与那些走在他们前面的人默默无言地和睦相处。奥斯特利茨说，我不相信在那些老读者当中，会有很多人坐车到位于弗朗索瓦·莫里亚克码头的新图书馆去。要到达图书馆站，你得乘着一列由鬼怪般的声音指挥、无人驾驶的地铁，穿过一片满目荒凉的无人区；要不然，你就必须在瓦尔胡贝特广场换乘一辆公共汽车，或者沿着总是大风呼啸的河岸走向那座建筑，其纪念碑般的规

模显然是从渴望永垂不朽的总统那里得到的启发。奥斯特利茨说，我在第一次参观时就立刻意识到，图书馆的整个外观和内部结构的设计都背离人性，并且从一开始就毫不妥协地同任何一个真正读者的需求背道而驰。凡是从瓦尔胡贝特广场出发到达那个新国家图书馆的人，都会发现自己在一组台阶脚下，它由无数表面带有凹槽的硬木板嵌装起来，呈直角围绕在长三百米、宽一百五十米的整个建筑群的两侧，正对街道，形如金字塔的基座。如果人们沿着那至少是四十八个既窄又陡的台阶往上攀登——这甚至对一些年轻的参观者来说都并非毫无危险之事——然后他就会站在一个压倒性地覆盖

整个视线的平坦空地上。这片空地在插入云霄、高达二十二层的图书馆的四个角楼之间延伸开来，面积约等于九个足球场，用与台阶同样的凹槽硬木板组合而成。奥斯特利茨说，尤其在刮风的日子里——这并不少见——风把雨水吹上这个毫无遮掩的开阔平台，让人们以为因为某个意外自己登上了贝伦加里亚号轮船或是另外某艘远洋巨轮的甲板上。这时，哪怕你突然听到雾笛的呜呜声，看到巴黎市的边界在塔楼水位前浮沉，与穿越巨浪波峰的蒸汽船保持一致，或者看到一个莽撞登上甲板的小小的人影被一阵狂风扫至舷栏杆外，远远卷到大西洋的沙漠里，你也可能觉得毫不奇怪。那四座玻璃塔楼以一种使人联想到科幻小说的风格，被命名为“法律之塔、时光之塔、数字之塔、字母之塔”[1]，当人们从它的正面往上看，猜测着那不透光玻璃窗后巨大的空间，确实会留下一种极具巴比伦风格的印象。奥斯特利茨说，当我第一次站在新国家图书馆的散步甲板上时，我花了好一会儿才发现那个将来访者用一条传送带送到看起来是地下楼层而实际上是第一层的地方。在人们费了九牛二虎之力才爬上高地之后，这趟向下的旅程让我感到格外荒唐。显然，这是为了给读者传递一种不安全感和羞辱感而特

1　原文为法语。

意设计的——奥斯特利茨说，除此之外我想不出别的解释。尤其是我第一次来访的那天，这条路在一个临时启用、前面有一道链子的滑动门前结束，你必须在这里接受半正式着装的安全人员的检查。随后你会跨进这一层楼里的大厅，大厅的地上铺着一块锈红色地毯。在地毯上，彼此相距很远地放着几个低矮的坐具，有几条没有靠背的软垫长凳和折叠凳般的小椅子。来图书馆的读者只能这样蹲坐在这些坐具上，致使膝盖差不多同头平齐。奥斯特利茨说，因此一看见他们，我的第一个想法就是，这些独自或是成群结队地蹲在地上的人们在落日余辉中穿越撒哈拉沙漠或是西奈半岛，途中扎营此处。当然了，奥斯特利茨接着说，你不能从这片红色西奈大厅没有麻烦地直接进入图书馆的内部堡垒。更确切地说，你必须首先在一个安置了六名女士的问讯处提出自己的请求，然后，如果这个请求超出最易处理的情况——哪怕只是一点点，你就会拿到一个号码，就像在一个税务局里一样，等上半个钟头或更久，直到另一个图书馆女职员将你请进一个单独的房间，仿佛这涉及一笔极其可疑、无论如何只能在不公开的情况下才能进行的交易，然后，你必须在那里再次表达自己前来的目的并得到相应的指示。奥斯特利茨说，尽管有这样的一些检查措施，我最后还是成功地得到了许可，进入了新开放的“花园高处[1]”公共阅览室里。在随后的这段时间里，我有好几个钟头、好几天坐在这个座位上，正如我现在的习惯，心不在焉地往外看，看那个内庭，看这个罕见的、几乎可以说是从散步甲板表面凿出来的、陷下二三层楼深的自然保护区。人们在这个保护区里栽种了大约一百棵长势良好的伞状意大利五针松。奥斯特利茨说，我不知道这些来自岸边森林的意大利五针松是用何种方式被移栽到这里，来到它们的流亡地的。如果有人从甲板上俯视这些树木的灰绿色树冠——有些树可能还在想着它们在诺曼底的故乡呢——那他的目光就仿佛是在越过一片起伏不平的荒野，而人们从阅览室里往外看到的却只不过是有红花斑的树干罢了。尽管它们被倾斜着往上的钢索固定在一处，它们在有暴风雨的那些日子里仍然会轻轻地东摇西晃，有点像水族馆里的水生植物。奥斯特利茨说，有时候我在阅览室中常常沉浸于白日梦里，感觉到自己好像看见马戏团演员正从地面沿着钢索斜着往针叶树顶攀升，这些演员手握两头颤抖的平衡杆试探着，一步一步往高处走去；要不就是我总在视野边缘，看见两只松鼠跳来跳去，时而这里，时而那里，一闪而过。关于这些松鼠，传说人们曾经将其带到图书馆里，希望它们会

1 原文为法语。

繁殖，然后在这个人造的意大利五针松小树林里建立起它们自己的领地，给那些时不时从书本中抬头望向窗外的读者们提供一点消遣。奥斯特利茨说，有好几次，那些在图书馆森林里迷路的鸟儿飞进映现在阅览室窗玻璃中的树木，接着，在一次发出钝响的碰撞后，便一命呜呼，栽落于地上。奥斯特利茨说，坐在阅览室里的座位上时，我仔细地思考过这样一些没有人事先料到的不幸，比如一只脱离自然常轨的鸟儿的坠落死亡，或者周期性瘫痪的电子数据检索系统同国家图书馆直角坐标式的总体规划之间是何种关系。我得出的结论是：在每一个由我们草拟和实施的规划中，信息和管理系统内含的复杂性之规模的大小和程度的高低是决定性因素；因此，计划中无所不包、绝对完美的状态在实践中可能彻底成为泡影，而由于慢性的功能紊乱和构造上的不稳定，最终它也必定会成为泡影。奥斯特利茨说，至少对我自己来说就是如此，毕竟，我把几乎一生的时间都献给书本研究了，我在家的时候，在博德利图书馆、不列颠博物馆和黎塞留街时也是做着同样的事情，而这个硕大无朋的新图书馆，按照时下流行的一种令人憎恶的说法——就是应当作为我们整个文化遗产的宝库，然而它在寻找我那个在巴黎失踪的父亲的踪迹时毫无用处。日复一日迫使自己面对这种看来只由种种障碍构成、越来越严重地伤害我的神经的系统，我只能将自己的查询工作暂且搁一阵子。有一天早上，我出于某种原因，心血来潮地想起放在斯波科瓦街薇拉书柜里的那五十五本朱红色的书。于是我转而开始阅读迄今为止对我尚属未知的这些巴尔扎克的长篇小说，而且是以薇拉提到过的夏倍上校的故事开始。夏倍上校是这样一个人，当他被军刀一劈，失去知觉，从马鞍上掉到地上时，他那为皇帝[1]效忠的无上光荣的生涯便在艾劳战场上中断了。过了若干年，在经历了一次穿越德国的漫长的胡乱漫游之后，这个几乎可以说是死而复生的上校回到巴黎，要讨回他的财产，讨回他那位在此期间已经再婚的夫人费罗女伯爵和他自己的身份。奥斯特利茨说，他就像一个幽灵站在我们面前，站在德维尔律师的事务所里。就像书里所说的那样，他是一个老兵，一个十分干瘪、骨瘦如柴的老兵。他的双眼好像蒙上了一层半盲的、珍珠母般的光泽，像蜡烛光似的闪烁不定。他那张轮廓十分鲜明的脸毫无血色，脖子四周打着一条破破烂烂的黑丝领带。我是夏倍上校，就是在艾劳阵亡的那个。[2]他用这些话作自我介绍，然后讲到万人坑（奥斯特利茨说，巴尔扎克写的是“死人墓穴”[3]）。

1 这里的皇帝指拿破仑。

2 原文为法语。

3 原文为法语。

在该战役结束的第二天，人们把他同别的阵亡者一道扔进万人坑。就像他所讲的那样，最后他在那里苏醒过来，感到极其疼痛。我似乎听见，我也不敢肯定地说[1]，奥斯特利茨透过啤酒馆的窗户往外眺望，望着奥古斯特·布朗基林荫大道，这样背诵着，周围的死尸都在那里哼哼唧唧。关于那个时间的回忆虽然很模糊，痛苦的印象虽然远过于我真正的感觉，它扰乱了我的思想，但至今有些夜里我还似乎听到那种哽咽和叹息。[2]仅在读过这本书的数天之后，更具戏剧化的事情进一步加深了历来就在我心中存在的疑问，奥斯特利茨继续说道，那就是，生与死之间的界限比我们通常以为的要更容易逾越。那时我在阅览室里打开了一本美国建筑学杂志——这时正好晚上六点钟——我突然撞见一幅大尺寸的灰色照片。这幅照片展示的是一个塞满了延伸到天花板的开放式书架的房间。如今，在这个房间里还保存着在泰雷津那个所谓的小要塞中被拘禁者的档案。奥斯特利茨说，我记得，当时，在我第一次参观波希米亚犹太人隔离区时，我不忍心走进修筑在星状城外缓坡上的这个外围工事。因此现在一见到这个档案室，我心中不禁产生一种强制性的

1　原文为法语。

2　原文为法语。译文采用的是叶雨寒先生《巴尔扎克文集》中的译文。

想法：一直以来，我真正的工作地点应当在泰雷津这个小要塞中，这儿有如此多的人死于阴冷潮湿的炮台里，而没能从事这项工作是我自身的过失。我用这些想法折磨着自己，清楚地感觉到我的脸上已显现出那种一再困扰着我的神经错乱的症状。这时一位名叫亨利·勒穆瓦纳的图书馆职员来同我打招呼。在我第一次来巴黎时，我每天都待在黎塞留街，所以他认出我来了。雅克·奥斯特利茨？——勒穆瓦纳在我那张斜面桌旁停下步来，稍微向我弯下身子询问道。奥斯特利茨说，我们就这样，在这个此时此刻逐渐空下来的“花园高处”阅览室里，开始了一次比较长时间的轻声谈话，谈到与数据存在那无法阻挡的增殖同步的我们记忆力的退化，还有已经在发生的崩溃，崩溃[1]——勒穆瓦纳如此说道。奥斯特利茨说，这个新图书馆大楼，无论是其整体布局还是那近乎荒唐的内部管理制度，都意图把读者当作潜在的敌人排除在外，勒穆瓦纳这么认为，它就是一个愈加迫切地想要和一切仍旧与过去存在联系的事物划清界限的官方声明。奥斯特利茨说，勒穆瓦纳在我们交谈的时候，根据我顺便提出的请求，把我带上了东南塔楼的十八层。在那里，你可以从所谓的观景阁极目远眺，眺望整个城市

1　原文为法语。

的人口密集地区，在数千年中，它从现已挖空的底下地基中升起，成为一片灰白的石灰岩疆域，某种从中心处的结痂朝着远处伸展的赘生物，它越过达武大道、苏尔特大道、波尼亚托夫斯基大道、马塞纳大道和凯勒曼大道，一直延伸到郊区那在云雾里变得模糊的外缘。在东南方向几英里远的地方，那块均匀的灰色中有一个淡绿色斑点，从中升起一个截锥状的物体。关于这个截锥状物体，勒穆瓦纳认为，那是万塞讷树林中的猴山。更近处，我们看见缠绕的交通路线。在这些路线上，火车和汽车犹如黑色的甲虫和毛虫般爬来爬去。勒穆瓦纳说，很奇怪的是，他在这上面总有这样的印象：在那下面，生命正在悄然无声地慢慢消耗，城市的机体被一种不知名的、不断秘密滋生的疾病所侵袭。奥斯特利茨说，勒穆瓦纳作出这一番评论时，我想起了一九五九年冬天的那几个月。那时，我在黎塞留街的国家图书馆里，研读那部为我的研究工作指明方向的六卷集著作《巴黎，它的机构，它的职能和它在十九世纪下半叶的生活》。作者马克西姆·杜·坎普写道，他在以前曾经游历东方的荒漠，他说，那是由逝者之尘造就的。他受到巴黎新桥那令人倾倒的景观所启发，于一八九〇年前后开始写这本书，经过七年才完成。奥斯特利茨说，从观景阁楼层的另一侧往北边，你可以看到塞纳河那斜穿的河道、玛黑区和巴士底狱。

一道墨水色的黑云幕墙向这座现在正沉没到阴影中的城市倾斜。很快，就再也看不见这座城市的塔楼、宫殿和纪念碑，只能隐隐约约地看出圣心堂那白色的圆屋顶。我们站在这道一直垂到地面的玻璃墙后面的一英尺处，只要俯瞰那明亮的散步甲板和甲板上伸出来的那些颜色更深的树冠，就感到被下方深渊的吸力攫住了似的，所以不得不退后一步。奥斯特利茨讲道，勒穆瓦纳说，有时候自己在这上面感觉到时间仿佛就在太阳穴和额头四周流动，不过也可能，他补充道，这只是这么多年来彼此堆叠成城市外观的诸多地层在我头脑中形成的意识的一种反映罢了。在奥斯特利茨火车站调车场和托尔比亚克桥之间的荒地上，即如今这个图书馆耸立的地方，直到战争结束时还存在过一个很大的仓库。在这个仓库里，德国人收集了他们从巴黎犹太人住所里掠夺来的所有物品。勒穆瓦纳说，我想，在当时一次持续数月之久的行动中，被他们抢劫一空的住所多达四万套。为了这次行动，他们还征用了巴黎家具运输商联合会的全部车辆，以及一支由不少于一千五百名搬运工组成的队伍。勒穆瓦纳说，所有那些以某种方式参与了这种组织得极其详尽的剥夺和再利用行动的人员，那些主导这场行动的人，有时相互之间你争我夺的占领军，那些财政和税务机关，居民登记处和土地登记局，那些银行和保险公司，警察，运输公司，那些房主和公寓管理人——想必毫无疑问都知道，那些被拘留在德朗西的人基本不会再回来了。勒穆瓦纳说，当时被他们毫不犹豫地归为已有的大部分贵重物品、银行存款、股票和不动产甚至迄今都仍然在市政当局和国家的手中。而在那下面的奥斯特利茨－托尔比亚克仓库里，堆放着一九四二年之前的几年间我们的文明所创造的、无论是用于美化生活还是仅供家用的一切物品——从路易十六五斗橱、梅森瓷器、波斯地毯和所有藏书，到所有的盐瓶和胡椒瓶。勒穆瓦纳说，一个曾经在仓库工作过的人不久前告诉我，为了干净起见，在那里他们甚至还有自己特制的纸盒，用于放置从没收的小提琴盒里取出来的松香。他们把五百多个艺术史家、古董商、餐馆老板、细木工、钟表匠、毛皮制衣工和做女装的女裁缝从德朗西弄来，由来自印度支那半岛的一队士兵看守。这些人日复一日，每天干十四个钟头的活儿，修理好那些运来的物品，按照它们的价值和品种分类——银质餐具与银质餐一起，烹饪用具与烹饪用具一起，玩具与玩具一起，如此等等。七百多趟满载的火车从这里出发，驶往德意志帝国那些被摧毁的城市。勒穆瓦纳说，并不罕见的是，从德国前来访问的党魁、驻扎在巴黎的党卫军和德国国防军的高级军官，都携带他们的夫人或是别的女士在仓库里转悠——这里是被拘禁者嘴中的奥斯特利茨美术馆——为他们在格吕讷瓦尔德的别墅挑选一套客厅家具、一套塞夫勒产的瓷器餐具、一件毛皮大衣或者一架普莱耶尔牌钢琴。他们当然没有把最值钱的物品大量运往被炸毁的城市，勒穆瓦纳说，它们去向如何，这种事如今再也没有人想知道，总而言之，真正意义上的整个历史都被埋葬在我们这位法老式总统的这个大图书馆的地基之下了。在下面，在荒无人烟的林荫道上，最后一线天光逐渐消逝。从高处看，那些近似一片绿色苔藓地的意大利五针松小树林的树梢，现在充其量只不过是一个规则的黑色正方形罢了。奥斯特利茨说，于是我们一起默默无言地在观景台站了一会儿，从那里往外眺望现在正沐浴在闪耀灯火中的城市。

※　　※　　※

离开巴黎前不久，我同奥斯特利茨再一次在奥古斯特·布朗基林荫大道碰头并一起喝早餐咖啡时，他对我说，前一天他从若弗鲁瓦－阿涅尔街文献资料中心的一个工作人员那里得到一个消息，按照这个消息的说法，马克西米利安·阿伊兴瓦尔德于一九四二年底被拘留在居尔集中营，它位于比利牛斯山的丘陵地带，他现在要前去搜寻。很奇怪的是，奥斯特利茨这样说道，在我们

上次相会之后没过几个小时，当他从国家图书馆过来，在奥斯特利茨火车站换车时，就有一种自己正在靠近父亲的预感。我记得，在上个星期三，一部分铁路交通由于罢工陷于瘫痪。在奥斯特利茨火车站由于罢工而显得异常安静的气氛中，我忽然产生了这样一个想法：在德国人进驻之后，父亲应该就是从这个车站出发离开巴黎的，这里邻近他在巴罗街的公寓。奥斯特利茨说，我在想象

中看见他，看见他在开车时靠在车窗旁，甚至还看见了从缓慢启动的火车头升起的白色烟雾。在这之后，我几乎是神思恍惚地在火车站四处转悠，穿越迷宫似的地下通道，走过一座座人行桥，拾级而上，又拾级而下。奥斯特利茨讲道，对我来说，这个火车站向来是所有巴黎火车站中最神秘莫测的一个。求学期间我在这里一待就是好几个钟头，甚至还撰写了一篇关于它的设施和历史的专题报告。当时特别吸引我的是从巴士底狱驶来的地铁列车进站的方式，它在越过塞纳河之后，经过铁制高架桥，向旁边驶进火车站上面那层楼，那情景好像是火车站的建筑正面把它给吞下了似的。与此同时，那个位于房屋正面之后的大厅让我感到不安，里面只有一盏暗淡的灯光照明，差不多是空无一人。在大厅里，一个用木梁和木板粗糙组装起来的站台上，立着一个带有各种生锈铁钩而让人想到绞刑架的脚手架。后来我听人说，它曾经是用来存放自行车的。当我多年前在假期中的一个星期天下午第一次踏进这座站台时，那里可是一辆自行车也见不着。也许因为如此，或者说由于木地板上比比皆是的那些被拔掉的鸽子羽毛，我不由得感觉自己正

置身于一个罪不容诛的犯罪现场。奥斯特利茨说，而且，这座凶险的木结构建筑物现在依然如故，就连那些灰鸽子的羽毛都还没被风吹散。然后还有些深色的斑点，也许是漏下的润滑油，或者焦油护木剂，又或者是某种迥然不同的东西吧，这种事谁也弄不清。当我在那个星期天下午站在脚手架上，透过日暮黄昏时的光线，仰望北边那部分房屋正面漂亮的格状结构时，我过了一会儿才发现，在它的上部边缘，有两个很小的人影在绳索上移动，大概在进行修缮工作，犹如黑蜘蛛在它们的网中一般，使我感到不安。——奥斯特利茨说，我不知道所有这一切意味着什么，因此，我要继续寻找我的父亲，也要寻找玛丽·德·韦纳伊。我们在冰窖地铁站告别时，已将近十二点。奥斯特利茨最后说，过去这外面是一片很大的沼泽。冬天，人们在沼泽上滑冰，就像在伦敦的主教门前面那样。然后奥斯特利茨把他在奥尔德尼大街那个家的钥匙递给我。他说，不管什么时候，只要我愿意，我都可以打开他的临时住处，研究作为他一生唯一存留之物的那些黑白照片。他还说，要我别忘了去按那道与他家相连的砖墙上的大门门铃，因为在这道墙后面有一片被菩提树和丁香花树丛覆盖的场地，尽管他从自己的窗户没法看清。十八世纪以来，人们就在这块地上安葬阿什肯纳兹犹太人，其中有大卫·特费勒·席夫拉

比、塞缪尔·福尔克拉比，以及伦敦的巴尔·谢姆。奥斯特利茨说，他发现总有飞蛾从公墓飞进他家里来，他现在怀疑那是在他离开伦敦的前几天，那时，那道通往墙内的大门在他寓居奥尔德尼大街的那些年中，第一次被打开。在里面散步的是一个大约七十来岁、身材十分矮小的老太太,可以看得出是公墓的守墓人。她穿着便鞋，穿行于那些坟墓之间的小路。在她身边，有只几乎同她本人一样高、毛已变成灰色的比利时牧羊犬。这只牧羊犬的名字叫比利，很胆小。奥斯特利茨对我说，在这照耀着新绿的菩提树叶的明媚春光中，人们也许会以为自己进入了一个童话故事中，这个故事就像生命本身那样，随着时间的流逝而逐渐变老。我无法忘却奥斯特利茨在同我告别时所讲的这个关于奥尔德尼大街的墓地的故事。很可能我就是因此而在回巴黎的途中在安特卫普下了车，

好再看一次夜间动物园，再一次乘车出城，前往布伦东克要塞。我在阿斯特里德广场的一家饭店里，在一个裱糊成棕色、丑陋不堪的房间里度过了一个不平静的夜晚。这个房间后面朝向防火墙、通风口和用带刺的铁丝网隔离开来的低矮屋顶。我想，城里应该正在庆祝某个民间节日吧。无论如何，警铃和警笛呜呜叫到清晨。当我最终从一个令人不快的梦中醒来时，每隔十到十二分钟，我就看见飞机那极小的银箭穿过还隐没在朦胧天色中的那些房屋上面的亮蓝色空间。我在八点左右离开弗拉明哥饭店时——如果我没记错的话，这家饭店就是这个名字——在楼下，我看到一个年约四十、面如死灰的女人，眼睛转向一边，躺在不见一人的接待处旁的一副高高的担架上。在外面的人行道上有两个护士在闲聊。我穿过阿斯特里德广场，往火车站走去，买了一杯纸杯装的咖啡，赶下一趟市郊列车前往梅赫伦，然后再从那里出发，步行十公里，一直走到维勒布鲁克，穿过城市近郊区和大部分已经建有居民点的市郊田野。我几乎记不起曾经在这条路上看到了什么。我只看见一座十分狭窄、实际上不超过一个房间宽的房子，用猪肝色砖块砌成。这座房子位于一块同样狭窄、被金钟柏灌木丛环抱的土地上，给我留下一种颇具比利时风情的印象。一条运河紧挨着这座房子奔流而去。我路过那里时，运河上正好有一艘长长的满载着犹如炮弹般又大又圆的卷心菜的运货驳船，好像无人驾驶似的悠然漂去，黑色的水面了然无痕。当我到达维勒布鲁克时，那里就像三十年前一样酷热难当。要塞位于青蓝色海岛上，毫无变化，不过参观者的人数明显增多。停车场上有好几辆大客车在等着，而这时在里面，一群穿得五颜六色的小学生正挤在售票处前和门房的小卖部旁。有几个人已经跑到前面，走到那座桥上，向昏暗的大门走去。而这一次我在长时间的犹豫不决后，还是不敢走进这道大门。我在一个木结构棚屋里待了一段时间。在这个棚屋里，党卫军成员建立了一个印刷店，印制各种规格的表格和贺卡。屋顶和四壁在高温中噼啪作响，我脑海中闪过一个想法：我头上的头发会像穿越沙漠途中的圣朱利安的头发一样烧起来。后来，我还坐在环绕要塞的那道壕沟旁，越过这个罪犯流放地区极目远望，在栅栏和监视塔那边，我望见梅赫伦的那些越来越往城市周边地区推进的高楼大厦。在昏暗的水面上有一只灰鹅在游弋，一会儿往这个方向，然后又往另一个方向。过了一会儿，它爬到岸上，蹲在离我不远的青草里。我从旅行背包里取出我和奥斯特利茨第一次在巴黎见面时他送给我的那本书。这是伦敦的文学研究家丹·雅各布森的作品（奥斯特利茨曾说过，这是他的一个同事写的，尽管许多年来他对其一无所知）。该书描写了作者寻找他的祖父以色列·耶霍舒亚·梅拉梅德拉比——又名黑舍尔——的历程。从黑舍尔那里流传下来给这个孙子的全部遗物就是一本袖珍日历，一份俄文证件，一个已经磨坏的眼镜盒——里面除了眼镜镜片，还装着一小块已经褪色、破烂不堪的丝绸，以及一张黑舍尔身穿一件黑色外套、头戴一顶黑丝绒大礼帽的影楼照片。他的一只眼睛蒙上了阴影——至少在书的封皮上看起来是这样；在另一只眼里，还能看见如一块白斑似的生命之光，这一光点在第一次世界大战结束不久便熄灭了，彼时黑舍尔死于心力衰竭，享年五十三岁。由于他过早去世，拉比的夫人梅努莎于一九二〇年决定带着她的九个孩子从立陶宛移居南非。接下来，雅各布森的大部分童年时光都是在金伯利城度过的，城市不远处还有个与它同名的钻石矿井。我在布伦东克要塞对面的座位上读到，大部分矿井已经废弃了，就连金伯利矿和戴比尔斯矿这两个最大的矿井都已关闭。既然它们并未围上栅栏，所以谁有胆量，谁就可以走到这些大型矿井最前沿，往下看到几千英尺的深处。雅各布森写道，看到离坚实的地面一步之遥的地方张开了这样的一个空洞，你意识到在理所当然的生命和它不可想象的另一边之间并不存在过渡，而只有这条分界线，确实十分可怕。这个没有一丝光线能够穿透的深渊就是雅各布森的家族和民族那已经消失的过往的象征，正如他知道的那样，他再也无法将往昔从深渊里捞上来。雅各布森在他的立陶宛之旅中，几乎没有找到任何关于其祖先的线索，比比皆是的只有毁灭的标记。黑舍尔生病的心脏停止跳动时，这颗心就在保护他的家属免遭毁灭。黑舍尔当时拍下照片的那家影楼就在考纳斯市。关于考纳斯市，雅各布森讲道，十九世纪行将结束时，俄国人在这个城市四周修建了十二个要塞，而尽管它们都建筑在加高的阵地上，尽管要塞有大量的大炮，城墙很厚，还有迷宫般的廊道，但是后来，这些要塞在一九一四年被证明毫无用处。雅各布森写道，有些堡垒后来倒塌了，另外一些堡垒先是被用作立陶宛人的监狱，继后又充当俄国人的监狱。一九四一年，这些堡垒落入德国人手中，包括那个臭名昭著的第九堡垒。在这个堡垒里，纳粹国防军建立了指挥所。在接踵而来的三年中，有三万多人在此地遇害。他们的遗骸，雅各布森这样写道，就埋在围墙外面一百英尺的一块燕麦地下。直到一九四四年五月，当战争早已无望时，一批又一批的人从西方来到考纳斯。被关进要塞地牢里的人们最后的那些消息证实了这一点。雅各布森写道，他们当中，有一个人将“我们是九百个法国人”[1]刻进了地牢冰冷的石灰墙壁。另外一些人留下的只是一个日期和一个写上他们名字的地址：洛布，马塞尔，来自圣纳泽尔；韦克斯勒，阿布拉姆，来自利摩日；马克斯·斯特恩，巴黎，一九四四年五月十八日。我坐在布伦东克要塞的水沟旁，将《黑舍尔的王国》的第十五章读完。然后，我便动身返回梅赫伦。我到达梅赫伦时，已是傍晚。

1　原文为法语。

译后记

刁承俊

温弗里德·塞巴尔德（或译为泽巴尔德）这位德国作家的名字，不仅广大中国读者感到陌生，而且由于该作家特殊的经历，在二十世纪九十年代中期以前，在他的祖国也鲜为人知。塞巴尔德于一九四四年五月十八日出生在德国韦尔塔赫，一九六六年移居英国，一九六七年结束在瑞士弗里堡大学文学专业的学业。毕业后，在英国曼彻斯特大学执教。一九七〇年起，在英国诺里奇东英吉利大学任职。二〇〇一年十二月十四日卒于英国诺福克郡。

塞巴尔德十分厌恶自己的名字，认为“温弗里德”是标准的纳粹名字，他称自己是“比尔”或是“马克斯”。因为他父母在一九三九年德国入侵波兰时认识，所以他将自己视为“法西斯的产物”。年轻时，他对父辈在法西斯侵略战争中所持的沉默态度怀有满腔怒火。他对德国文学和德国社会热衷于谈论盟军对德国的轰炸造成的灾难和毁灭感到愤怒。

塞巴尔德从二十世纪八十年代起开始其文学创作生涯，他的作品隐含着深沉的忧郁，大多反映局外人、外乡人的命运。其创作手法独树一帜，模糊文学和科学的界限、跳跃的节奏、多样的主题构成他那独特的“塞巴尔德之调”。他的主要作品有：《自然之后——基础诗》（一九八八）；揭示父辈之间、父子之间重重矛盾的《眩晕》（一九九〇）；讲述在作者人生不同阶段四个移居他乡者命运的《移民》（一九九二）；记述“我”在英格兰东海岸萨福克郡所见所闻的游记《土星之环》（一九九五）；论述戈特弗里德·凯勒、约翰·彼得·黑贝尔、罗伯特·瓦尔泽和其他作家的《乡村别墅中的住所》（一九九八）；描述一九四三年七月二十八日轰炸汉堡的那个惊心动魄之夜，兼评论作家阿尔弗雷德·安德施的《空战与文学》（一九九九）；《奥斯特利茨》（二〇〇一）；以及记述作者和画家简·彼得·特里普这对艺术家共同的艺术人生体验和在忧郁的符号下进行心灵交流的三十三篇诗歌《未被讲述》（二〇〇三）。他的作品由于其独特的风格，在英国、美国和法国均享有盛誉。在法国，他甚至被视为诺贝尔文学奖候选人，但是在德国，在二十世纪九十年代中期以前，他一直默默无闻。现在，他那颇受争议的文学理念和他那些别具匠心的作品，不仅越来越成为德国文学评论界讨论的热门话题，就是在中国，他和他的作品也开始引起德语文学研究者的关注。

塞巴尔德的代表作《奥斯特利茨》以一个名叫苏西·贝希尔弗尔的人在“二战”中的经历为素材，结合作者自身的遭遇，讲述犹太人在战乱中生死逃亡、惨遭迫害的经历。书中的“我”作为一个倾听者，在作品中起到一种穿针引线的作用。通过这个“我”，在安特卫普中央火车站候车大厅引出了本书的主人公——伦敦一所艺术史学院的讲师奥斯特利茨。可是奥斯特利茨却对自己的身世避而不谈，讳莫如深。原来，这个在威尔士巴拉镇一个传教士家长到十五岁的少年，对自己的身世确实是一无所知，只知道自己叫戴维兹·伊莱亚斯。当学校校长通知他必须放弃现在这个名字，重新使用“奥斯特利茨”这一既奇怪又陌生的新名字时，“自己到底是谁”这个问题一直困扰着他。在奥斯特利茨和薇拉的讲述中，“他到底是谁，他从何处而来”这一谜底才逐渐揭开。奥斯特利茨长途跋涉，在法国苦苦追寻下落不明的父亲、共和主义者马克西米利安和遭到遣送、隔离、在波希米亚地区音信杳无的母亲阿加塔。在此过程中，他了解到昔日犹太人隔离区的阴森恐怖。通过记忆与回忆，特别是黑白照片的运用，我们犹如身临其境，似乎目睹了这场惨绝人寰的杀戮。

一翻开书，那些被禁锢在暗无天日的安特卫普“夜间动物园”的动物，尤其是它们那种试图看透我们周遭黑暗的目光，就给人留下深刻的印象。“夜间动物园”里的情景同安特卫普中央火车站候车大厅的情景在记忆中交替出现，不就是昔日生活的真实写照吗？布伦东克要塞的恐怖与监禁在特雷西亚施塔特犹太人隔离区不足一平方公里范围内的六万犹太人的悲惨遭遇令人震惊。到处都笼罩着令人窒息的忧郁气氛。为了躲避纳粹对犹太人的迫害，幼小的奥斯特利茨被母亲通过关系送上从布拉格开往英国的儿童专列。在教士家那种异地他乡的“监禁生活”以及那些暗淡无光的房间，泯灭了他的自尊心。虽然整部作品的基调低沉、忧郁，充满绝望的情绪，但是在绝望中又透出一种极其难能可贵的精神——对于生命的肯定和尊重，对生命短暂的飞蛾的赞颂：就连飞蛾这种低等生物也会令人崇敬，也有生存的权利，更何况人！善良的人们对生命的这种态度同法西斯对生灵的肆意虐杀形成了何等鲜明的对比！

书中采用了类似德国诗意现实主义作家的那种多重框架型结构的叙事手法：一重是奥斯特利茨的回忆和讲述；一重是奥斯特利茨转述的薇拉的回忆和讲述；一重是薇拉和奥斯特利茨相继转述的有关纽伦堡纳粹党代会期间万人空巷、夹道欢迎希特勒的情景。这种多重框架型结构的叙述方式使故事更加真实可信、形象生动。

作者在叙述时大胆突破时空、地域、物种和学科的界限，在建筑艺术、博物馆、兽医学之间纵横驰骋，在幻想与现实、过去与现在之间自由穿行，触及漂泊异乡的犹太人心灵深处的创伤。与此相应的是语言的特殊风格，为了突出异域特点，书中在相关场合分别插入英语、法语、荷兰语和捷克语；为了适合讲述和转述这一特点，频繁使用插入句和多重复句的情况就顺理成章，因为这样的叙述读起来令人倍感亲切自然。

《奥斯特利茨》由于内容涉及范围广，表现手法特别，一方面需要人们沉下心来仔细阅读，方能体会到个中滋味；另一方面也对译者提出了较高的要求。译文中若有疏漏谬误之处，敬希教正。

二〇一八年四月二十八日

于重庆歌乐山麓